War Mage

워메이지

김재한 퓨전 판타지 소설
FUSION FANTASY STORY

위메이지 2

김재한 퓨전 판타지 소설

초판 1쇄 찍은 날 § 2009년 8월 12일
초판 1쇄 펴낸 날 § 2009년 8월 22일

지은이 § 김재한
펴낸이 § 서경석

편집장 § 문혜영
편집책임 § 서지현
편집 § 정서진

펴낸곳 § 도서출판 청어람
등록번호 § 제1081-1-89호
등록일자 § 1999. 5. 31
어람번호 § 제1-1067호

주소 § 경기도 부천시 원미구 심곡2동 163-2 서경B/D 3F (우) 420-822
전화 § 032-656-4452 팩스 § 032-656-4453
http://www.chungeoram.com
E-mail § eoram99@chollian.net

ISBN 978-89-251-1899-4 04810
ISBN 978-89-251-1897-0 (세트)

War Mage
워메이지

FUSION FANTAST STORY

김재한 퓨전 판타지 소설

2

요괴선인

Contents

Chapter 05
마법사의 제자

1

연옥의 무벌 조직들은 피를 피로 씻는 역사를 갖고 있었다. 당연하지만 그들을 지배하는 절대 명제는 강자지존(强者至尊)이며, 자신보다 약한 자가 우두머리가 되는 것을 용납하지 않는다.

그 점은 일제강점기부터 시작해서 약 80년의 역사를 가진 자염(紫炎)도 마찬가지였다.

그들의 맹주는 한때 백 명의 조직원을 호령하는 강맹함을 자랑했으나 나이가 들어가면서 단순히 색을 탐하는 종이호랑이로 전락해 버리고 말았다. 늘그막에 자식들을 보아서 그들에게 당주 자리를 세습시키려는 모양이었지만 천만의 말씀. 수십 년간 그 밑에서 힘을 쌓아오던 자들이 그런 처사를 납득할 리 없지 않은가!

하물며 자식이라는 것들은 전부 제대로 된 기량도 갖지 못한 애송이들뿐. 장자의 나이가 스물두 살에 불과했고 막내는 이제 열네 살이었다. 그렇다고 특출난 재능을 갖고 있거나 조직의 입장에서 귀하게 대접해야 할 특이능력자인 것도 아니다.

그런데 그들에게 당주 자리를 세습할 테니 군말 말고 충성하라고?

누가 그런 말에 따를 수 있겠는가? 무엇보다 현 당주 자신부터가 자염의 종사로부터 실력으로 인정받아 후계자가 되었으니 그 밑에 있는 자들도 똑같은 방식으로 당주를 뽑아야 마땅하다.

결국 일은 그날 밤에 벌어지고 말았다.

"네, 네놈들이 감히……."

늙은 당주는 믿을 수 없다는 듯 눈을 부릅뜬 채 숨이 끊어졌다. 그의 숨통을 끊은 것은 그가 요즘 애지중지하던 첩의 목줄기와 함께 심장을 관통하는 일본도였다.

"흥. 이제 시대가 바뀌었소. 당주의 권위를 인정받은 채 조용히 물러나고 싶었다면 올바른 행동을 했어야지. 누가 당신 자신도 받아들이지 못한 시대착오적인 발상에 따르리라고 생각했나?"

조직의 2인자였던 현윤은 싸늘한 눈으로 당주와 첩의 시신을 내려다보았다. 두 사람은 싸늘한 시체가 되어 피를 꾸역꾸

역 흘려내고 있었다. 섬뜩한 광경이었지만 죽음을 일상처럼 접하는 무벌의 전사는 초연하기만 했다.

지금 이 순간부터 그가 조직의 우두머리가 될 것이다. 올해로 40대에 접어든 그 외에는 당주 직을 맡을 만한 재목이 없었다. 결국 모두가 그를 새 우두머리로 인정하고 반역을 기도한 것이다.

원래 당주는 아랫것들의 반발을 알고 나름대로 조치를 취해 두었다. 특별한 비술로 제압한 인간들을 자신의 수족으로 부려서 이러한 사태에 대비했지만, 현윤은 그보다 한 수 위였다. 그는 외부 세력의 협력을 구해 당주의 비술을 파훼하고 그들을 자신의 편으로 끌어들이는 데 성공했다.

그 결과가 바로 이것이다. 가장 믿었던, 정확히는 아무도 믿지 못해서 믿음조차 필요없는 방비를 갖추었던 당주는 결국 인간적인 감정 때문에 파탄을 맞이하고 말았다.

현윤은 날카로운 당주의 몸에서 칼을 뽑아 피를 털고 칼집에 집어넣었다.

스르릉!

날카로운 소리와 함께 칼이 칼집 속으로 들어간다. 조선시대에 일본에서 건너와 목숨을 빼앗긴 사무라이의 검이라는 이 검은 긴긴 세월 동안 피를 먹어서 그런지 요사스럽기 짝이 없는 기운을 흘려내고 있었다. 한번 뽑혀져 나오면 피를 보지 않고는 진정하려고 들지 않는다. 그야말로 요검(妖劍)이다.

현윤은 당주의 시신을 뒤로하고 거처에서 나왔다. 그러자 그 앞에 도열해 있던 수십 명의 부하가 일제히 고개를 숙였다. 그리고 그들 중 현윤의 심복이라 할 수 있는 사내가 앞으로 나섰다.

"당주 직을 계승한 것을 경하드립니다."

"축하받을 만한 일은 아니지. 하지만… 그래. 전대의 목숨을 취하고 그 직위를 이어받는다는 것은 우리한데 어울리는 것 같군. 피비린내가 나니까."

현윤은 피식 웃으며 말했다. 그리고 물었다.

"당주의 자식들은?"

"단 한 명만 빼고는 모두 처단했습니다. 아들 셋과 딸 둘. 수급도 취해놓았는데 보시겠습니까?"

"아니, 그럴 필요는 없지. 당주의 시체와 같이 처리해. 그래도 당주였던 인간이니 정중하게 장례를 치러주는 것도 좋겠지."

"그렇게 하겠습니다."

"근데 단 한 명만 빼고는… 이라는 것은 한 명은 놓쳤다는 말이겠지? 누굴 놓쳤나?"

"막내를 놓쳤습니다. 아시다시피 그놈의 곁에는…….."

"한얼이 있었지. 그놈이 꽤 고생을 시킨 모양이군."

한얼이라는 자는 현윤과도 필적하는 무력을 가진 고수였다. 자염에 들어온 지는 2년도 채 되지 않았지만 당주와 막내아들에게 은혜를 입은 놈이라 이번 거사 때도 일체 이야기를 전하지 않았다. 2년간 막내아들의 호위를 자처하고 있던 그가 이번에 크게 발목을 잡은 모양이다.

"그놈은 생포했습니다. 보시겠습니까?"

"그럴까? 데려와라."

잠시 후 부하들이 피투성이가 된 젊은 사내를 끌고 왔다. 형틀에 몸이 묶인 그는 아직도 형형한 눈빛을 발하고 있었다.

"개자식!"

"허허, 이거 참. 아직도 기세가 등등하군. 보아하니 부하들이 꽤 심하게 다룬 것 같은데… 경맥이 엉망이 되었으면서도 아직 떠들 만한 힘이 남아 있나?"

무벌 조직이라면 체내의 기운을 자유자재로 다루는 비술 한두 개쯤은 갖고 있게 마련이다. 선맥(仙脈)과도 연이 닿았다는 최강의 조직 육도(六道)의 전투원들이 사용한다는 의기강체술에는 미치지 못한다고 하더라도 다들 초인이라 불리기에 충분한 능력을 갖추고 있었다.

그 힘이 흐르는 경맥을 엉망진창으로 다쳤으니 보통 사람이라면 정신도 차리지 못하리라. 하지만 한얼은 멀쩡한 정신을 유지한 채 그를 노려보고 있었다.

"이놈한테 몇 명이나 당했나?"

현윤이 심복에게 물었다. 처음부터 한얼은 경계 대상이기 때문에 제법 많은 병력을 투입해서 제압하고자 했다. 그런데도 막내아들을 놓쳤을 정도라면 꽤 피해가 컸을 게 분명했다.

"다섯 명이 사망, 두 명이 중상입니다."

"대단하군."

현윤은 솔직히 감탄하며 한얼을 바라보았다. 그리고 물었다.

"이미 알다시피 종이호랑이가 된 당주는 죽고 이제는 내가 자염의 당주다. 새로운 시대가 열렸으니 과거의 은원은 잊고 내게 복종하지 않겠나?"

현윤은 진심이었다. 한얼은 그냥 죽여 버리기에는 너무도 아까운 사내였다.

자신도 현역에서 활동할 수 있는 시간은 기껏해야 10년에서 20년, 그 후에는 미련없이 당주 직을 버리고 팔팔한 후계자에게 당주 직을 넘길 생각인데, 한얼 정도라면 제법 괜찮은 후보가 될 수 있을 것이다.

"개소리를 따라 짖을 만큼 타락하진 않아서."

"정말 희한한 놈이군, 요즘 세상에 의리를 따지고 있다니. 뭐, 좋아. 난 네 기량을 높이 사니 생각해 볼 시간을 주겠다. 일단 가둬놔."

현윤이 턱짓을 하자 부하들이 다시 그를 끌고 나갔다. 현윤은 몸을 돌리며 명령을 내렸다.

"막내를 최대한 빨리 찾아서 척살하도록."

"네!"

짧게 대답하는 부하들을 등진 현윤은 다시 당주의 거처로 향했다. 아마도 그사이 부하들이 시체를 치우고 정리를 마쳤을 터이다.

여름이 다가옴에 따라서 유혼 고등학교 교복도 하복으로 바뀌었다. 아직 시기는 5월 말이건만 벌써 한여름이 된 것처럼 더워지기 시작했다.

수업이 끝나서 몸을 일으키던 그는 문득 원준형의 자리였던 곳을 바라보았다, 정확히는 원준형이 마지막으로 앉았던 자리를.

아침에 오는 순서대로 멋대로 자리를 잡고 앉기 때문에 그 자리도 비어 있지는 않았다. 어차피 원준형은 급한 집안 사정으로 전학 간 것으로 처리되었고, 이곳에 있는 누구도 더 이상 그를 볼일은 없으리라.

윤성아는 과연 원준형을 어떻게 처리했을까?

그녀라면 용서없이 그 목숨을 취하고 시체도 깨끗하게 처리했겠지. 그녀에게는 그런 단호함이 있었다.

원씨 가문을 몰살시키고 오지윤의 아지트를 박살 낸 지 한 달.

그동안 별로 사건이랄 수 있는 일은 없었다. 오지윤의 조직은 안산에서 완전히 철수했는지 그 후에는 이상한 사건도 일어나지 않았다. 망혼 쪽에서는 아직도 촉각을 곤두세우고 있으니 뭔가 꺼림칙한 일이 생기면 알려줄 것이다.

유현의 경우에는 학교를 다니면서 틈틈이 자신을 단련하기 시작했다.

물론 그동안에도 어느 정도는 단련해 오긴 했다. 하지만 지난번 전투로 그동안 자신이 얼마나 무뎌져 있었는지 자각하고 나니 가만히 있을 수가 없어서, 2년 전 이상의 실력을 되찾기 위해 강도 높은 훈련을 개시했다.

사실 지난번에는 순전히 타이밍과 힘으로 밀어붙여서 이긴 전투였다. 그 힘을 다루는 기술에 있어서는 2년 전과 비교해서 형편없이 떨어져 있었다는 사실을 알 수 있었다. 아마 오지윤도 그 사실을 눈치챘을 테니 분명 다음에 또 싸우게 된다면 그때는 그런 허점을 찌르고 들어올 것이다.

"음?"

자전거를 타고 길을 가던 유현은 문득 거슬리는 기척을 느끼고 허공을 올려다보았다.

누군가 이동하고 있다.

연옥에 속한 자가 인식을 흐리는 파장을 발산하면서 달리고 있었다. 가로등을 박차고 건물 위에 올라갔다가 다시 골목 안쪽으로 뛰어들고, 다시 벽을 차고 반대편 옥상으로 뛰어올랐다가 멀리까지 날아간다.

실로 다이나믹한 움직임이었지만 유현은 그가 100미터 밖으로 사라져 갈 때까지 모든 움직임의 궤적을 파악했다. 물론 끝까지 감각을 확장해서 따라가 봤으니 가능한 것이지 안 그랬으면 더 빨리 놓쳤을 것이다.

'피 냄새가 나는데…….'

부상을 당했는지 지나간 길을 따라 피 냄새가 남아 있었다.

그리고 잠시 후, 일단의 무리가 그 궤적을 따라 이동했다. 먼저 이동한 자보다 더 능숙하게 자신을 감추며 이동하는 그 모습은 분명 추적자의 그것이었다.

유현은 잠시 동안 그들의 기척이 멀어져 가는 것을 보고 있다가 어깨를 으쓱했다.

'뭐, 상관없나?'

연옥의 인간들이 쫓고 쫓기는 것도, 그들이 서로 피를 보는 것도 그와는 상관없는 일이다. 그들이 눈앞에서 싸움을 벌이고 죽어간다고 하더라도 관여할 이유는 없지.

오늘은 집에 들러서 옷만 갈아입고 바로 훈련을 하러 가야겠다. 유현은 그렇게 마음먹고는 다시 자전거 페달을 힘차게 밟았다.

*　　　　*　　　　*

김신우는 자신의 아버지가 이끌던 조직, 자염의 힘에 치를 떨고 있었다.

이제 열네 살이지만 어려서부터 혹독한 엘리트 교육을 받아온 몸이다. 그래서 성인들과도 대등하게 싸울 수 있는 실력을 가졌다고 생각했다. 실제로 몇 번 실전에 참여해서 성과도 올렸고, 살인에도 아무런 거부감을 느끼지 않았으니까.

그러나 그것이 얼마나 세심한 배려 속에서 이루어진 성과였는지, 그를 배려하던 인간들과 맞붙게 되자 실감할 수 있었다.

그의 호위였던 한얼이 목숨을 바쳐 가며 살려준 몸인데 한 순간의 오만으로 모든 것을 망쳤다. 사흘 동안 잘 도망쳤지만 이제 그것도 한계에 달한 것 같았다.

'젠장. 이제 끝인가?

일대일이라면 이길 수 있다고 생각했다. 상대는 조직에서도 추적을 전문으로 하는 하급 전투원이었으니까 간단하게 처리하고 추적의 손길을 뿌리치면 훨씬 도망치기가 수월할 것 아닌가?

하지만 그것은 터무니없는 오산이었다. 해치우기는커녕 죽기 직전까지 몰렸다가 겨우 그 자리를 빠져나왔다.

주제 파악을 하게 된 것은 다행이지만 문제는 그게 너무 늦었다는 점이다. 이제 김신우가 택할 수 있는 방법은 얼마 남지 않았다. 얌전히 투항하든지(물론 반드시 죽게 된다), 끝까지 결사 항전을 벌여보든지(물론 반드시 죽게 된다), 그도 아니면 다른 조직들의 영역으로 뛰어들어 가보든지(물론 그 조직에게 사로잡혀 죽게 된다)……

그도 아니면 머리를 비우고 그냥 무작정 도망치는 거다. 그것밖에 없다.

김신우의 도주 기술은 나이와 전투 능력에 걸맞지 않게 뛰어나서 추적자들도 좀처럼 거리를 좁히지 못하고 있었다. 김신우는 조직의 영역인 안양을 벗어나 안산으로 접어든 다음 시 외곽에 있는 야산으로 향했다.

'하, 그래. 기왕 죽을 거면 어디 한두 놈 정도는 지옥행 동료

로 끌고 가주마.'

김신우가 각오를 굳힌 것은 기력이 바닥나는 것을 느꼈기 때문이다.

추적자들의 손길은 바로 지척까지 다가와 있었다. 게다가 교전을 벌였을 때 약물이 묻은 칼에 맞는 바람에 약기운까지 퍼졌다. 워낙 여유가 없어서 대충 응급처치만 하고 넘어갔는데 그게 정말 어리석은 선택이었던 듯싶다.

어차피 어릴 적부터 이 세계에 의리니 정의니 하는 게 아무런 의미가 없다는 사실은 뼈저리게 교육받았다. 같이 훈련하던 녀석을 혹독한 훈련을 견디지 못하고 도주를 시도했다는 이유만으로 살인에 익숙해지기 위한 교습용 재료로 쓰고 그를 해체하듯이 죽여 나가도록 명령받았을 때, 사람이 무슨 생각을 하게 될 것 같은가?

그래서 자신에게 정 한번 주지 않았고, 어머니가 조금 나이가 드니까 질렸다는 이유로 버려둔 아버지가 죽어도 슬프지는 않았다. 오히려 잘 죽었다는 생각까지 들었다.

다만 그때부터 자신이 숙청 대상이 된 것은 끔찍한 일이었다. 아버지가 후계자로 점찍었던 큰형이 제일 먼저 죽었고, 그 다음에 남매가 줄줄이 죽어 나갔다.

그도 한얼이 아니었다면 여기까지 도망치지 못했으리라.

'미안해, 한얼.'

자신의 호위무사에게 마음속으로 사과한 뒤 김신우는 등산객들의 발길이 닿지 않은 깊은 곳으로 가서 추적자들이 당도

하길 기다렸다. 그들의 기척이 다가오는 것이 느껴진다. 일단 김신우가 멈춰 선 것을 알아차린 그들은 노골적으로 기세를 뿜어내면서 다가오고 있었다.

그런데 그때였다.

파앙!

갑자기 공기가 파열하는 소리가 울려 퍼졌다. 동시에 강렬한 힘의 파동이 주변을 휩쓸었다.

"으악!"

그보다 한 템포 늦게 비명이 울려 퍼졌다. 김신우는 깜짝 놀라서 그쪽을 바라보았다.

분명히 추적자들이 다가오는 방향이었다. 그가 택한 루트와는 다른 방향에서 산으로 진입해 온 그들의 움직임이 주춤했다.

그리고 싸우는 소리가 들려오기 시작했다.

"네, 네놈은 대체 누구냐! 으악!"

김신우는 잠시 멍청하니 그 소리를 듣고 있었다.

비명이 연달아 울려 퍼지고 있었다. 그리고 칼 부딪치는 소리에 폭음까지 섞였다.

기척이 사라져 간다. 추적자의 수는 아마도 일곱이나 여덟이었을 텐데 추풍낙엽처럼 쓰러져 가고 있다.

'도, 도대체 누구지?'

3분도 채 지나지 않아서 모든 기척이 사라지고 주변이 잠잠해졌다.

김신우는 그 자리에 굳은 채로 침을 꿀꺽 삼켰다. 현명하게 행동하려면 당장 이 자리를 떠서 도망쳐야 할 것이다. 그러나 왠지 발이 떨어지질 않았다.

잠시 후 누군가 뭔가를 질질 끄는 소리가 들려오기 시작했다. 그 소리는 산길을 타고 이쪽으로 가까워지고 있었다.

공포영화의 한 장면 같았다. 깊은 산속에서 긴장과 공포로 얼어붙어 있는 자신에게 정체를 알 수 없는 존재가 뭔가를 질질 끌면서 다가오는 상황이라니!

때마침 해도 졌고, 주변에는 어스름이 깔려 있었다. 바깥에서는 충분히 활동할 만한 밝기지만 산속에서는 한밤중이나 진배없다.

"어이."

불쑥 뒤쪽에서 목소리가 들려왔다.

"헉!"

김신우는 정말로 심장이 튀어나올 듯이 놀라서 펄쩍 뛰고 말았다. 그는 반사적으로 뒤를 돌아보며 뽑아 든 장검을 휘둘렀다.

쉬익!

그러나 그의 검이 가른 것은 허공뿐, 그곳에 있었으리라 짐작된 존재는 눈으로 포착할 수도 없었다. 설마 그새 그의 시야 밖으로 이동했단 말인가?

"나참. 이놈이나 저놈이나 난폭한 녀석들일세?"

목소리는 이번에는 앞쪽에서 들려왔다. 김신우는 황급히 뒤로 물러나면서 목소리의 주인을 바라보았다.

그곳에는 검은 티셔츠와 청바지를 입고 있는 소년이 있었다.

키는 175, 6센티 정도 될까? 균형 잡힌 체격에 날카로운 미소를 띤 얼굴, 그리고 왼쪽 눈을 가린 독특한 안대가 눈에 띄는 소년이었다. 3차원적인 도형과 수치를 어지럽게 표시하는 원형의 액정이 박힌 안대라니, 적어도 일반적인 시각장애인이 차고 다닐 만한 물건은 아니다. 지나치게 패셔너블하잖아?

그런 안대를 두른 소년의 나이는 김신우 자신보다는 서너 살 정도 연상, 그러니까 고등학생 정도로 보였다. 하지만 전신에서 풍기는 기세는 보통이 아니다.

"누, 누구냐!"

"그렇게 비장하게 물어봤자 별로 대답해 줄 생각도 없어. 그보다 도대체 무슨 일로 내 훈련장에 우르르 몰려온 거지?"

소년은 눈살을 찌푸리며 물었다. 그 말에 김신우는 눈을 동그랗게 떴다.

"후, 훈련장?"

"그래. 여긴 내 훈련장이다."

"그게 무슨……."

"말귀 못 알아듣는 꼬마군. 내가 여길 훈련장으로 개조해서 쓰고 있단 말이다."

"누, 누가 꼬마라는 거야!"

김신우는 처한 상황도 잊고 발끈하고 말았다. 물론 1초도 지나지 않아서 자신의 행동에 흠칫했지만.

지금 눈앞에 있는 상대는 그로서는 기척조차 파악할 수 없는 엄청난 기량의 소유자다. 그런 상대한테 겁도 없이 소리를 지르다니 도대체 무슨 배짱인가? 내가 도대체 왜 그랬지 하면서 안색이 푸르죽죽하게 변하고 있노라니 상대가 신기한 동물 쳐다보듯이 바라보곤 피식 웃는다.

"거 참, 웃기는 녀석일세. 야."

"으, 응?"

"저 녀석들, 일단 잠재워 두긴 했는데 죽이진 않았으니까 끌고 사라져. 앞으론 여기 오지 말고. 난 귀찮은 거 별로 안 좋아한다."

소년은 뒤를 가리키며 말했다. 김신우가 그가 가리키는 곳을 바라보니 일곱 명의 추적자들이 거적때기 같은 것 위에 차곡차곡 포개어져 있었다. 좀 전에 질질 끄는 소리는 이걸 끌고 오는 소리였나 보다.

아니, 도대체 어떻게 이렇게 만든 거지? 김신우는 놀라서 눈이 휘둥그레진 채로 말을 더듬었다.

"그, 그게, 난 그 녀석들하고 한편이 아닌데."

"음? 옷도 유니폼처럼 똑같이 입어놓고 무슨 개소릴 하는 거야?"

소년은 무슨 말을 하냐는 듯 눈살을 찌푸렸다. 그도 그럴 것이, 김신우와 추적자는 똑같은 옷을 입고 있었다. 자염의 조직 복이라고 할 수 있는 자주색 옷을 맞춰 입고 있었으니 한패라고 생각하는 것도 당연했다.

"그게 나는 지금 조직의 도망자라서……."

"도망자? 아, 그래서 부상을 입고 있는 거였나? 뭐, 철부지가 훈련이 무서워서 도망치기라도 한 거야?"

"그, 그런 게 아니야!"

이러면 안 되는데 하면서도 김신우는 또 언성을 높이고 말았다. 다행히 상대방은 화를 내지 않고 물었다.

"그럼?"

"단지 우리 조직에 쿠데타가 일어나서… 그래서 나도 모르게 숙청 대상이 됐을 뿐이라고!"

"아, 그래? 그것참 드라마틱한 인생이구나. 알겠다. 그럼 땡잡았다 치고 후딱 꺼져. 저것들은 깨워서 보내야겠군."

소년은 귀찮다는 듯 손을 휘휘 저은 다음 몸을 돌렸다. 칼을 뽑아 들고 있는 김신우를 앞에 두고도 자연스레 등을 보이다니, 순간 공격해 버릴까 하는 충동이 일어났지만 그만두기로 했다. 일단 공격할 이유가 없기도 하고(엄밀히 따지자면 은인이다), 무엇보다 등을 보이고 있는데도 전혀 공격이 성공할 거라는 느낌이 안 들었다.

"아, 저기……."

"음?"

김신우가 자신도 모르게 입을 열자 소년이 의아한 표정으로 돌아보았다. 또 뭔 볼일이 남았냐는 듯 귀찮아하는 기색이 역력했다.

이 인간, 정말 특이하다. 보통 이런 때, 그러니까 어떤 반응을 보이는 게 정상인지는 모르겠지만 적어도 저런 반응은 아니지 않나?

"당신, 누구야?"

"내가 너에 대해서 궁금해하지 않는데 너는 나에 대해 궁금하냐?"

"소, 솔직히 궁금해."

"이상한 놈일세."

상대는 어처구니없어하며 피식 웃었지만 화가 난 것 같지는 않았다.

"진유현이라고 한다."

"어… 그게 끝이야?"

"그럼?"

"아니, 뭐, 어느 조직에 속해 있다거나 하다못해 어느 유파의 일인전승자라든지 하는 그런 거 있잖아. 배경 설정이라고 할 수 있는 거."

"그런 거 없어, 도망자 꼬마."

소년은 그렇게 자신의 이름을 밝히고 다시 몸을 돌려 성큼성큼 걸어가 버렸다.

김신우는 잠시 동안 멍청하니 그의 뒷모습을 바라보고 있다가 퍼뜩 정신을 차렸다. 그리고 뜻하지 않게 생긴 귀중한 여유를 활용하기 위해 옆구리에 칼 맞은 상처를 최대한 빨리 치료한 뒤 다시 도망치기 시작했다.

한편 유현은 소년의 기척이 멀어져 가는 것을 느끼면서 혀를 차고 있었다. 이것 참 난감하다. 그저 사람 발길 닿지 않는 산속에 훈련장을 구축해 놓고 있었을 뿐인데 왜 이런 것들이 꼬인담?

훈련장은 안산 외곽의 야산이었다. 여기까지 와야 하는 게 귀찮긴 하지만 애당초 안산은 계획신도시라서 훈련할 만한 장소가 마땅치 않다. 그렇다고 도시 한복판에서 훈련을 할 수도 없는 노릇이고.

훈련 장소를 잡고 거기에 마법 트랩을 비롯한 훈련 시설을 갖추는 데도 돈이 꽤 들었다. 지난번 전투 때 돈을 잔뜩 쓰는 바람에 슬슬 예금 잔고가 걱정되긴 했지만 뜻밖의 수입이 들어와서 그럭저럭 안심할 수 있었다.

그 수입이란 바로 원씨 가문의 재산이었다. 유현이 몰살시킨 그들의 뒤처리를 한 망혼 측에서 입수한 재산 중 일부를 유현의 계좌로 입금시켰던 것이다. 그 액수가 무려 7억이었으니 그들이 손에 넣은 총액이 얼마나 될지는 짐작이 잘 안 된다.

사람을 잔뜩 죽이고 돈까지 강탈하다니 뭐 이런 악당이 다 있나 싶지만, 애당초 연옥에서 선악을 따지는 것만큼 무의미한 일은 없다. 분쟁이 일어났고, 한쪽이 이겼고, 이긴 쪽이 모든 것을 가진다. 정말로 심플한 야만과 폭력의 법칙이 그 세계를 지배한다.

'…그건 그렇고, 이것들을 어쩐다?'

유현은 땅에 널브러져 있는 일곱 명을 바라보며 고민했다.

이것들은 훈련장에 세워둔 결계를 멋대로 뚫고 들어오더니 유현을 보자마자 공격을 가해왔다. 순간적으로 이 앞뒤 안 가리는 녀석들을 모조리 죽여 버릴까 싶었지만 일단 실력이 별로라서, 그리고 사정이나 들어보자 싶어서 목숨은 해하지 않고 가볍게 제압해 두었다. 훈련장 안에는 유현이 마련해 둔 각종 트랩들까지 있었기 때문에 더더욱 손쉽게 제압할 수 있었다.

"어이."

결국 유현은 이들을 그냥 보내기로 하고는 우두머리로 보이는 이를 골라서 깨웠다. 어디 부러진 데도 없이 그저 기절했을 뿐이기에 경맥을 자극하고 뺨을 몇 번 때리자 금방 정신을 차렸다.

"크, 크윽! 너는 도대체 누구냐?"

"그런 건 공격하기 전에 물으란 말야. 응? 사람 있는데 다짜고짜 쳐들어와서 문답무용으로 공격부터 하면 어쩌자는 거야?"

"……."

자염의 조직원은 꿀 먹은 벙어리가 되고 말았다.

사실 상대가 자신들을 죽이지 않고 살려둔 것이 대단히 신기하게 여겨질 지경이었다. 아무리 오해였다곤 해도 대뜸 칼질을 한 상대를 전부 별 상처도 없이 제압만 하고 살려두다니.

'아무리 봐도 애송이인데 어떻게 이런 실력을 가진 거지?'

겉보기로는 고작해야 고등학생 정도로밖에 보이지 않는데 이런 무시무시한 실력을 가지고 있다니, 분명히 이름이 알려진 존재일 것이다. 어쩌면 자신들은 메이저 파벌을 잘못 건드렸는지도…….

"일단 나부터 묻자. 너희들, 누구야?"

그걸 생각하면 이 질문에는 대답하면 안 된다. 조직에 충성하는 자답게 입을 꾹 다물고 죽어가는 게 좋으리라.

"말 안 하면 너 죽이고 다른 놈한테 물어본다? 나 마법사라서 고문은 좀 즐겁고 신나게 해줄 수 있거든?"

"우, 우리는 자염의 조직원들이오."

하지만 상대가 이렇게 나오면 냉큼 대답하는 수밖에 없었다. 만약 부하들이 고문당하면서 넘어가서는 안 되는 기밀까지 누설하면 안 되지 않은가. 그러니까 자신이 잘 판단해서 대답해 주는 게 현명한 일이다. 절대로 목숨이 아깝거나 무서워서 대답해 주고 있는 게 아니다. 진짜다.

"자염? 그게 어딘데?"

"안양에 자리 잡은 무벌 조직이오만……."

"으음. 그런 데가 있었나?"

진짜로 자염을 듣도 보도 못한 조직 취급하는 데는 살짝 열받았다. 물론 그렇게 위세가 드높은 조직은 아니지만 그래도 조직원이 백 명이 넘고 역사가 80년에 이르는 역사와 전통을 가졌단 말이다! 아직 머리에 피도 안 마른 게 그런 조직을 피라미 취급하다니!

그가 열 받든 말든 유현은 시큰둥한 표정으로 계속 물었다.

"뭐 그렇다 치고, 왜 안양의 조직이 여기까지 와서 상관도 없는 사람한테 깽판을 치는 건데?"

"그게… 사실은 조직의 도망자 하나를 추적 중이었소만."

"그럼 왜 애먼 나를 덮치고 난리야?"

"한창 추적 중인데 당신이 쳐둔 결계 안으로 들어섰소. 들어가고 나서야 결계 안이라는 걸 알았지. 그래서……."

"그래서 차근차근 살펴볼 생각도 안 하고 무작정 결계가 적의 농간이라고 생각해서 안에 있는 놈을 조지겠다고 칼부터 찔렀다?"

"아, 그게……."

"이 아저씨들, 큰일 날 사람들이네. 지금 내가 굉장히 관대하다는 건 알고 있어?"

"아, 알고 있소."

우두머리는 수치심에 고개를 숙였다. 자신의 나이도 서른이 넘었고 이 업계에서 칼밥 먹으며 산 지도 어언 15년. 이런 애송이한테 수모를 당하고 있자니 눈물이 흐를 것 같은 기분이었다.

"어휴, 내가 페르시아 제국 황제도 아닌데 왜 이렇게 관대해야 하는지 모르겠군. 짜증나."

"혹시… 당신의 이름을 들을 수 있겠소?"

"왜? 누군지 알아내서 배경이 만만하면 복수하게?"

이 자식, 눈치가 귀신이네. 우두머리는 속으로 뜨끔했지만 그런 티를 낼 수는 없었다.

"그럴 리가 있겠소? 그저 궁금해서……."

"알려주지 못할 이유도 없긴 해. 어차피 그쪽하고는 교섭을 해야 할 것 같기도 하니까. 난 진유현이라고 하는데."

순간 우두머리의 표정이 굳었다. 그는 분명히 저 이름 석 자를 근래에 들어본 적이 있었다.

'…엿 됐다.'

그런 생각이 그의 머릿속을 스치고 지나갔다.

그가 접한 진유현이라는 인간에 대한 정보는 다음과 같았다.

단독으로 마법사 가문인 원씨 가문을 파탄 냈을 정도로 막강한 무력의 소유자이며, 그 과정에서 안산의 터줏대감 중 하나인 강력한 주술사 조직 망혼과 친분을 맺었다. 이 친분은 결코 무시할 만한 것이 아니라고 하니 섣불리 건드렸다가는 망혼과 척을 지는 결과를 낳을 것이다. 절대 건드려서는 안 될 상대이니 숙지할 것.

'…인데 이렇게 되어버렸으니 뒷일을 어찌 감당한다?'

그 순간 그의 뇌리를 스치고 지나간 해결법은 '자결'이라는 두 글자였다. 그냥 여기서 죽어버리면 책임이고 고민이고 다 할 필요 없어지겠지?

하지만 모처럼 상대가 아량을 발휘하고 있는데 그러기는 싫다. 그도 최근 들어서 여자를 골라서 데리고 사는 게 용인되었기 때문에 인생의 즐거움을 알아가고 있는 중이었다. 그런데 여기서 인생을 끝내라고? 그럴 수야 없지.

"난 귀찮은 게 아주 싫지만 나한테 칼을 들이댄 인간들을 그냥 무상으로 봐줄 정도로 아량이 넓지도 않거든? 그래서 당신들 조직은 나한테 좀 대가를 지불해 줘야겠어."

유현은 그렇게 말하며 우두머리에게 손을 내밀었다. 우두머리는 그것이 의미하는 바를 깨닫지 못하고 멀뚱멀뚱 쳐다만 보고 있었다.

그러자 유현이 신경질을 내면서 우두머리의 뒤통수를 한 대후려갈겼다. 물도 윗물과 아랫물이 있는 법이거늘 이 자식은 윗사람에 대한 예의라는 개념을 상실한 것 같았다. 하긴 자신한테 칼을 들이댄 인간한테 그런 예의를 지켜주고 있다면 그것도 만만찮은 정신병자겠지만.

"댁 윗사람한테 연락할 수 있는 거 갖고 있잖아. 핸드폰이나 뭐 그런 거. 내놔."

"그, 그걸로 뭘 하려고?"

"아저씨가 알 바 아니거든? 아, 생각해 보니까 기밀 회선이면 전화번호부에 등록도 안 되어 있겠네. 당신이 직접 연락해. 되도록 높은 사람한테로."

"아니… 그게……."

우두머리는 전혀 예측 못한 상황에 어떻게든 대화를 이어보려고 했지만 자신을 쏘아보는 유현의 눈빛에 잠자코 핸드폰을 꺼내 들었다. 이 자식, 말에 따르지 않으면 가차없이 목을 날려버릴 듯 강렬한 살기를 뿜어대고 있었다.

잠시 후 통화음 대신 어울리지 않게 최근 인기를 얻고 있는 5인조 아이돌 그룹의 귀여운 노래가 흘러나왔다. 유현이 참 별 놈 다 보겠다는 듯 바라보자 그는 살짝 얼굴을 붉히며 빨리 상대가 전화를 받기를 기원했다. 아니, 자신이 30대 중반이긴 하지만 그게 미소녀 아이돌 그룹을 좋아하지 못할 이유가 되진 않잖아. 왜 그런 눈으로 보는 거냐!

"무슨 일이지?"

잠시 후 상대편에서 전화를 받았다. 우두머리는 자기보다 위 서열, 그러니까 무려 부당주에게 직통으로 전화를 걸었다. 이래 봬도 그는 열 명 정도의 부하를 거느린 조장이었고, 조직에서 제법 대우받는 몸이었다.

"청룡조장입니다. 다름이 아니라……."

그가 부당주에게 어떻게 상황을 설명해야 할지 망설인 0.1초, 그 순간 유현의 손이 섬광처럼 핸드폰을 낚아채 갔다. 그리고 불량스러운 표정으로 말했다.

"어이, 거기가 자염이라는 무벌 조직 맞나?"

"뭐? 넌 누구냐?"

부당주가 당황해서 물었다. 부하가 전화를 걸기에 추적의 경과를 보고하려나 싶었는데 갑자기 다른 놈이 전화를 낚아채다니?

"난 진유현이라고 해. 혹시 들어본 적 있나?"

"…진유현?"

부당주가 잠시 생각하는 듯하더니 흠칫하며 그 이름을 중얼거렸다.

그도 그럴 수밖에 없는 것이, 진유현은 최근 안산 부근에서는 폭풍의 핵으로 떠오른 존재였다. 이제 당주 교체를 단행하고 내실 다지기에 들어간 자염 입장에서는 절대 건드려서는 안 되는 인물인 셈이다.

"알고 있나?"

"으음. 알고 있네. 최근 굉장히 유명세를 얻은 것 같은데, 혹시 우리 쪽에 볼일이라도 있나?"

일단 상대가 누구인지를 알자 말투가 바뀐다. 공대까진 아니지만 상당히 대우해 준다는 것을 알 수 있었다.

"다름이 아니고 그쪽 조직원들이 다짜고짜 나를 습격해서."

"뭐?"

순간 부당주는 정말 심장이 튀어나올 듯 놀랐다. 전화기 너머에서 전해지는 상대방의 숨소리, 목소리 등의 변화를 즐기면서 유현은 말을 이었다.

"뭔가 오해가 있었던 것 같긴 하지만 내 입장에서는 그냥 넘어갈 수 없는 일이라……. 일단 일곱 명 모두 온전하게 목숨을 붙여두긴 했지만……."

"아니, 잠깐. 분명히 오해가 있는 걸세. 사과하겠어."

"그야 역사상 많은 반목들이 오해로부터 비롯되었지. 사람 죽일 뻔한 일을 사과 한마디로 끝낼 수 있으면 정말 끝내주게 남는 장사군. 1달러 지폐로 미국도 살 수 있겠어."

"그… 아니, 바라는 게 뭔가?"

진유현은 미소를 지으며 청룡조장을 바라보았다. 뼛속까지 우려먹을 먹잇감을 발견한 사채업자를 연상시키는 그 미소에 청룡조장의 등줄기를 타고 오싹한 기운이 지나갔다.

2

망혼의 신관 윤성아는 최근 바쁘게 움직이고 있었다. 예전에는 자신이 나서야 할 의뢰가 들어오지 않으면 훈련 때를 제외하곤 항상 빈둥거리는 게 그녀의 일과였다. 하지만 최근에는 하는 일이 생겼다.

그건 바로 평범한 여자 애를 흉내 내는 일이었다. 패션잡지를 사서 보고, 영화나 공연에 대한 정보를 찾아보고, 인터넷 서핑을 통해서 가볼 만한 데이트 코스를 알아보거나 패션 액세서리에 대한 정보를 수집한다.

그러는 한편 최근 연옥의 정세에 대한 정보를 보는 일도 게을리 하지 않았다. 특히 진유현과 조금이라도 관련이 있다고 생각되는 정보는 완전히 암기하듯이 보고 분석하기를 거듭하고 있었다.

'저걸 긍정적인 변화라고 해야 할지 뭐라고 해야 할지?'

망혼의 수석주술사 홍승영은 한숨을 폭 쉬었다. 무미건조한 삶을 보내던 아가씨가 활력을 보이는 것까지는 좋다. 근데 아무리 봐도 그 방향이 상당히 어긋나 보인다.

그는 걱정스러워하면서도 새로이 입수된 진유현에 대한 정보를 윤성아에게 가져다주었다. 그녀는 막 인터넷 쇼핑몰에서 마음에 드는 액세서리를 발견하고 결재를 하고 있는 참이었다. 참고로 방 안에는 그녀가 요즘 들어서 사들인 물건의 택배 상자가 잔뜩 쌓여 있었다.

"아가씨, 또 사셨습니까? 그 해골 모양 귀고리는 어제 주문한 옷과는 안 어울리는 것 같습니다만."

"응. 요즘은 펑키한 액세서리가 유행이래. 외투도 맞춰서 샀어."

"…분명히 사흘 전에는 귀여운 액세서리가 유행이라고 하지 않으셨던가요?"

"유행이라는 건 하루가 멀다 하고 바뀌는 거라고 하잖아."

신령(神靈)의 사랑을 듬뿍 받으며 수십 년 동안 주술 실력을 갈고닦아 온 홍승영을 훨씬 능가하는 영력을 가진 그녀도 결국은 18세 소녀였다. 그것도 그동안 연옥 외에는 별로 관심을 안 갖고 살아서 그런지 세상일에 대해 무척이나 귀가 얇았다.

"근데 왜? 무슨 일 있어?"

"진유현 공자에 대한 정보입니다."

"응?"

성아는 눈을 빛내며 그에게서 프린트된 정보를 받아 들었다. 그리고는 빠르게 읽어 내려갔다. 속독법을 터득하고 있어서 그런지 보고서 형식으로 빽빽하게 쓰여 있는 A4 용지 두 장을 다 읽어 내려가는 데 20초 정도밖에 걸리지 않았다.

"으음. 그러니까 자염이라는 조직이 뭔가 오해해서 유현을

건드렸다가 덤터기를 썼다는 이야기네?'

"대충 그런 이야기지요. 지난번에 원씨 가문 상대할 때도 그랬지만 상대방한테서 돈 뜯어내는 걸 좋아하나 봅니다."

"이번에도 5억 원이나."

진유현은 자염을 상대로 5억 원의 보상금을 요구했던 것이다. 자염 쪽에서야 기가 막힐 따름이었지만 진유현에게는 지극히 당연한 일인 듯 교섭의 여지조차 주지 않았다. 지금 자염 측에서는 울며 겨자 먹기로 돈을 주기로 결정한 상황이었다.

"유현은 그렇게 벌어들이는 돈을 어디다 쓰는 거지? 마법 상점 쪽의 지출만 보면 그렇게까지 많진 않은데."

성아가 보기에 유현은 마음만 먹으면 돈을 갈퀴로 벌어들일 수 있는 인물이었다. 기본적으로 일반인으로 살아가고 싶어하지만 연옥에 발을 걸치고 있다는 것을 인정하고 있고, 이쪽 일에 나설 수도 있다는 입장을 견지하고 있는 이상 그의 능력에는 다이아몬드 이상의 가치가 있다.

그가 인간을 죽이는 일을 되도록 피한다고 하더라도 요괴나 마물을 상대하는 일만으로도 연간 수십 억의 수익을 벌어들일 수 있을 것이다.

"글쎄요. 아마 우리가 파악할 수 없는 루트에서 장비를 사들이는 데 쓰는 게 아닐까 추측됩니다만."

홍승영은 조심스럽게 자신의 의견을 밝혔다.

원래 마법사로 살아가는 자는 지출이 심하다. 마법을 사용하기 위해 필요한 촉매를 비롯한 각종 소모재를 사는 것만으로도 연간 수천만 원 단위의 돈을 쓰게 되기 때문이다.

그러나 진유현이 벌어들이는 돈을 볼 때—전부 다 갈취한 돈이지만—그 정도는 푼돈에 불과하다. 지난 몇 개월간 진유현이 마법가의 단골상점에서 쓴 돈은 평범한 마법사의 지출 수준을 약간 웃도는 정도였다.

"장비? 하긴 유현은 굉장한 장비들을 많이 갖고 있었지."

진유현이 쓰던 전투복과 총기 등은 망혼에서도 경악할 만한 물건들이었다. 그를 구조하는 과정에서 그것들을 분석해 본 결과 망혼에서 고작 몇 개 정도 보유하고 있는 총기보다 월등한 성능을 자랑하는 것은 물론, 전투복은 아예 파악할 수도 없는 기술이 많이 집약되어 있었다.

육도라는 거대한 조직에서 나온 진유현이 어떻게 그런 장비들을 얻을 수 있는 것일까?

그 의문은 풀 수 없었지만 적어도 그것들이 공짜가 아니라는 점만은 분명하다. 물론 그 이유 때문만은 아니겠지만 진유현은 자신의 장비 숫자를 꼼꼼하게 파악해서 망혼에게서 그 모든 것들을 회수해 갔다. 이쪽의 부탁을 들어줘서 몇몇 장비는 연구용으로 넘겨주긴 했지만.

"그를 우리 일원으로 끌어들여서 육도의 비전을 받을 수 있으면 좋겠지만 현실은 그렇게 되질 않으니 슬픈 일이지요."

"그건 이루어질 수 있는 일이라고 생각해. 만약 유현을 우리 일원으로 받아들인다고 하더라도 육도의 정보 프로텍터를 어떻게 할 순 없으니까."

육도의 정보 프로텍터는 깰 수도 없지만, 만약 깼다고 해도 문제가 되는 물건이었다. 정보 프로텍터가 깨졌다는 사실이 알려지는 순간 육도의 제압부대가 움직일 테니까. 그렇게 되면 망혼은 파멸이다.

"그런데 이 자염이라는 조직은 뭘 하다가 유현을 건드리게 된 거야?"

"내부 항쟁이 일어나서 당주 교체에 들어간 모양입니다. 전대 당주가 당주 직을 세습하려는 것에 반발해서 암살, 새롭게 당주 직에 오른 주현윤이라는 놈이 전 당주의 자식들을 전부 참살했는데 그 와중에 하나가 도망쳤다는군요. 그래서 그를 쫓다가 그렇게 된 것 같습니다."

"묘하게 꼬였네. 그리고 유현은 관대하게 그들로부터 5억 원을 뜯어냈다는 거지?"

"…그, 그게 관대한 것인가에 대해서는 여러 가지 이견이 존재할 것 같습니다만."

"충분히 관대해. 습격자들을 전부 죽이고 자염에 책임을 묻는다. 우두머리를 비롯한 명령 체계는 괴멸. 그런 식으로 일을 처리할 수도 있었잖아. 문답무용으로 습격해서 자염이라는 조직을 끝장낼 수도 있었고."

실제로 그게 연옥의 무벌 조직들의 일처리 스타일이었다. 그야말로 옛날 야만의 시대를 생각나게 하는, 철저한 약육강식의 세계.

그걸 생각하면 진유현의 행동은 완전히 상식을 벗어나 있었다. 이 인간이 어떤 행동 원리로 움직이는지 다른 이들은 좀처럼 이해할 수 없을 것이다.

"으음. 어쨌든 알았어. 이 자염이라는 조직의 움직임은 앞으로 나한테 보고해 줄래?"

"그렇게 하겠습니다."

성아는 홍승영을 내보내고는 늘어져라 기지개를 켰다. 그리고 웹브라우저를 닫고 택배 상자 중 몇 개를 들고는 아지트의 지하로 향했다.

*　　　　*　　　　*

현윤은 스트레스를 받고 있었다. 쿠데타를 일으켜서 조직을 접수한 것까지는 좋았는데 그 후의 일들이 전혀 뜻대로 돌아가지 않고 있었다.

자염은 오랜 역사에 비해 그리 강력한 조직은 아니었다. 숫자는 백 명이 넘지만 조직원 개개인의 전투력은 그리 강하지 않다. 게다가 영능력자는 구색만 맞춰둔 본격 무벌 조직이니만큼 대응력이 떨어질 수밖에 없었다.

하지만 아무리 그렇다고 해도 일이 이렇게 꼬일 수가 있나? 다 잡은 줄 알았던 전 당주의 막내아들은 어이없게 놓쳐 버리고 최근 무섭도록 유명세를 얻은 진유현이라는 미친 애송이랑 재수없게 얽히고 말았다.

"젠장!"

현윤은 참지 못하고 책상을 후려쳤다. 책상이 우지끈 소리를 내면서 두 동강나 버렸다.

"역시 줄 수 없어."

아무리 생각해도 진유현에게 5억 원을 줄 수는 없었다. 그 정도 자금을 뜯기는 것만으로도 아픈 일이지만 더 큰 문제는 세간의 인식이다. 고작 열여덟 살짜리 애송이에게 80년의 역사를 가진, 조직원이 수백 명이나 되는 무벌 조직이 굴복하는 꼴이 아닌가?

"저도 그렇게 생각합니다."

현윤의 심복인 부당주가 그 의견에 동조했다. 하지만 그 말에 현윤은 의아한 표정을 지었다. 부당주는 일단 진유현의 요구를 들어줘야 한다고 주장했었기 때문이다.

"왜 말을 바꾸는 건가?"

"시기의 문제입니다. 그때는 요구를 안 들어주면 청룡조장과 부하들이 죽을 판이었으니까요."

"으음. 하지만 이제 그들이 돌아왔으니 아쉬울 게 없다?"

"그렇지요. 청룡조장이 좀 바보 같은 실수를 하긴 했지만 그런 식으로 버릴 인재는 아니지 않습니까?"

청룡조장이 진유현에게 쉽사리 제압당하긴 했지만 그래도 자염 내에서는 제법 실력이 뛰어난 자였다. 게다가 현윤을 적극적으로 지지해 준 인물 중 하나인데 이런 식으로 막 버렸다간 이제 새롭게 시작된 조직 내부의 신뢰가 흔들리게 된다.

"과연, 자네의 말이 옳군. 그럼 이제 어쩌면 좋겠다고 생각하나?"

"첫 번째는 일단 발뺌을 하면서 진유현이라는 애송이의 반응을 보는 겁니다. 아무리 그래도 우리한테 함부로 싸움을 걸진 않을 테지요."

"그건 좀 회의적이군. 녀석은 단독으로 원씨 가문을 전멸시킨 미친개다. 그렇게 상식적으로 움직여 줄 것 같지는 않은데?"

자염은 일단 인원도 있고 어느 정도 힘도 있으니 진유현이 덤벼온다 한들 제압하지 못할 거라는 생각은 하지 않는다. 하지만 한 놈과 어처구니없는 이유로 싸우느라 막대한 피해를 입는다면 그것도 참 두고두고 회자될 만한 멍청한 짓거리가 될 것이다.

"저도 그럴 가능성이 높다고 생각합니다. 그래서 두 번째는… 이쪽에서 선수를 쳐서 죽여 버리는 겁니다."

"그거 참 마음에 드는 방법이군."

저쪽이 사고를 치기 전에 이쪽에서 먼저 선수를 쳐서 제거한다. 그러면 적이 혼자이며 막강한 무력을 가졌다는 이점, 즉 이쪽이 인원과 입지 때문에 행동이 굼떠지는 것을 이용해서 각개격파를 당하는 끔찍한 사태를 막을 수 있는 것이다.

다만 그러기 위해서는 그만큼 막강한 전력을 투입할 필요가 있었다. 진유현에 대한 정보들로 볼 때 현윤 자신도 나서야 할 것이다.

"좋아, 그럼 공격조를 편성해 보게. 최대한 빨리."

"알겠습니다. 오늘 저녁까지는 편성해서 올리죠. 당주님께 서는 어쩌시겠습니까?"

"물론 나도 참가한다. 만약을 대비해서 용병도 쓰도록 해. 마법사들과 주술사들을 주로 고용하고."

"알겠습니다. 총알받이가 될 놈들을 수배해 보죠."

자염은 이미 활동을 개시하고 일을 맡고 있기 때문에 모든 인원을 진유현에게로 투입할 수는 없다. 그러니 최대한 고르 고 고른 인원을 투입해서 단번에 승부를 내야 할 것이다.

그래도 이들은 현명하게도 진유현이라는 존재를 경시하지 않았다. 연옥에는 이따금씩 괴물 같은 힘을 가진, 일인군단이 라고 부를 수 있는 존재들이 나타나기 때문에 일반인들처럼 상식에 얽매이는 일 없이 상대의 힘을 파악하고 대책을 짠다 는 점이 이들의 승산을 높여주었다.

"젠장. 겨우 당주가 됐나 싶었더니 초장부터 골치 아픈 신고 식을 치르게 되는군."

현윤은 혀를 차며 자신이 부숴 버린 책상을 바라보았다. 마 호가니로 만든 책상은 무려 일제시대에 만들어진 유서 깊은 고급품이었다. 요즘 환율도 콱 올랐는데 이런 거 다시 구하려 면 엄청 돈이 많이 깨지겠지?

갑자기 격렬한 후회가 몰려오기 시작했다.

*   *   *

김신우는 문득 왜 자신이 이곳을 떠나지 않고 있는가 자문해 보았다.

이틀이 지났지만 그는 아직도 진유현의 훈련장 근처 300미터 정도 떨어진 곳에 머무르고 있었다. 원래는 곧바로 안산을 벗어나서 지방으로 도망칠 생각이었지만 왠지 모르게 이곳을 떠날 마음이 들지 않았다. 그래서 깊은 산속에서 나무와 풀을 베어서 엉성하나마 움막을 지어놓고 거기서 하룻밤을 지냈다.

이런 서바이벌 능력은 14세 또래의 일반인 소년은 상상도할 수 없는 것이다. 하지만 무벌 조직에서 인간병기로 자라난 그는 산속에서 약초를 찾아서 갖고 있던 약과 합쳐 상처를 꼼꼼하게 치료하고, 나물이나 나무 열매 등 먹을 수 있는 것들을 찾는 한편 사냥도 해서 먹을거리를 마련했다.

산을 나가면 곧바로 도시가 기다리고 있지만 이곳은 사람의 손길이 거의 닿지 않아서 그럭저럭 자연의 경관이 살아 있었다. 애당초 진유현도 등산로 벗어난 곳에 훈련장을 구축하고 마법으로 방비까지 해두었기 때문에 보통 사람이 여기까지 올 일은 없다고 봐도 된다.

진유현은 계속 여기서 지내는 게 아니라 하루에 한 번씩 서너 시간 정도 머물다가 돌아갔다. 다른 생활이 있고 하루에 정해진 일정대로 훈련을 하고 있는 것 같았다.

'도대체 무슨 훈련을 하고 있는 거지?'

이틀간 머무르다 보니 진유현이 하는 훈련의 내용이 궁금해졌다. 하지만 일정 영역에 강력한, 너무나 강력해서 오히려 있다는 사실조차 인지할 수 없는 결계가 둘러쳐져 있어서 안에서 무슨 일이 일어나는지는 일체 알 수가 없었다. 마치 거기서부터는 알지도 못하는 사이에 다른 세계로 변해 버린 것처럼.

'들어가 볼까?'

보아하니 저 결계는 사람을 가리진 않는 것 같았다. 물론 경계에 한해서만 그렇고 안에는 어떤 장치가 있을지 모르는 일이지만 일단 자염이 추적자들도 쉽게—정확히는 인지하지도 못하고—들어가긴 했다.

물론 위험할 가능성도 높긴 하지만 그래도 훈련장이니까 어느 정도는 배려가 되어 있지 않을까? 보안용 프로텍트 같은 게 걸려 있어서 그 본인 외에는 사용하지 못할 가능성도 있고.

하지만 그래도 저 안쪽이 너무나도 궁금했다. 바보 같은 생각이라는 것은 알고 있지만 저 안쪽의 훈련을 버텨낼 수 있다면 진유현 같은 힘을 손에 넣을 수 있다는 소리 아닌가? 그는 자신과 그렇게 나이 차이가 크지 않는데도 그런 기량을 갖고 있다는 것은 역 손재능이나 터득하고 있는 기술의 차이보다도 단련법의 차이가 크게 좌우하지 않았을까?

'왜 무협지 봐도 기관 수련하고 안배를 얻고 나면 무공이 팍 오르잖아?'

신우는 솔직히 어른들에 비하면 좀 못하다는 것은 인정하지만 이 나이에 어디 가서 누구보다 못하다는 소리를 들을 실력이라고는 생각하지 않았다. 그러니 저 훈련장에서 훈련을 할 수 있다면 분명 큰 도움이 될 게 분명하다.

…라고 그는 점점 자신을 설득시키기 위한 사고를 진행시키고 있었다.

조금만 생각해 보면 빨리 여길 떠나서 먼 곳으로 떠나 버리는 게 최선이라는 사실을 알 수 있으리라. 하지만 진유현이라는 존재가 그의 뇌리에 각인시킨 강렬한 힘의 이미지 때문에 갈팡질팡하면서 자기합리화를 시도하고 있는 것이다.

결국 그는 금단의 열매에 손을 대고 말았다. 이틀간 관찰한 진유현의 행동 패턴으로 보건대 여기에 오려면 앞으로 두 시간, 그동안 저 훈련장 안을 탐색해 보겠다고 마음먹고 행동에 들어간 것이다.

'흠. 설마 죽기야 하겠어?

이틀 전까지만 해도 상처는 아프고 기력은 떨어졌고 또 죽음 직전까지 몰렸다는 스트레스 때문에 맛이 갔지만 그는 원래 자신이 진취적인 삶의 자세를 가졌다고 굳게 믿고 있었다. 언젠가는 천하제일의 고수가 되어 자염에서 독립, 단순한 킬러가 아닌 정의의 사도로서 만인의 칭송을 받는 협객이 되겠다는 허무맹랑한 꿈을 꾸고 있었으니 머릿속에 뭐가 들었는지 알 만하다.

그렇지만 정작 결계 앞—으로 추정되는 위치—까지 가자 다시 망설임이 고개를 들었다. 이거 한순간의 치기로 돌이킬 수 없는 짓을 저지르는 게 아닐까? 바로 며칠 전에도 주제 파악하지 못하고 추적자한테 덤볐다고 어린 나이에 황천 구경을 할 뻔하지 않았던가?

그는 앞으로 나아갔다 돌아섰다를 반복하며 고민에 빠졌다. 에이, 그냥 들어가자! 라고 굳게 마음먹었다가도 한 걸음만 나아가서는 다시 망설임이 고개를 들어서 몸을 돌리며 팔짱을 끼고 고민에 빠진다. 아냐, 아냐. 이러다가 큰일 나면 어떡해?

누군가 보고 있다면 미친놈 취급을 해도 할 말 없는 원맨쇼를 그는 10분도 넘게 계속하고 있었다. 그리고 유감스럽게도 지금 그를 지켜보고 있는 시선이 있었다.

'살기?'

문득 그는 자신을 향하는 살기를 느끼곤 지체없이 땅을 박찼다.

파바바박!

간발의 차이로 그가 있던 자리에 새카만 비도(飛刀)가 날아와서 꽂혔다. 그리고 그 방향으로부터 자염의 병사들이 모습을 드러냈다.

"멀리 도망간 줄 알았더니 여기 있었구나, 김신우!"

"큭. 너, 너희들이 여긴 왜 온 거지?"

신우는 그들이 돌아올 거라고는 생각지 못했는지라 눈에 띄게 당황했다. 진유현에게 된통 당하고 돈까지 뜯어 먹힌 놈들이 도대체 뭐 볼 게 있다고 이곳으로 다시 온 것인가? 설마 돈거래를 여기서 하기로 한 건가?

"알 거 없다!"

"보통 이런 때는 저승길 가는 선물로 가르쳐 준다거나 해야 하는 거 아냐?"

신우는 되레 화를 냈지만 자염의 병사들은 말도 나누기 싫다는 듯 공격을 가해왔다. 첫 번째 공격은 비도였지만 그다음 공격은 소용돌이 모양으로 만들어진 비틀린 수리검. 그것은 자염이 자랑하는 병기로, 던지는 자가 자유자재로 궤도를 조절할 수 있는 상대하기 까다로운 성능을 가졌다.

신우는 그것을 잘 알기에 아예 멀찍이 몸을 날리면서 칼을 뽑아 들었다. 그의 특기도 비도와 수리검이었지만 유감스럽게도 가진 게 없다.

'젠장! 역시 현대전은 화력과 물량인가!'

어딜 봐도 현대전과는 거리가 먼 전투법으로 싸우고 있는 주제에 신우는 그런 불평을 했다.

연속으로 날아드는 비도와 수리검을 아슬아슬하게 피하면서 퇴로를 찾았지만 모습을 드러낸 적은 무려 여덟 명. 게다가 전원이 일대일로도 문제없이 신우를 제압할 수 있는 실력의 소유자라서 빠져나갈 구멍을 주지 않았다.

하지만 단 하나, 빠져나갈 수 있는 길이 있었다. 그것은 바로 그가 등지고 있는 진유현의 훈련장 안으로 뛰어들어 가는 길이었다. 자염의 병사들은 미리 귀띔받은 것이 있어서 그 안으로는 들어가려고 하지 않았던 것이다.

"에라, 한 번 죽지 두 번 죽냐!"

신우는 호기롭게 외치며 결계 안으로 뛰어들었다. 아무것도 없는 공간이었는데 신우가 뛰어드는 순간 그의 몸이 허공에 녹아들 듯 사라져 버렸다.

남겨진 자염의 병사들은 당황했다. 오늘은 어디까지나 정찰하는 의미에서 온 것이지 김신우를 잡으러 온 게 아니었다.

"어떡하죠?"

병사 중 하나가 조장에게 물었다. 조장은 아쉬운 듯 입맛을 다시며 대답했다.

"뭐, 됐다. 우린 예정대로 주변을 답사하고 돌아간다. 저놈을 잡는다면 좋겠지만 무리할 필요는 없지."

그들은 김신우에게서 신경을 끄고 예정대로 주변을 탐색하기 시작했다.

분위기가 다르다.

신우는 결계 안쪽으로 들어오자마자 그 사실을 실감했다. 갑자기 모든 소리가 사라지고 기분 나쁘리만치 고요한 공기가 그를 반겨주고 있었다.

그리고 저편에 있던 자염의 병사들도 보이지 않았다. 이곳이 외부와 격리된 결계공간이라는 증거다.

자, 이제 어떻게 할까?

잠시 고민하던 신우는 쓸데없는 용기를 내어서 결계 안쪽을 탐색해 보기로 했다. 어차피 지금 나갔다가는 자염의 병사들과 마주칠 뿐이다.

그때였다.

"목숨이 아깝지 않은가 보구나, 여기까지 온 것을 보니."

짐승의 으르렁거림이 섞인 목소리였다. 신우는 깜짝 놀라서 목소리가 들려온 곳을 바라보았다. 나무 위에 청회색 털을 가진 늑대인간이 팔짱을 끼고 앉아 있었다.

"느, 늑대인간?"

신우는 놀라서 눈을 휘둥그레 떴다.

그러고 보니 뭔가 이상하다. 어느새 늑대인간의 등 뒤로 커다란 만월이 휘영청 떠 있었다. 분명히 조금 전까지만 해도 해가 떠 있었는데 벌써 한밤중이 되었다고?

"어머, 참. 얘는 도대체 뭐야? 죽여도 되나?"

신우는 흠칫했다. 쉿쉿거리는 소리가 섞인 목소리가 들려오기에 옆을 돌아보니 20미터나 되고 머리가 두 개인 쌍두사가 나무 사이로 모습을 드러내고 있었다.

'이런 말도 안 되는!'

진퇴양난이라는 게 이런 것인가? 앞에는 거대 쌍두사, 뒤에는 늑대인간이라니!

괜히 들어왔다는 후회가 물밀듯이 밀려들었지만 이미 늦었다. 아니, 그 진유현이라는 인간은 도대체 뭘 하는 인간이길래 이런 것들을 상대로 훈련한단 말인가? 무슨 무신(武神)이라도 되는 거냐?

뒤에서 성큼성큼 다가오던 늑대인간이 뒤통수를 긁적였다.

"글쎄, 모르겠어. 진유현이 마수들의 출현이 없도록 세팅해 둔 것을 보니까 죽이면 안 되는 상대인 모양인데?"

'마수들? 그건 또 뭐야?'

둘은 한국말로 떠들고 있었기 때문에 신우도 그 내용을 아주 잘 알아들을 수 있었다. 하지만 무슨 뜻으로 저런 이야기를 하는 건지는 도통 모르겠다.

"그럼 우리가 갖고 노는 정도로 그쳐야 하나? 뭐, 그 인간 올 때까지 심심풀이는 되겠네."

"죽이지만 않으면 되는 거지?"

또 다른 목소리가 합류했다. 신우는 기겁해서 목소리가 들려온 곳을 바라보았다. 나무들 사이에서 커다란 호랑이가 옛날 마당쇠나 입을 것 같은 한복을 입은 채 앞발로 턱을 긁고 있었다. 그야말로 호랑이 담배 피는 시절이라는 말이 떠오르는 모습이었지만 우습기는커녕 그저 공포스럽기만 하다. 그도 그럴 것이, 몸길이가 7미터에 이르는 시베리아 대호인 것이다.

"그럼, 그럼. 적당히 하자구, 적당히. 이놈은 우리에게 스트레스를 풀라고 하늘이 던져 주신 놀잇감이 틀림없어."

'틀려!'

신우는 마음속으로 비명을 질렀지만 세 괴물은 사이좋게 미소를 지으면서 다가오기 시작했다. 신우는 식은땀이 줄줄 흐르는 것을 느끼며 침을 꿀꺽 삼켰다. 그리고 돌을 비틀어서 만든 것 같은 억지미소를 지으며 그들에게 입을 열었다.

"저, 저기……."

"응?"

"뭐 할 말이 있나 본데?"

그들이 걸음을 멈추며 자신을 바라보자 신우는 다시 한 번 침을 꿀꺽 삼켰다.

"어, 어르신들, 우리 그냥 말로 하면 안 될까요?"

그들은 셋이 사전에 연습이라도 한 듯 똑같은 미소를 지으며 대답했다.

"안 돼!"

그리고 둥근 달 아래 불쌍한 소년의 비명이 메아리치기 시작했다…….

3

유현은 훈련장에 접근하면서 수상쩍은 기척들을 발견했다. 낯선 누군가가 이곳에 왔다가 가면서 남겨둔 흔적들이었다.

"흠. 그 자염이라는 놈들인가?"

유현은 마법이 기록해 둔 침입자들의 면면을 살펴보고 중얼거렸다. 기록을 다 살펴본 유현은 결계 안으로 들어섰다. 이미 신우가 결계 속으로 침입했다는 사실은 알고 있었다.

뭐, 혹시 이런 일이 있지 않을까 싶어서 신우는 특별히 죽진 않을 정도의 레벨로만 굴리도록 훈련장 설정을 바꿔뒀다. 그러니 그럭저럭 살아 있긴 하겠지. 물론 제정신을 유지하고 있으리라는 보장은…… 없다.

"ㅇㅇㅇㅇ……."

유현은 나무들 사이에서 정신을 잃은 채 덜덜 떨고 있는 신우를 발견하곤 실소를 머금었다.

보아하니 꽤나 지독한 꼴을 당한 모양이다. 자극이 심했는지 옆구리 상처가 터져서 다시 피가 나오고 있었다.

이 훈련장은 육체에 자잘한 자극만을 전달, 정신 속에서 그것을 증폭해서 받아들이도록 하는 구조로 만들어져 있었다. 하지만 정신이 현실이라고 인식하고 있는 상태에서 타격을 받으면 육체도 그 영향을 받게 마련이다.

"이놈을 어쩌야 하나……."

잠시 고민하던 유현은 일단 깨워서 대화를 나눠보기로 했다.

"야야, 일어나!"

"으헉!"

유현이 걷어차자 신우는 비명을 지르며 몸을 벌떡 일으켰다. 그리고 곧바로 옆구리의 상처를 움켜쥐고 나뒹굴었다. 북치고 장구 치고 혼자서 열심히 쇼를 하고 있다.

그 모습이 참 재밌기 그지없는지라 유현은 피식 웃으면서 지켜보고 있었다. 잠시 후 신우는 겨우 정신을 차리고 유현을 돌아보았다.

"헉!"

"놀라는 타이밍이 늦군. 거기 앉아."

신우는 조심조심 유현의 말에 따랐다. 그러더니 갑자기 넙죽 절을 하면서 말했다.

"사부!"

"…엥?"

이 돌발 행동에는 유현도 당황했다. 아니, 이 자식이 갑자기 뭔 헛소리를 하는 거야?

당황하는 유현을 고개를 든 신우가 똑바로 바라보면서 말했다.

"사부로 모시고 싶습니다. 저를 제자로 받아주세요!"

"……."

유현은 너무 어이가 없어서 굳어 있었다. 살면서 이렇게 황당한 일을 겪어본 적이 있던가?

"아니 왜 갑자기 그런 말도 안 되는 생각을 한 거지?"

"그건 사부가 강하고 멋지니까요. 적어도 저처럼 자염에 쫓겨서 살해당할까 벌벌 떠는 처지는 아니잖아요?"

"…솔직하군. 이유 한번 심플한데?"

아무래도 결계 안에서 겪었던 일이 녀석으로 하여금 이런 결정을 내리게 만든 것 같았다. 도대체 무슨 일을 당했을까?

"전 김신우라고 합니다. 부디 저를 제자로 받아주세요."

"싫어."

하지만 유현은 딱 잘라서 거절했다. 신우가 조금 당황하는 표정을 지었다.

"그럴 이유가 없다. 게다가 너는 귀찮은 짐 덩어리야. 너를 제자로 들이면 자염이라는 놈들하고 괜히 복잡하게 얽히잖아."

"그, 그건……."

신우는 당황했다. 확실히 유현 입장에서는 신우를 제자로 들이면 자염과 완전히 척을 지게 되니 귀찮을 뿐이고 아무런 이득이 없었다.

"그리고 여긴 왜 들어왔어?"

"아, 그, 그게……."

신우는 선뜻 대답하지 못하고 머뭇거렸다.

"우리 조직 녀석들한테 추적을 당해서……."

일단 다른 이유를 대는 편이 좋겠다 싶어서 꺼낸 말이지만 말하고 나서는 아차 했다. 그도 그럴 것이, 추적을 당했다고 굳이 여기로 온 건 왜냐고 추궁받으면 할 말이 없잖아?

따악!

하지만 유현은 그렇게 묻는 대신 신우의 머리에 꿀밤을 먹여주었다. 무슨 특별한 타격법을 썼는지 정수리를 시원스레 관통하는 통증에 온몸이 덜덜 떨린다.

"악!"

"야, 너, 설마 내가 이틀 동안 네가 근처에 짱 박혀 있던 거 몰랐을 거라고 생각한 건 아니지?"

"어? 아, 알고 있었어요?"

딱!

"악!"

"말귀 못 알아듣네. 닥치고 내 말에 대답이나 해. 난 솔직히 나한테 대드는 놈 안 좋아하거든?"

"아, 알았어. 알았다고요."

신우는 굴복했다. 아니 도대체 꿀밤을 어떻게 때리면 정수리부터 뇌를 뒤흔들고 충격이 식도를 타고 내려가서 내장까지 뒤흔들어놓는 거지?

"자, 다시 말해봐. 진솔하게 이유를 밝혀보시지?"

"그게……."

결국 신우는 솔직하게 이유를 털어놓았다. 그의 말을 듣는 동안 유현의 표정이 점점 이상하게 변해가더니 마지막에는 풋 하고 웃음을 터뜨렸다.

"아니, 그거 진심으로 하는 말이냐?"

"무, 물론."

"대단한데. 너 혹시 지구가 너를 중심으로 돈다고 생각하냐? 천재병 걸린 거 아냐?"

"그건 너무 심하지 않아… 요?"

"뭐, 물론 단련법의 차이는 확실히 존재하지. 하지만 그렇다고 해서 너처럼 초짜 냄새가 풀풀 풍기는 녀석이 이러고 있으면, 보통 그걸 보고 뭐라고 하는지 아냐?"

"뭐라고 하는데요?"

"뱁새가 황새 쫓아가려다가 가랑이가 찢어진다고 하지."

"윽."

효율적인 훈련은 지금의 레벨에 맞는 것이지 무조건 혹독하게 몰아치고 특수한 방법을 쓴다고 되는 게 아니다. 이 훈련장은 신우가 쓰기에는 수준이 높아도 너무 높았다.

"어쨌든 자염이라는 놈들은 곧 너를 쫓을 여력이 없게 될 테니까 어디로든 열심히 튀어서 새 인생을 개척해 보도록 해. 쓸데없이 꼬리 잡힐 일 만들지 말고."

유현은 그렇게 말하고 신우를 쫓아내었다. 신우는 뭐라고 말하려고 했지만 유현이 귀찮다는 듯 바라보자 결계의 힘이 발동했다. 공간이 요동치는가 싶더니 어느새 그는 결계 밖으로 쫓겨나 있었다. 다시 들어가 보려고 발길을 옮겨봤지만 이번에는 자기도 모르게 제자리에서 빙빙 돌게 될 뿐 안으로 들어갈 수는 없었다.

"끄응. 이대로 포기하진 않을 거라고요."

신우는 불만스런 표정으로 중얼거렸다. 그러다가 문득 유현이 마지막으로 한 말에 생각이 미쳤다.

"근데 자염이 나를 쫓을 여력이 없게 될 거라니 그건 대체 무슨 말이지? 으음."

유현이 말하는 투를 보니 뭔가 확신을 가질 만한 근거가 있는 것 같았다. 신우는 일단 자신의 야영지로 돌아가서 곰곰이 생각에 잠겼다.

"그놈들이 언제쯤 공격해 올라나?"

유현은 자염의 습격을 예측하고 있었다.

그들이 다녀간 행동으로도 뭘 생각하고 있는지는 훤히 보인다. 5억이라는 거금을 주기가 아까우니 인원을 돌려받은 후에는 곧바로 변심, 이쪽을 치겠다 이거지.

물론 그 행동의 대가는 비싸게 치러야 할 것이다. 유현은 이미 연옥에서도 사정없이 날뛰기로 마음먹은 참이었다.

훈련을 마친 유현은 기력이 회복되자 옷을 챙겨 입고 훈련장을 나섰다. 주변을 살펴보니 신우는 아직도 이 부근을 떠나지 않은 것 같았다.

'뭐, 상관없나?'

이제 훈련장도 잠가뒀고 하니까 유현을 직접 귀찮게 굴지만 않으면 뭘 하든 상관없었다. 저러다 또 자염의 병사들에게 발견되어서 잡혀가서 죽으면 그것도 자기 팔자지.

산을 내려온 유현은 오토바이를 타고 안산 시내로 돌아왔다. 그러다 문득 이상한 기척을 느끼고 오토바이를 세웠다.

'뭐지?'

누군가 자신을 보고 있었다.

원래 그 같은 사람들은 다른 사람의 시선에 민감하다. 아무리 멀리서 보고 있더라도 느낄 수 있다. 그런 능력이 없다면 멀리서 저격당할 경우 대책 없이 당할 수밖에 없지 않겠는가?

지금 그를 바라보고 있는 시선에서는 살의가 느껴지지 않았다. 하지만 뛰어난 저격수라면 살기조차 없이 공격한다는 인식조차 죽이고 저격을 할 수 있었다.

'자염 소속 같지는 않은데?'

보고 있다는 것은 알겠는데 어디서 보고 있는지는 확실히 모르겠다. 방향까지는 얼추 감 잡을 수도 있을 것 같지만 그렇게 한곳에서 오래 있다가는 날 잡아잡수 하는 꼴이 될 것이다.

이런 능력자가 자염 소속일 리가 없다. 적어도 그가 본 자염은 이런 실력자를 거느릴 수 있는 집단이 아니었다.

'흠. 설마 지금부터 공격할 생각인가?'

오늘 낮에 훈련장을 정찰한 놈들치고는 너무 행동이 빠른데?

물론 유현이 그렇게 생각하고 있는 이상 지금은 오히려 최적의 타이밍이다. 상대방의 허를 찌르는 것은 병법의 기본이니까.

그렇다면 자염에 대한 평가를 조금쯤 높여야 할지도 모르겠다. 최소한 머리가 좀 돌아가는 놈이 있긴 한가 보지?

유현은 다시 스로틀을 당겨서 오토바이를 달리게 했다. 어디를 전장으로 삼을 생각인지는 모르겠지만 일반인이 말려들어서는 안 된다. 사람이 없는 지역을 찾아야겠다.

'몸 상태는 최적은 아니지만 그럭저럭 싸우기에 무리가 없는 정도는 되겠고, 장비는 제대로 된 게 없군. 이렇게 되면 녀석들 무기를 뺏어서 싸우는 수밖에 없나?

유현은 혀를 찼다.

솔직히 이전에 본 녀석들이라면 수십 명이 덤벼도 맨손으로 격파할 자신이 있었다. 하지만 그들 사이에 제대로 된 실력자가 끼어 있다면 이야기가 달라진다.

하지만 그렇다고 장비 가지러 집이나 아지트까지 돌아갈 수도 없는 노릇. 일단은 이대로 승부를 내는 수밖에 없다. 그리고 가장 좋은 방법은…….

부아아아아앙!

오토바이가 급가속해서 교통경찰이 눈을 부라릴 수밖에 없는 속도로 달려가기 시작했다. 차들 사이를 절묘하게 지나쳐서 달리기 시작한다. 물론 마법의 효과로 아무도 그 사실에 신경 쓰지 않았다.

하지만 그를 지켜보던 자들은 비상이 걸렸다. 처음에는 의아함을 느꼈지만 잠시 후에는 그가 어디로 향하고 있는지 알아차렸기 때문이다.

한얼은 망원경을 내리고 감탄한 표정을 지었다.

"대략 2킬로 정돈가? 이 거리에서 보는데도 단박에 알아채다니 대단하군."

빌딩의 옥상에 바람이 불어오며 그의 긴 머리칼이 휘날렸다. 그는 심각한 표정으로 유현이 있는 곳을 바라보았다.

그가 이번 일에 투입되는 것을 허락한 것은 현 당주 현윤이 그에게 교환 조건을 내걸었기 때문이다. 이번 일을 성공적으로 수행해 준다면 김신우에 대한 척살령을 풀겠다, 앞으로 어딜 가든 신경 쓰지 않겠다고 약속해 주었던 것이다.

반드시 이 일을 성공시키고, 김신우를 모시고 어디 먼 곳으로 가서 평화로운 여생을 보내리라. 그는 젊은 주제에 그런 생각을 하면서 이 일에 임하고 있었다.

그런데 그때 타깃이 갑자기 지금까지와는 비교할 수 없는 기세로 폭주하기 시작했다. 도로교통법 따윈 아예 모른다는 듯 시내에서 시속 200킬로 가까운 속도로 가속, 달리는 차들 사이를 쌩쌩 빠져나가면서 어디론가 가기 시작한다.

잠시 후 무전을 통해서 충격적인 사실이 전해졌다.

"타깃이 우리 아지트를 향해 가고 있다!"

"뭐?"

한얼도 깜짝 놀랐다.

그들은 유현의 생각대로 바로 오늘을 공격 일자로 잡음으로써 그의 허를 찌르려고 했다. 낮에 마법에 대해 아무런 대책도 없이 염탐을 했던 것도 그에게 무지한 모습을 보여주기 위한 연기였던 것이다.

하지만 이 시점에서 유현이 그런 그들의 허를 찔렀다. 공격의 분위기를 알아차리자마자 적들의 아지트로 돌진하다니?

유현은 이미 지난 며칠간 자염의 아지트를 파악해 놓고 있었다. 80년이나 되는 역사를 가진 집단인만큼 아지트에 대해서도 잘 알려져 있는 상태였다. 물론 아지트는 충분히 요새화되어 있지만 유현 같은 존재가 쳐들어간다면 결코 안심할 수 없게 된다.

그리고 무엇보다…….

'젠장. 인원이 다 빠져나와 있는데!'

지금 아지트에는 인원이 거의 없었던 것이다. 대다수의 전투 병력이 유현을 치기 위해서 나와 있었고, 조금씩 포위망을 구축해 가고 있는 이때 허를 찌르고 나올 줄이야!

과연 만만치 않은 적이다. 현윤이 저 한 사람을 잡기 위해 업무도 중단하고 이 많은 인원을 동원할 만했다.

한얼은 급히 빌딩에서 뛰어내렸다. 아래쪽에는 그가 타고 온 오토바이가 대기하고 있었다. 진유현이 오토바이를 타고 다닌다는 정보를 입수한 그는 동등한 기동력을 손에 넣기 위해 레이싱 레플리카를 준비했던 것이다.

부아아아앙!

그는 즉시 풀스로틀로 가속해서 유현을 뒤쫓기 시작했다. 그도 자염에서는 오토바이를 가장 잘 다루는 인간이었다. 동시에 유현 쪽을 향해 강렬한 기세를 뿜어낸다. 조금이라도 자신을 신경 쓰게 해보려는 의도였다.

"한얼, 어쩔 생각인가?"

헤드셋을 통해 무전이 들려왔다. 현윤의 목소리였다.

"내가 뒤를 쫓아갈 테니 저쪽의 속도를 떨어뜨려 주시오, 당주! 그리고 멈추게 하는 대로 즉시 인원을 투입해 주고!"

"알겠다."

현윤은 즉시 한얼의 요청을 승인했다.

무전을 통해 인원들의 움직임을 파악한 한얼은 진유현의 모습을 놓치지 않기 위해 급가속했다. 유현의 오토바이는 오프로드 바이크. 도로상에서의 가속은 이쪽이 위다. 물론 이쪽도 목숨을 걸고 달려야 하지만……

'목숨을 걸지 않은 적이 있긴 했던가?'

무슨 일이든 목숨을 걸고 칼날 위에서 춤을 추듯 하는 것이 무벌 조직의 병사라는 것이다. 남의 생명을 배당금으로 원하는 자는 항상 자신의 목숨도 칩으로 걸게 마련이다.

그의 오토바이가 단숨에 200킬로를 넘어서 가속했다. 하지만 아무도 그를 신경 쓰지 않았다. 가까이 다가오면 반사적으로 차를 피할 뿐이다. 그와 자염의 조직원들 역시 마법 아이템을 이용, 유현처럼 사람들의 인식을 피하고 있는 것이다.

하지만 그가 맹렬하게 유현을 따라잡고 있음에도 불구하고 현윤을 비롯한 다른 병력은 할 수 있는 일이 없었다. 생각해 보니 시속 200킬로 가까운 속도로 달리는 오토바이를 따라잡을 수 있는 방법도 없고, 그렇다고 저격을 하자니 총을 가진 것도 아니다.

아니, 혹시나 몰라서 총을 준비하긴 했는데 유현은 이미 총을 무력화시키는 결계장을 형성시키고 있어서 아무짝에도 쓸모가 없었다. 그걸 뚫으려면 마법으로 구동되는 특수 총을 사용해야 하는데 자염은 그렇게 갑부 조직이 아니었다.

이렇게 된 이상 석궁으로 어떻게든 해야 하는데 아무리 특제품이라도 저렇게 빠른 속도로 움직이는 표적을 쏴 맞추기에는 역부족이었다. 실제로 몇 번 저격을 시도해 봤지만 한결같이 유현이 지나간 자리만 때릴 뿐 성과를 거두지 못했다.

"젠장! 루트를 예측해서 앞에 함정을 설치해!"

"일반인 피해가 나올 텐데 괜찮겠습니까?"

남은 것은 도로에 직접 함정을 설치하는 것뿐인데, 이건 아무래도 꺼림칙했다. 한밤중에 사람 없을 때라면 또 모를까 지금은 아직 저녁 무렵이고 차량 통행도 많을 때인 것이다.

"큭! 그럼 아지트 부근의 루트에다 설치해. 녀석도 어쩔 수 없이 도로에서 벗어나서 골목을 지나야 할 때가 올 테니까!"

"알겠습니다."

유현보다 아지트 가까이에 있던 인원들이 즉시 함정 설치에 들어갔다. 골목에 오토바이 높이에 맞춰서 잘 보이지 않는 피아노선을 설치하는 것만으로도 훌륭한 함정이 된다. 그리고 이들에게는 그것보다 훨씬 뛰어난 함정 설치법이 많았다.

그러나 유현은 그곳에 들어설 때쯤 되자 또다시 이들의 예상을 벗어났다.

"뭐야! 어디서 협력자가 우리 행동을 관찰하고 보고라도 해주는 건가?"

그렇게밖에 생각할 수 없을 정도로 유현의 행동은 적절한 대응을 보여주고 있었다. 도로를 벗어나야만 하는 상황이 되자 곧바로 오토바이에서 내리더니 달려서 이동하기 시작한 것이다.

물론 여기서 '달려서 이동한다'는 말 때문에 그의 이동법을 오해해서는 안 된다. 그는 그 자리에서 10미터쯤 훌쩍 솟구쳐 오르더니 상가 건물의 옥상에 올라섰고, 그 후로는 그냥 건물과 건물 사이의 옥상을 밟고 날아다니고 있었다.

겨우 뒤를 쫓아온 한얼로서는 닭 쫓던 개가 된 셈이었다. 뭐 저런 자식이 다 있지?

똑같은 방식으로 쫓아가면 된다고 생각할 수 있겠지만 문제는 속도다. 유현의 속도는 엄청나서 도저히 따라갈 엄두가 나지 않았다.

"방법이 없군. 몸으로 막아!"

결국 현윤은 결단을 내렸다. 일단 그와 가까이 있는 병력으로 막으면서 다른 인원들을 집결시킬 수밖에 없다. 그렇지 않으면 아지트가 박살나고 이후에는 각개격파당하는 끔찍한 사태가 벌어질 것이다. 단독으로 유현을 막을 수 있는 실력자는 그들의 판단으로는 현윤과 한얼밖에 없었다.

희생을 담보로 유현을 막을 것을 명령받은 병력은 망설이지 않았다.

여기서 망설였다면 자염이라는 조직의 통솔력에 문제가 있다는 증거가 된다. 그들은 80년 전통을 가진 조직답게 흔들림 없이 명령을 수행했다.

"호오!"

옥상을 달리고 있는 유현의 앞에 자주색 전투복을 차려입은 자염의 전투원들이 모습을 드러냈다. 유현이 예의상 걸음을 멈춰주자 그들은 긴장된 기색으로 그를 살폈다. 섣불리 달려들지 않는 것은 훈련이 잘 되어서라기보다는 그저 유현의 존재감에 눌려서겠지.

하지만 이쪽에서는 오래 기다려 줄 마음이 없다. 기다리면 기다릴수록 저쪽이 유리해진다는 것을 알고 있는데 왜 그래야 하나?

"홍!"

유현은 즉시 땅을 박차고 앞으로 쏘아져 나갔다. 그리고 선두에 있던 병사가 미처 반응하기도 전에 그의 안면을 후려갈기고 가볍게 뒤로 돌아가면서 그의 허리에 매어 있던 칼을 빼들었다. 휴대하기 쉽게 짧게 만들어진 칼이 뒷목을 슥 긋고 지나가는 것만으로도 그의 목숨은 끊어진다.

"큭!"

그제야 다른 병사들이 반응하기 시작했다. 유현과 그들은 서로 살아가는 시간 축이 다르다고 생각될 정도로 스피드의 차원이 달랐다. 유현은 그들을 비웃듯이 시야의 사각으로 들어가면서 칼을 휘둘렀다.

유현은 여섯 명을 간단히 베어 넘기고 그들의 시체에서 쓸만한 장비들을 챙겼다. 무기를 갖고 있지 않으니 적을 죽이고 그 무기를 약탈한다. 그리고 그 무기로 또 다른 적을 죽인다. 얼마나 합리적인 전술인가?

"뭐, 이 정도면 그럭저럭 싸울 수는 있겠군."

장검이 두 자루, 길이 70센티 정도의 짧은 칼이 네 자루에 비도와 수리검, 소형 투척용 폭탄도 넉넉하다. 이런 걸 주렁주렁 매달고 다니면 짜증나겠지만 평소에도 마법 포켓 정도는 갖고 다니기 때문에 수납에 문제는 없었다.

"아, 슬슬 오나?"

유현은 또 다른 기척들이 가까워지는 것을 느끼며 웃었다. 그리고 병사의 시체로부터 헤드셋을 회수해서 쓰고 옥상에서 뛰어내렸다. 그렇다고 지상으로 뛰어내리는 것은 아니고 마치 중력의 방향이 바뀐 듯이 벽을 타고 달려간다. 그러다가 벽을 박차고 훌쩍 날아서 반대편 벽으로, 다시 뛰어서 벽을 타고 달리는 식으로 이동하는 것이다.

"아, 아. 들리시나?"

유현은 그렇게 달리면서 헤드셋을 통해 적들에게 말했다. 적들이 바쁘게 떠들어대고 있는 소리가 들려오고 있었다.

"누구냐?"

"누구긴, 당신들이 혈안이 되어 찾고 있는 사람이지."

"큭, 네놈이 감히……!"

"그 '감히' 라는 단어는 내 쪽에서 써야 할 것 같은데? 주제 파악도 못하고 내 뒤통수를 치겠다고 결의해 주셨으니 감사해 주지. 나도 부담없이 당신들 박살 낼 수 있을 것 같으니까 말야."

콰작!

유현은 일방적으로 할 말만 한 다음 헤드셋을 부숴 버렸다. 갖고 있으면 적들의 통신을 감청할 수 있으니 쓸모가 있을 테지만 저쪽도 그에 대한 대비책 정도는 갖고 있을 것이다.

일단은 아지트로 쳐들어가서 닥치는 대로 휘저어놓는다. 쓸 만한 무기가 있으면 챙겨두고 거기에 대기하고 있던 인원도 족쳐 두자. 그러면 아지트를 사수하기 위해 필사적으로 덤벼들겠지. 그때 역습해서 하나씩 격퇴해 주면 된다.

유현은 순식간에 자염의 아지트에 도착했다. 안양 외곽에 위치한 커다란 한옥. 그 지하야말로 자염의 진정한 아지트였다. 겉보기로도 넓은 부지를 차지한 한옥이지만 그 지하는 그야말로 요새화되어 방대한 크기와 복잡한 구조를 자랑한다.

"고전적이군."

그렇게 중얼거린 유현은 갑자기 아지트의 담을 따라서 빙

돌기 시작했다. 그러면서 수리검을 꺼내서 자신의 손가락을 베어 피를 내고는 그걸 묻혀서 땅에다 꽂았다. 휙휙 날아간 수리검이 일정 간격을 두고 땅에 박히며 기묘한 빛을 발한다. 유현은 그렇게 의미를 알 수 없는 작업을 하면서 아지트 외곽을 한 바퀴 돌았다.

"좋아. 이제 한 놈도 내 눈을 피해서 도망치진 못한다."

유현은 한옥 담을 넘어 안으로 들어서며 중얼거렸다.

픗!

동시에 담 부근에 설치되어 있던 함정들이 고개를 들었다. 즉시 사방에서 화살과 수리검 등이 날아든다.

파바바바박!

유현은 단숨에 쌍검을 휘둘러 그것들을 모조리 쳐내 버렸다. 그가 두 자루의 검을 휘두르자 주변에서 검풍이 일어나며 먼지가 휘말려 올라간다. 그는 스스로 일으킨 검풍을 뚫고 앞으로 돌격했다.

"사실 쌍검이 전공과목은 아니지만……."

그가 즐겨 쓰는 검술은 환두대도를 이용한 선이 굵고 강맹한 검술이다. 쌍검술이나 이도류는 별로 취향도 아니고 전공도 아니었다. 하지만 변변찮은 무장도 없는 상황에서 다수의 적을 상대해야 하고 사방에서 날아드는 공격에 대처해야 한다면 이 스타일도 나쁘지는 않다.

"거기까지다!"

날카로운 외침과 함께 한 사람이 그의 앞을 가로막았다. 동시에 전방으로부터 화살이, 그리고 수십 개의 자염 특제 수리검이 복잡한 나선을 그리며 날아들었다.

"흥!"

하지만 유현은 코웃음을 치며 쌍검을 휘둘렀다. 검풍이 일어나며 그 모든 것들을 날려 버린다.

그 틈을 타서 앞을 가로막았던 상대가 달려들었다. 20미터의 거리를 일순간에 좁히는 돌진력은 확실히 아까 베어버린 여섯 명과는 차원이 다른 실력자임을 알려주고 있었다. 동시에 아래쪽으로부터 일본도가 섬광처럼 뻗어 올라온다.

쉬이이잉!

공기가 내지르는 비명이 울려 퍼졌지만 표적은 그곳에 없었다. 검을 휘두른 자는 당황하는 대신 몸을 돌리며 땅을 박찼다. 그의 몸이 3미터쯤 뛰어오르며 여섯 개의 수리검이 뻗어나갔다.

파앗!

수리검의 궤적을 차단하며 검광이 번쩍였다. 순식간에 그의 시야에서 벗어난 유현이 쌍검을 뿌리기 시작한 것이다.

피피피핏!

공기를 튕기는 소리와 함께 핏방울이 뿌려지기 시작했다.

"이, 이 거리에서 어떻게?"

검객은 당황했다. 유현과 그의 거리는 3미터가량. 그런데도 유현이 검을 휘두르면 그 궤적을 따라 그의 몸이 베어지고 있었다. 번쩍이는 검광이 실체의 검처럼 그의 몸을 가르고 지나간다. 그 상처는 깊지 않았지만 당혹스러운 것은 어쩔 수 없었다.

"마검(魔劍) 격풍(激風)."

유현은 그 의문에 답하듯 중얼거렸다. 그리고 검객의 시야에서 유현의 모습이 사라졌다.

'빠르다!'

그의 동체시력으로도 따라갈 수 없을 정도로 엄청난 스피드. 그렇다면 다음 순간엔 반드시 공격이 온다. 검객은 이 순간이 목숨을 건 도박을 해야 할 순간이라는 사실을 알았다.

적은 어디에 있는가? 차분하게 고민할 여유 따윈 없다. 생사의 격전 속에서 단련된 자신의 감을 믿고 검을 뿌린다!

챙!

검과 검이 맞부딪쳤다. 그의 왼쪽으로 돌아갔던 유현이 내지른 좌검에 막힌 것이다.

"제, 제길⋯⋯."

하지만 검객의 입에서 흘러나온 것은 원통함 섞인 신음이었다. 유현의 검은 두 개. 좌검은 막았지만 우검은 그의 명치를 꿰뚫었다.

"그래도 여태까지 만난 이 조직 놈들 중에선 댁이 제일 훌륭했어."

유현은 그렇게 찬사를 남기며 그를 지나쳤다. 검이 뽑혀 나온 상처로부터 피가 왈칵 쏟아지면서 검객의 몸이 무너져 내렸다.

그 앞을 또 다른 인원이 막아서며 십자포화를 날렸다. 수십 발의 화살과 수리검이 유현을 다져 버리려는 듯 날아든다. 유현은 곧바로 땅을 박차고 옆으로 뛰어서 공격권으로부터 벗어나고, 다시 땅을 박차고 삼각형 궤도를 그리며 공격자들에게로 뛰어들었다.

슈칵!

쌍검이 죽음을 노래하고 있었다. 허공에 피보라가 일면서 목이 끊어진 세 구의 시체가 사방으로 날아갔다.

겨우 죽음을 피한 자들에게도 놀랄 여유조차 주지 않는다. 검광이 허공에 무수한 궤적을 그려내면서 피를 뽑아내었다. 마치 핏방울이 살아서 그 궤적을 타고 대군을 이루어 질주하듯이 비명을 삼켜 버리며 검격이 몰아쳤다.

"마검 폭풍우(暴風雨)."

유현의 읊조림과 함께 섬광의 궤적은 더더욱 복잡하게 변하며 점입가경으로 가속한다. 검풍과 검광이 일체화되며 눈부신 검의 태풍이 자염의 병사들을 집어삼키기 시작했다.

4

"이, 이럴 수가!"

아지트에 남아 있던 부당주는 그 광경을 보고 경악했다. 믿을 수 없는 무력이었다. 저자는 괴물이란 말인가? 40년 평생을 연옥에서 살면서 기기묘묘한 존재들을 많이 보아왔지만 이런 괴물은 처음이다.

유현과 맞섰던 검객, 주작조장은 당주 현윤과 한얼을 제외한 자염 최고의 고수였다. 일대일 대결에서는 부당주조차도 그에게 한 수 접어준다.

그런 상대를 유현은 너무나도 쉽게 물리쳤다. 그것으로도 모자라 벌써 열일곱 명의 병사를 썰어버렸다. 앞을 가로막는 족족 나가떨어지니 병사들은 이제 덤벼들 엄두도 못 내고 물러나고 있었다.

'젠장! 단주와 한얼이 빨리 돌아와야…….'

아직 유현이 난입한 지 3분도 채 지나지 않았다. 그동안에 남아 있던 병력이 완전히 풍비박산이 난 것이다.

유현은 멈칫거리는 병사들의 앞에서 씩 웃으면서 천천히 걸어오고 있었다. 목적지는 본채겠지. 바로 부당주가 있는 곳이기도 하다.

부당주는 다급한 마음에 통신으로 당주의 귀환을 재촉했다.

"당주! 어서 돌아오십시오!"

"상황은 어떤가?"

달리고 있는 듯 잡음이 섞인 소리였다. 그도 지금 전속력으로 돌아오고 있는 중이리라. 그것만은 알 수 있었다.

"이미 두 자릿수의 병력이 죽었습니다. 그리고 주작조장이…….."

"주작조장이 죽었나?"

당주의 목소리에 경악이 섞였다. 그럴 수밖에 없는 것이, 주작조장은 당주조차도 인정하는 고수였던 것이다.

"…30초도 버티지 못했습니다."

"그럴 수가!"

"믿을 수 없는 실력입니다. 당주님이 어서 돌아오셔야……."

"서두르겠다. 일단 한얼이 당도했다고 하니 최대한 시간을 끌도록. 인원이 집결하는 대로 풍룡대진(風龍大陣)을 발동시킨다."

"알겠습니다."

한얼이 당도했다는 말에 부당주가 안도의 한숨을 내쉬었다. 한얼은 당주 급 실력자 몇이 달려들어서야 겨우 제압한 고수 중의 고수. 아무리 진유현이 괴물이라도 그를 쉽게 무찌르진 못하리라.

그리고 당주가 돌아오고 30명 이상의 인원이 있으면 이 아지트의 최종 병기라고 할 수 있는 '풍룡대진'을 발동시킬 수 있게 된다. 그렇게 되면 섣불리 남의 본거지에 발을 들인 진유현은 뼈저리게 후회하게 될 것이다.

그러는 동안 바깥에서는 마침내 진유현이 걸음을 멈추고 있었다. 그의 뒤쪽으로부터 다가오는 고요한 기세가 경계심을 돋웠기 때문이다. 긴 검은 머리를 휘날리는 청년이 소름 끼치도록 날카로운 눈으로 그를 노려보고 있었다.

"호오."

유현은 그가 다가오도록 가만히 내버려 두었다. 긴 머리를 휘날리는 청년은 길이가 1.5미터도 넘는 장군검을 뽑아 들고 있었다. 그렇다면 복잡한 기교보다는 선이 굵은 일격을 선호하는 자일까? 물론 섣불리 단정 지어서는 안 되겠지만…….

"자염의 한얼."

청년이 유현과 10미터 정도 떨어진 곳에 멈춰 서며 자신의 이름을 밝혔다. 이런 상황에 예를 갖추고 있는 것을 보면 좀 낭만을 아는 성격인 모양이다.

유현은 낭만 따윈 개나 먹여주라고 말하는 성격이었지만 이번에는 마음이 동했다. 쌍검을 교차하는 그의 왼쪽 눈 위에서 안대가 기묘한 빛을 발했다.

"진유현. 무소속이야."

"주작단주를 해치웠다고 들었다. 상대로서 부족함이 없군."

"그 말 그대로 돌려주지… 라고 말하는 편이 폼 날 것 같은데 그렇게 하진 않을게. 왜냐하면 솔직히 당신은 내 상대로는 부족해 보이거든."

오만하게 선언한 유현은 곧바로 뒤로 한 걸음 물러났다. 유현이 미소 짓는 것과 동시에 한얼이 돌진해 들어왔기 때문이다. 그의 장군검이 깨끗한 호선을 그리며 강맹하게 내려쳐졌다.

하지만 유현은 한 걸음 물러나는 것만으로도 정확히 그 공격을 피해내고는 좌검으로 카운터를 먹였다. 잽처럼 뿌려진 좌검이 텅 빈 한얼의 목을 노린다.

투캉!

한얼은 몸을 비틀어 어깨 보호대로 그 검격을 받아냈다. 놀라운 임기응변이었지만 유현은 눈썹도 까딱하지 않고 우검을 내질렀다. 아래쪽으로부터 휘둘러지는 우검의 기세는 통나무도 쪼갤 듯 강맹했다.

후우우웅!

한얼은 가까스로 그 일격을 피했다. 그러나 그 직후 날아든 유현의 발차기는 피하지 못했다.

빠악!

경쾌한 소리와 함께 그의 몸이 뒤로 날아갔다. 유현은 곧바로 날아가는 그를 추격하며 쌍검을 교차시켜 찔렀다. 승부를 결정할 수도 있는 일격이었지만 한얼의 대응은 놀라웠다. 마치 허공에 뭔가가 있는 것처럼 도약하더니 유현의 머리 위를 넘어간다. 동시에 몸을 거꾸로 세우면서 곡예 같은 일격!

챙!

하지만 그것도 유현이 몸을 돌리지도 않고 뒤로 세운 검에 막혀 버렸다. 유현은 그를 튕겨내고는 몸을 돌리며 미소 지었다.

"제법인데! 당신 여기 소속 맞아? 다른 놈들하곤 기술부터가 다른데?"

유현이 재미있어하면서 물었다. 한얼은 모든 면에서 자염의 병사들과는 달랐다. 비유하자면 태권도와 무에타이의 차이랄까? 한얼의 움직임, 호흡, 공격법과 대응법은 뿌리부터 자염의 병사들과는 다른 기술과 훈련으로 만들어져 있었다.

"네가 알 바 아니지."

한얼은 싸늘하게 대꾸하며 검격을 날렸다. 위에서 아래로 우직하게 내려 베는가 했더니 유현이 한 발짝 물러나자마자 검의 궤적이 바뀌며 올려 베기로 바뀐다. 그러나 유현은 좌검을 들어 그것을 가볍게 비껴내고는 우검을 휘둘렀다.

파앗!

한얼은 재빨리 대응했지만 이번에는 유현의 공격이 빨랐다. 허벅지에 얕은 검상이 그어졌다.

"큭!"

"제법 실력이 있긴 한데… 아직 주제 파악은 잘 못하는 것 같군."

유현은 코웃음을 치며 공세로 전환했다. 지금까지는 탐색하는 의미에서 한얼의 공격을 가만히 받아주기만 했지만 이제는 다르다. 전력을 다해 승부를 낼 뿐!

콰창!

단 일격에 한얼의 손에서 장군검이 튕겨 날아갔다. 손아귀가 터지면서 핏방울이 튀는 것이 한얼이 의지가 약해서 검을 놓친 게 아님을 증명해 주고 있었다.

'이런! 어떻게 이 나이에 이런 실력을……!'

차원이 다른 유현의 무력에 한얼은 전율했다. 적어도 자염이 살아가고 있는 영역보다는 더 높은, 강자들의 세계를 맛본 그였지만 이런 괴물은 처음 보았다. 게다가 10대의 어린 나이라니?

다음 순간 그가 끝장나지 않은 것은 다른 이들의 조력 덕분이었다. 시기적절하게 수리검이 날아들어 유현의 움직임을 차단했던 것이다. 유현은 쳇 하고 혀를 차며 수리검을 쳐내고 한얼과의 거리를 벌렸다.

그리고 그 앞에 한 남자가 모습을 드러냈다. 귀기를 풀풀 풍기는 일본도를 든 남자, 바로 자염의 당주 현윤이었다.

"여기까지다! 더 이상은 마음대로 날뛰지 못한다!"

그의 외침과 함께 무수한 병력이 아지트 안쪽으로 날아내리기 시작했다.

어느새 주변은 수십 명의 자염 병력에 의해 포위되어 있었다. 현윤과 함께 다른 병력들이 속속 뒤따라 등장한 것이다.

"흐응. 다 모이셨나? 생각대로는 안 됐군."

그러나 유현은 전혀 위기감을 느끼지 않는 듯 이죽거리며 말했다. 원래는 아지트를 단시간 내에 작살내고 건물 안을 누비며 싸울 생각이었는데 계획이 어긋났다.

하지만 그렇다고 해서 위기감을 느낄 정도는 아니었다. 걱정했던 것과는 달리 지금 주변을 포위한 자들 중에는 그를 위협할 실력자가 존재하지 않았으니까.

주변을 휘 둘러본 유현은 현윤과 시선을 마주했다.

"그 검, 제법 사연이 있는 것처럼 보이는데."

유현은 현윤의 일본도에 흥미를 보였다. 저것은 격이 다른 병기였다. 그러니까 현윤이 들고 있기에는 무기의 격이 너무 높다는 의미에서.

"하지만 뭐, 일본도는 취향이 아니니까 적당히 팔기로 할까? 최소한 20억은 받을 수 있을 것 같군."

"뭐?"

유현의 말에 현윤은 멍한 표정을 지었다. 자신이 나타나서 흉흉한 기세를 뿜어대고 있거늘 유현은 마치 안중에도 없다는 듯, 아니, 그 정도를 넘어서 무기를 보며 가격을 매기고 있는 게 아닌가?

"이 오만방자한 애송이가!"

"당신, 오만방자라는 말뜻은 알고 쓰는 건가? 내 생각에 우리말은 댁이 생각하는 것보다는 훨씬 어려운 것 같아."

유현은 그를 조롱하며 쌍검을 검집에 꽂아 넣었다.

현윤이 뭘 하나 싶어서 어리둥절해하고 있었더니 튕겨 날아간 한얼의 장군검을 향해 손을 뻗는다. 그러자 보이지 않는 손이 그 검을 쥔 것처럼 허공을 날아 그의 손에 잡히는 것이 아닌가?

"이건 좀 내 취향에 맞는군."

"염동력! 역시 마법사였나?"

마법에 완전히 무지한 자라면 옛 무술의 경지를 들어 격공섭물(隔空攝物)이니 어쩌니 했을지도 모르겠지만 현윤도 나름대로 산전수전 다 겪은 자였다. 강력한 결계로 가둬진 구역을 훈련장이라고 말했을 때부터 유현이 마법사일 가능성을 열어두고 있었다.

"그걸 이제 안 거야? 판단력이 완전 꽝인데?"

유현은 피식 웃으며 장군검을 들고 한번 크게 휘둘렀다. 후
우웅 하고 무거운 소리가 울리며 그 궤적을 따라 검풍이 일기
시작했다. 회오리처럼 일어난 검풍을 몸에 휘감은 유현은 나
직하게 읊조렸다.

"마검 폭풍우."

후우우우우우!

바람이 울부짖는 소리가 울려 퍼졌다. 그리고 유현이 든 장
군검이 거침없이 내달리며 검광을 뿌려대기 시작했다. 검광과
검풍이 일체가 되어 사정권 안에 들어오는 모든 것들을 갈가
리 찢어놓기 위해 폭주한다.

"뭐야, 이건!"

현윤은 불어 닥치는 검풍에 스치는 것만으로도 자신의 옷이
찢겨지는 것을 보곤 경악해서 뒤로 물러났다.

유현의 모습은 피어 오르는 모래먼지 때문에 잘 보이지도
않았다. 다만 회오리치는 검풍 속에서 검광이 번쩍일 때마다
무시무시한 예기가 공간을 난도질한다. 자염의 병사들은 그것
을 피해서 물러나기에 급급했다.

"마검 태풍(颱風)."

쿠쿠쿠쿠우우우!

그들에게는 들리지도 않는 유현의 읊조림과 함께, 바람이
휘말려 올라가면서 검광도 격하게 소용돌이치기 시작한다. 주

변의 모든 것을 끌어들일 듯이 회전하는 검풍이 점입가경으로 가속해 가고 있었다.

"큭!"

한얼은 거기다 대고 공격을 시도했다. 병사들의 석궁을 뺏어 들고 연사, 수리검을 던져 보기도 했지만 전혀 먹히지 않는다. 몇 가지 공격을 시도해 보던 그는 큰 소리로 외쳤다.

"모두 피해! 엄청난 게 온다!"

그리고,

"고작 이 정도의 기술에도 대응하지 못하다니, 정말로 실망스럽군."

유현의 목소리가 울려 퍼졌다. 갑자기 맹렬하게 휘몰아치던 검풍이 사라지며 정적이 찾아온 것이다. 그러나 그것은 유현이 기술을 풀어버린 것을 의미하지는 않았다.

"무슨……."

입을 연 병사의 말은 끝까지 이어지지 못했다.

콰콰콰콰콰!

맹렬하게 소용돌이치다 풀려 나간 바람이 그들을 난도질했다. 유현이 허공에다 대고 계속 칼질을 한 것은 마력으로 바람을 모으고 그것을 날카롭게 다듬으며 가속시키기 위함이었다. 마검 태풍의 요체는 무시무시하게 가속하며 부풀어 오른 힘이 임계점에 도달하는 순간 단숨에 해방되면서 주변을 휩쓰는 데 있었다.

"크아아아악!"

무수한 비명이 메아리쳤다. 해방된 검풍을 막아내지 못한 자들이 잔혹하게 난도질당하면서 피를 뿌렸다. 팔다리가 잘려서 사방으로 날아가는 자들도 있었다.

마치 해일이 몰아치듯 주변이 검풍에 휩쓸리며 그 중심에 유현이 서 있었다. 유현은 장군검을 빙글빙글 돌리며 자신이 일으킨 재앙 같은 파괴의 현장을 지켜보았다.

단 일격으로 수십 명을 베어버렸다. 신 같은 무위였지만 유현으로서는 시시하다는 생각이 들 뿐이었다. 애당초 마검 태풍은 너무 빈틈이 많은 기술이라 수준 낮은 다수를 상대로 할 때라면 모를까, 수준 높은 이와 싸울 때는 빈틈을 드러내는 것밖에 안 되기 때문이다.

"그래도 당신들은 한가락 하는 모양이야?"

정면에 있던 현윤과 한얼은 비교적 멀쩡한 모습으로 서 있었다. 한얼은 주변에 쓰러진 병사에게서 환두대도를 뺏어 들고 있었고, 현윤은 요검을 든 채 전신에서 희미한 붉은 안개 같은 기운을 뿜어내고 있었는데 둘 다 몸에 수백 개의 생채기가 나서 피투성이였다.

"네, 네놈은 진짜 사람이냐?"

현윤은 믿을 수 없다는 듯 물었다. 검풍이 해방되는 순간 기력을 최대한 끌어올려서 전신을 방어했으니 망정이지 안 그랬으면 주변에 널브러진 부하들과 똑같은 꼴이 됐을 것이다.

한얼의 경우에는 그 순간 품에 있던 폭탄을 던져 터뜨리고 수십 발의 검격을 날려 충격파를 밀어냈다. 그런데도 검풍이

그 방어를 뚫고 그를 상처 입혔으니 무력의 차이가 현격함을
알 수 있었다.

"무슨 실례의 말씀을. 내가 요괴였다면 너희들은 이미 전멸
해서 전부 먹혔을걸. 요괴 입장에서야 인간은 다른 어떤 것보
다도 맛있는 고기일 뿐이니까."

유현은 차갑게 웃으며 요괴의 속성을 말했다. 요괴는 무릇
인간을 포식하는 존재. 고대로부터 그 사실은 단 한 번도 변한
적이 없다.

유현은 장군검을 땅에 꽂고 양팔을 웅크렸다 크게 한번 뿌
렸다. 그러자 그의 몸으로부터 수십 줄기의 섬광이 뻗어나갔
다.

파바바바밧!

반사적으로 그 섬광을 막아낸 현윤은 그것이 비도와 수리검
이라는 사실을 알았다. 유현은 마법을 응용, 단 한 순간에 갖고
있던 비도와 수리검 수십 자루를 뿌려낸 것이다. 현윤과 한얼
은 막아냈지만 쓰러져서 꿈틀거리던 이들은 직격당해서 확인
사살 당했다.

한얼이 불쾌한 어조로 내뱉었다.

"잔인하군. 어린 나이에 지나치게 피 맛을 알았어."

"당신 터무니없는 로맨티스트로군?"

유현은 우습다는 듯 한얼을 바라보며 대꾸했다.

"전투에 임했을 때 내가 적들보다 열세에 놓여 있다면 만에
하나라도 뒤를 찔리지 않도록 모든 수단을 다하는 것이 당연

한 이치다. 이 자리에 있는 자들이 살아남을 수 있는 것은 패배를 인정하고 내게 고개를 조아렸을 때뿐, 그 외에 너희들이 살아남을 수 있는 길 따윈 없어."

그것이 전장을 지배하는 법칙이었다.

"연옥에서 살아가는 자가 생명의 존귀함이라도 논하고 싶다면 개만도 못한 그 아가리를 찢어버려. 너희들에게 도덕을 논할 자격은 없어. 살인을 숙업으로 삼는 자가 생명의 가치를 논하고 싶다면 당장 목숨을 끊어라. 그것이 조금이나마 이 세상에 이바지하는 길일 테니까. 설사 내게 자비가 넘친다고 하더라도 너희들에게 베풀 자비 따윈 단 한 푼도 존재하지 않아."

유현은 무자비하게 말하면서 다시 장군검을 잡았다. 그 앞에 선 현윤이 인상을 있는 대로 찌푸렸다. 그가 뭐라고 떠들든 상관없다. 한계까지 치솟은 공포와 분노가 뒤섞여 시커먼 광기로 변해 있었다.

"이 빌어먹을 새끼!"

현윤은 돌격했다. 인간의 심성을 쥐고 뒤흔드는 요검이 폭주하는 주인의 감정과 일체를 이루면서 힘을 한계까지 뿜어낸다.

"당주!"

한얼이 그의 등 뒤에 대고 외쳤지만 그에게는 들리지 않았다. 평생을 속해왔던 조직이, 그리고 이제 겨우 손에 넣었던 그의 성이 무너진 것이 그를 미치게 만들었다.

폭발하듯 솟구친 기운이 그의 육체를 활성화시키고, 그 힘이 모두 검에 담겨 혼조차 베어버릴 듯한 기세로 내려쳐진다. 상대는 유연한 움직임으로 그것을 피하고 그를 바라본다. 반격의 기미가 보이기 전에 가해지는 제2격. 하지만 상대는 역시 피하면서 그를 바라볼 뿐이다.

"도망치기만 할 셈이냐!"

현윤은 포효하면서 검을 내질렀다. 3격, 4격, 5격……! 몇 번이나 휘둘렀는지 모른다. 다만 분명한 것은 요검은 적의 피를 머금지 못했다는 사실이었다.

"머리를 식혀."

그런 그의 귀에 조용한 목소리가 울려 퍼졌다. 그리고,

파학!

그의 왼팔과 왼다리가 잘려서 허공으로 흩어졌다.

"크… 악!"

현윤은 비명을 지르면서 땅에 추락했다. 하지만 그는 땅의 감촉을 느낄 수 없었다.

"…저승에서 말이지."

싸늘하게 말하는 유현이 그의 팔다리를 자르고 심장을 꿰뚫었기 때문이다. 그는 자신이 죽는다는 사실조차 제대로 인식하지 못하고 죽었다.

현윤의 시체가 바닥을 뒹굴다가 멈추자 유현은 거기서 시선을 떼어 한얼을 바라보았다.

"자, 그럼 이제 당신과… 아직 살아남은 쥐새끼까지 해서 몇

놈이 남은 건가?"

"…너는 도대체 왜 이런 일을 하는 거지?"

한얼은 죽음을 각오하고 물었다. 그는 아직 전후 사정을 알지 못하고 있었다. 다만 진유현이 자염이 전력을 다해 제거해야만 하는 위험인물이고, 그것을 위해 자신이 필요했다는 사실을 알고 있을 뿐.

"그야 당신들이 나를 적대하니까. 뭐 새삼스럽게 그런 걸 묻고 있지?"

"고작 그것만으로 이런 대살육을 벌였다는 거냐?"

"그럼 그 이상의 이유가 필요한가?"

"넌 미쳤어."

한얼이 치를 떨며 내뱉었다. 유현은 어처구니없다는 표정으로 어깨를 으쓱했다. 그리고 잘려 나간 현윤의 팔에서 요검을 빼내고, 그의 몸뚱이에서 검집을 떼어내서 집어넣으며 대꾸했다.

"그야 피차 마찬가지 아냐? 난 당신들과 약속을 했어. 5억원을 지불하면 그냥 물러나겠다고."

"5억?"

"애당초 당신들이 시작한 거라고. 이상한 오해를 해서 나를 공격해 죽이려고 했고, 난 그런 일을 한 병력의 목숨을 온전히 붙여서 돌려보내 주고, 원한 관계를 맺지 않는 대가로 5억을 요구했어. 그런데 당신들이 그 돈이 아깝다고 나를 죽이려고 한 거잖아?"

"······!"

한얼은 말문이 막히고 말았다. 한마디로 실수하고 나서 보상금을 요구했더니 그거 주기 싫어서 뒤통수치려고 하다가 이꼴이 났다 이거 아닌가?

"몰랐나? 그럼 너희 우두머리가 저질인 거지. 이놈이었지?"

"···맞다."

유현이 현윤의 시체를 발로 툭툭 차며 묻자 한얼이 입술을 깨물며 긍정했다.

"그럼 이제 당신도 죽어줘야겠어."

"왜지? 이제 네 승리는 확실하다. 그런데 왜 굳이 필요없는 살인을 계속하려는 거냐?"

"무슨 괴상한 소릴 하는 거지? 난 필요없는 살인 따윈 하지 않아."

"필요하다고? 도대체 어째서······."

"이걸로 너희들과 나는 원한을 졌고, 너희들을 깡그리 치워놓지 않으면 언제 어떤 수단으로 내게 복수하려 들지 몰라. 이자리에서 우리가 졌으니 두 번 다시 당신에게 상관하지 않겠다고 약속할지라도 이후에 어떻게 행동할지는 아무도 알 수 없는 일이지. 만약 너희들이 내 집을 폭탄으로 날려 버린다면? 내가 다니는 학교에 폭탄을 설치한다면? 내가 탄 차에다 대고 총을 쏜다면? 내가 평소에 교류하는 누군가를 잡고 인질로 협박하려고 한다면?"

"그런······."

"누가 앞날의 안전을 장담할 수 있지? 너희들은 한번 목적을 정하면 브레이크가 어디 있는지 깨끗이 잊어버리는 것들이야. 원한을 졌다면 더더욱 그렇지. 나를 죽이기 위해서라면 주변의 '사소한 피해' 따윈 상관없다고 생각할 게 뻔해. 그러니 지옥에 처박아놓고 거기 관리인을 믿어야지."

유현은 싸늘하게 말하고 앞으로 한 발 나섰다.

더 이상 대화는 나누지 않겠다. 목숨을 내놔라.

그렇게 선언하는 듯한 한 걸음이었다. 한얼은 침을 꿀꺽 삼킨 다음 허공에다 대고 외쳤다.

"부당주! 풍룡대진을 발동시키시오!"

이제 방법은 그것밖에 남지 않았다. 이 괴물을 인간의 힘만으로 어떻게 한다는 것은 망상에 불과하다. 당주는 허무하게 죽어버렸지만 아예 조직이 멸절하는 사태를 피하려면 어떻게든 진유현을 쓰러뜨리는 수밖에 없다.

사실 한얼 입장에서는 자염이 어떻게 되건 상관없었지만 자신의 목숨이 걸리면 이야기가 달라진다. 그는 어떻게든 여기서 살아나가서 김신우를 보호해야만 했다.

그가 외치는 것과 동시에 진유현이 공격을 가해왔다. 장군검이 무시무시한 기세로 허공을 가른다. 한얼은 간발의 차이로 그것을 피하고는 수리검을 던졌다. 하지만 유현은 가볍게 피하고는 제2격을 날려왔다.

채채챙! 슈칵!

그가 유현의 공격을 받을 수 있었던 것은 세 번째까지였다.

네 번째 검격은 가볍게 그의 방어를 가르고 들어와서 가슴을 가르고 지나갔다.

하지만 다행히도 얕았다. 한얼은 가슴에 화끈한 통증을 느끼면서 정신없이 뒤로 도망쳤다. 유현이 그를 뒤쫓아가며 마무리 일격을 날렸다.

콰창!

놀랍게도 그 공격이 막혔다. 그리고 유현의 얼굴에 흥미로워하는 기색이 떠올랐다.

갑자기 난입한 자가 그의 공격을 막아냈다. 그 충격으로 검을 쥔 손아귀가 터져 나가면서도 검을 놓지 않고, 아파서 죽을 것 같다는 표정으로 몸을 뒤틀고 있는 소년이었다.

"아, 아, 아아아으으윽……."

유현의 평소 마인드는 '적은 빈틈을 드러낸 순간 베어버린다'였지만 이쯤 웃겨주면 공세를 멈춰줄 수밖에 없다. 유현은 굉장히 신기해하면서 그 소년, 김신우를 바라보았다.

"넌 왜 또 여기 왔어?"

"도, 도련님!"

궁금해서 물어보는데 한얼이 믿을 수 없다는 듯 그를 불렀다. 유현은 이건 또 뭔가 싶어서 두 사람을 바라보았다.

"헉헉! 죽도록 아프군. 진짜 죽는 줄 알았네."

신우는 땀으로 젖은 이마를 닦아내면서 한숨을 쉬었다. 첫 일격은 막아냈지만 유현이 이격을 가해올 거라고는 생각도 안 하는 건지 아니면 생각하기 싫은 건지 모르겠다.

"저기… 여기까지만 하시면 안 될까요?"

신우는 유현을 돌아보면서 비굴한 웃음을 지었다. 유현이 고개를 갸웃하며 물었다.

"내가 왜 그래야 하지?"

"이제 충분하지 않아요?"

"충분하지 않아, 이 빌어먹을 조직이 깡그리 세상에서 사라질 때까지는."

신우는 숨이 턱턱 막히는 것을 느꼈다. 사실 유현은 지금 살기를 뿜어내고 있지도 않았다. 하지만 그것과는 별개로 그가 기운을 개방하는 것만으로도 폭풍우를 앞에 둔 것처럼 자신의 존재가 짓눌리는 것을 느꼈다.

"우, 우린 이제 자염하고 상관도 없다고요."

하지만 신우는 말을 해야 했다. 진유현을 설득할 때까지 절대로 말을 멈추지 않고 쏟아내야만 한다는 사실을 알고 있었다.

"재미있는 말을 하는구나. 너는 그렇다 치고 저 작자는 자염을 위해 검을 잡고 나를 죽이려 했다. 그런데도 상관이 없으니까 용서해 달라는 말을 하려는 거냐?"

같이 범죄는 저질렀지만 한패가 아니니까 용서해 주세요.

신우는 그런 말을 하고 있었다. 한얼에게 어떤 사정이 있든 그가 자염의 패거리가 되어 유현을 치려고 했던 것만은 사실이다.

"한, 한얼은 아무것도 몰랐어요. 당신도 지금 들었잖아요?"

"알고 모르고는 중요하지 않아. 중요한 것은 그가 자염의 일원으로서 나의 적이 될 것을 선택했다는 것뿐이지."

유현은 신우와의 대화가 슬슬 짜증나기 시작했다. 그래서 어떻게 할 것인가를 생각했다.

한얼이라는 자를 죽이려면 이 꼬맹이도 죽여야 한다.

당연한 귀결이었다. 왜냐하면 한얼이라는 자를 죽이면 분명 신우는 그에게 원한을 품을 테니까. 그를 남겨두고 자염을 궤멸시킨다 한들 어떤 의미도 없으리라.

어떻게 해야 할까? 이곳에서 신우를 죽이는 것은 내키지 않는 일이었다. 아무리 생각해도 뒷맛이 안 좋다.

그가 그렇게 생각하는 동안에도 신우는 필사적으로 뭐라고 조잘조잘 떠들어대더니 마침내 굳은 결의를 다진 듯 표정이 변했다. 그리고 떨림이 섞인 목소리로 말했다.

"정 그렇다면… 어쩔 수 없네요. 한얼을 죽이려면 나도 죽여야 할 거예요."

그 말을 들은 유현은 퍼뜩 정신을 차렸다. 이 자식이 내가 생각하는 동안 혼자 과정 다 거치고 혼자서 결론 다 짓고 이제 엔딩을 신파극으로 결정지으려고 하고 있잖아?

"안 됩니다, 도련님. 제 목숨은 도련님이 구해주셨을 때부터 도련님을 위해 바치리라 결심하고 있었습니다. 어서 도망치십시오. 이 살귀(殺鬼)는 제가 목숨을 바쳐서 막을 테니 도련님은 새 삶을 사셔야 합니다."

"……"

"난 은혜도 모르는 개잡종이 아냐. 한얼, 네가 없었으면 난 벌써 저 더러운 놈들 손에 죽었어. 무슨 꼴을 당했을지 몰라. 한얼 당신은 살아야 해. 난 이 더러운 조직과 함께 사라지겠어. 어쩌면 그게 아버지가 죽었을 때부터 결정된 필연인지도 모르지."

"……."

"도련님, 부디 이런 일까지 하는 저를 용서해 주십……."

한얼은 비장한 각오를 드러내며 주먹을 들었다. 보아하니 신우를 기절시키고 유현에게 목숨을 바치려는 모양이었다.

"집어치워."

유현은 골이 지끈거리는 것을 느끼며 두 사람을 날려 버렸다. 자기들만의 세계에 푹 빠져 있던 신우와 한얼은 공격을 피하지 못하고 나가떨어졌다.

"컥!"

"캑!"

유현은 길가에 널린 똥이라도 보는 표정으로 두 사람을 보며 손을 휘휘 저었다.

"아, 젠장. 짜증나서. 야, 알았으니까 얼른 꺼져라. 둘이 사이좋게 손잡고 딴 데로 꺼져서 쎄쎄쎄 하면서 잘살아. 젠장. 별 괴상한 것들이 나타나 가지고서는……."

유현은 툴툴거리면서 그들을 지나쳤다.

사소한 해프닝이 생기긴 했지만 계획에 변동은 없다. 자염이라는 조직은 말살한다. 그리고 그들의 재산은 약탈해야지.

어쨌든 이만큼 난동을 피웠으니 뒤처리에도 돈이 많이 들어갈 것이다. 그러니 자염의 재산을 나누는 것으로 대가를 지불하고 뒤처리의 프로들을 부르는 수밖에.

'이거 완전히 악당의 사고방식 아닌가?'

문득 그런 생각이 들었다. 신우나 한얼 때문에 이런 생각이 드는 거겠지. 애당초 연옥의 생리대로 움직이면 절대로 선량해질 수 없다.

"젠장. 별 잡것들 때문에 내가 왜 이런 기분을 느껴야 하지?"

궁상떠는 것은 취향이 아니다. 하지만 문득 뇌리를 스쳐 가는 생각 때문에 유현은 발걸음을 멈추었다. 그리고 한얼을 돌아보며 물었다.

"어이, 하나 물어보고 싶은 게 있는데."

"…뭐지?"

한얼은 신우를 보호하는 자세로 서며 물었다.

"그 풍룡대진인가 뭔가 하는 거, 왜 발동 안 하는 거야? 원래부터 그냥 되는 대로 떠든 거였나?"

"…어?"

그 말에 한얼이 한 대 얻어맞은 표정을 지었다.

왜 발동하지 않은 거지? 부당주가 그의 말을 못 들었을 리도 없는데? 설마 당주가 도망치는 시점에서 그냥 내빼기라도 한 것인가?

유현이 물었다.

"빠져나간 녀석들이 몇 있는 것 같긴 한데, 혹시 그놈들 중에 하나가 담당하고 있었나?"

"부당주가 그중에 섞여 있다면 그럴 거요."

"부당주는 도망가지 않았어요."

그런데 그때 두 사람 사이에 끼어드는 목소리가 있었다. 신우였다.

유현이 물었다.

"어떻게 그걸 확신하지?"

"내가 죽였으니까요."

"호오?"

그러니까 말인즉슨 신우는 유현이 자염의 병사들을 쓸어버리고 있는 틈을 타서 잠입, 그 와중에 병력 지휘를 하고 있던 부당주를 해치웠다는 것이다.

"넌 또 왜 여기까지 와서 부당주를 죽인 건데?"

"아, 그게……."

신우는 머리를 긁적이며 망설이다가 결국 진실을 털어놓았다.

그러니까 신우는 한얼의 생사를 아직까지 몰랐다. 그래서 혹시라도 살아 있으면 구해야겠다고 생각해서 자염의 아지트 근처를 얼쩡거리고 있었는데, 진유현이 나타나면서 난리가 나고 나가 있던 병력이 우르르 몰려들었다. 그리고 그사이에 한얼이 섞여 있는 것을 보고 깜짝 놀랐다.

"그래서 도대체 어떻게 된 걸까 생각해 봤는데… 금제를 당했거나 아니면 뭔가 조건을 걸고 일을 돕고 있을 가능성이 높다고 생각한 거죠. 그래서 당신이 앞에서 난동을 부리는 동안에 부당주가 있는 곳으로 숨어들어 가서 죽였고요."

"너… 이 녀석이 너를 배신했을 거라는 생각은 안 해봤냐?"

이야기를 들은 유현이 어처구니없어하며 물었다. 아니, 보통 그런 경우에는 한얼이 그를 배신했을 가능성을 제일 먼저 떠올려야 하지 않나?

"음. 그런 생각은… 해보긴 했는데 그래도 문제없다고 생각했어요."

"왜?"

"한얼은 이미 목숨 걸고 나를 지켜줬으니까요. 처음부터 배신했다든지 하는 쪽으로 생각하기엔 나라는 존재한테 그렇게 큰 가치가 있는 게 아니잖아요? 그렇다면 마음을 돌렸어도 나를 구해준 다음에야 돌렸을 거고, 그럼 자기 할 도리를 다한 다음에 목숨과 앞날을 선택한 건데 그걸 갖고 제가 비난하거나 마음 상해할 일은 아니죠."

"너, 의외로 대단하다."

당연하다는 듯한 태도로 그런 말을 하는 신우에게 유현은 진짜로 감탄해 버렸다. 이놈, 의외로 대인배 기질이 있구나.

적어도 그가 한얼에게 보내는 신뢰는, 그리고 인간으로서 보여주는 아량은 요즘 세상에 보기 드문 것이었다. 그게 일반인들의 세상이든 연옥이든 간에 사람을 저렇게 믿고 또 그가 어떤 행동을 하건 저런 식으로 합리적인 이유를 들어 용서하기란 얼마나 어려운 일인가?

"도, 도련님."

과연 한얼은 신우의 말을 듣고 완전히 감격한 표정을 짓고 있었다. 두 사람 사이에 흐르는 강력한 감동의 기류는 유현의 얼굴을 꽉 찌푸려지게 만들었다. 이 자식들이 지금 무슨 시대극 찍나?

그래서 유현은 그 기류를 끊고자 신우에게 다른 질문을 던졌다.

"그런데 어떻게 부당주라는 놈을 죽였지? 네 실력으론 저기 널브러진 잡병 하나도 쓰러뜨리기 어려웠을 텐데, 부당주라면 그래도 한가락 했을 거 아냐?"

"그게… 풍룡대진 발동시키려고 한창 정신이 나가 있더라고요. 그래서 제가 들어가는 줄도 모르고 있기에 뒤에서 푹 찔렀죠."

"허어."

그가 죽으면서 무슨 생각을 했을지가 궁금하다.

유현은 마지막으로 한얼에게 물었다.

"근데 풍룡대진이라는 게 도대체 뭐지? 당신 말하는 거 보니까 그걸 꽤 믿고 있는 것 같던데."

아마 아지트에 설치된 주술적인 장치 같기는 한데 도대체 뭐기에 수십 명을 학살한 유현을 잡을 수 있다고 생각했는지 궁금했다.

"그건 아지트의 동서남북 사방에 배치된 신기(神器)들을 이용해 펼치는 술법이오. 한 사람에게 그 힘을 다룰 권한을 줘서 아지트 내의 대기를 자유자재로 조종하게 하지. 만약 발동했더라면 아무리 당신이라도 그리 쉽게 대적할 수는 없었을 거요."

"그래? 그럼 발동 안 해서 다행이군."

유현은 대수롭잖다는 듯 어깨를 으쓱했다. 그리고는 들고 있던 장군검을 칼집에 넣어서 한얼에게 돌려주었다. 자신의 무기를 받아 든 한얼이 어리둥절해하며 물었다.

"어째서 돌려주는 거지?"

"그야 별로 사연이 있는 무기 같지도 않고 엄청 마음에 들어서 갖고 싶은 것도 아니까. 무기도 돌려받았으니 슬슬 도련님 데리고 가봐. 난 여기 뒤처리도 해야 되고 도망간 놈들도 잡아서 족쳐야 해서 바빠."

"끝까지… 전부 다 쫓아가서 죽일 생각이오?"

한얼은 이런 상황에서도 잔당의 섬멸을 포기하지 않는 유현을 이해할 수 없다는 듯 물었다. 살아남은 자들은 전부 뿔뿔이 흩어져 도망쳤을 것이다. 그런데 조직도 아닌 개인이 어떻게 그들을 전부 찾아서 죽일 수 있단 말인가?

하지만 유현은 자신만만하게 웃었다.

"물론이지. 어차피 그놈들은 도망 못 가. 아지트 주변에다가 결계를 쳐뒀거든."

유현은 애당초 섬멸전을 벌일 생각으로 아지트 주변에 결계를 쳐두었다. 처음에 아지트 안쪽으로 들어오기 전에 주변을 빙 돌면서 피 묻은 수리검들을 꽂아놓은 것이 바로 그 결계를 형성하기 위한 작업이었다.

이 결계는 들어오거나 나가는 것을 막지는 않는다. 하지만 대신 들어오거나 나간 자들에게 결계의 기척을 남겨둔다.

즉, 일단 결계를 통과한 이상은 유현의 추적으로부터 자유로울 수 없다. 마법이나 주술에 능한 자라면 자신에게 흔적이 각인된 것을 알고 그것을 지울 수도 있겠지만 자염에 그런 자가 있을까?

'뭐, 없진 않겠지.'

그 풍룡대진이라는 것의 존재를 볼 때 영능력자가 있긴 있을 것이다. 그런 자를 놓치는 것은 일단 이 자리에서는 어쩔 수 없다. 나중에 정보 조직을 통해 찾아서 족치든지 아니면 찜 찜하지만 포기하든지 해야지.

"자자, 빨리 가, 마음 변하기 전에."

유현이 정말 귀찮아하면서 손을 젓자 두 사람은 눈치를 보며 머뭇거리더니 결국 몸을 돌려서 그 자리를 떠났다. 유현은 두 사람의 기척이 완전히 멀어지는 것을 확인한 다음 핸드폰을 꺼내서 전화번호부를 뒤졌다. 그리고 윤성아에게 전화를 걸었다.

"여보세요?"

약간 나른한 목소리로 성아가 전화를 받았다.

"아, 성아. 나야."

"유현? 웬일이야?"

"다름이 아니고 일이 좀 생겨서."

유현은 그녀에게 자신의 상황을 설명하고 뒤처리를 해줄 것을 의뢰했다. 물론 그녀 개인이 아니라 망혼의 대표자로서의 그녀에게 의뢰를 한 것이다.

"그새 자염하고 싸워서 몰살시킨 거야? 너무 빠르네."

성아는 기가 막힌다는 듯 물었다. 유현이 그들을 몰살시켰다는 사실 자체는 그녀에게 있어 별로 놀라운 사실이 아니었다. 유현 개인과 자염 전체의 전력을 비교했을 때 전투가 벌어지면 그렇게 되는 것은 당연한 결과다.

하지만 둘 사이에 벌써 싸움이 벌어졌을 줄이야. 이건 예상보다 빨라도 너무 빨랐다.

"응. 나도 이렇게 빨리 붙게 될 줄은 몰랐는데 어쩌다 보니 그렇게 됐어. 뭐, 어쨌든 의뢰 받아들여 주겠어? 수수료는 6할로 쳐서."

"7할. 그 미만으로는 안 돼."

6할이면 꽤나 후한 것 같았지만 성아는 냉정하게 그보다 더한 금액을 제시했다. 아무래도 수십 명 이상을 학살한 흔적을 말끔히 지우고 그 아지트와 재산 관계 문제를 전부 처리하는 문제다 보니 수수료 쪽이 커질 수밖에 없었다. 유현에게 호감을 갖고 있긴 하지만 조직의 대표자로서는 냉정한 판단을 해야 한다.

유현은 선선히 허락했다.

"좋아. 그럼 7할로 계약하도록 하지."

"인원은 지금 보내면 돼?"

"응. 나는 그동안 자염의 잔당을 처리하러 갈 테니까."

유현은 그렇게 말하고는 전화를 끊었다. 그리고 바로 도망친 자들의 뒤를 쫓는 대신 마법으로 아지트를 탐지하기 시작했다.

순식간에 그의 머릿속에서 아지트의 입체도가 그려지면서 각각 동서남북에 하나씩 배치된 신기들을 찾아냈다. 어느 정도의 힘이 비장되었기에 신기라고 부르나 싶었더니 느껴지는 영력의 크기가 상당했다.

"어라, 이거 꽤 비싸겠는데? 아니, 그보다는 내가 쓸 만한 게 있을 수도 있겠군. 뒤져 봐야지."

유현은 신기에 흥미가 생겨서 아지트 안쪽으로 들어갔다. 망혼이 처분해서 돈으로 만들어주는 것도 좋지만 혹시 자신이 쓸 만한 물건이라면 거두는 편이 이득일 것이다.

신기는 사실 별거 없었다. 동쪽에는 천 년쯤 된 것으로 보이는 청동거울, 남쪽에는 왕릉에 비장되어도 이상할 것 같지 않은 호화찬란한 백제의 황금검, 그리고 서쪽에는 삼국시대 이전에 쓰인 것 같은 죽간 주술서였다. 여기까지는 유현에게는 그저 값비싼 물건에 불과했지만 마지막 하나, 북쪽에 배치된 물건이 눈길을 끌었다.

"호오……."

유현의 오른쪽 눈이 빛났다.

그것은 장갑이었다. 달랑 왼쪽 하나만 있는 쇠로 만들어진 장갑인데 수은처럼 흐물흐물한 표면이 인상적이다. 느껴지는 기운은 이 물건이 아주 오래전에 만들어졌음을 알려주고 있었지만 겉보기로는 도저히 언제 만들어졌는지 추정할 수 없었다. 도대체 누가 어떻게 만들어낸 것일까?

하늘의 왼손

표면에는 음각으로 그런 이름이 새겨져 있었다.

유현은 재미있어하면서 그것을 왼손에 끼워보았다. 원래 크기는 그의 손보다 훨씬 컸지만 끼는 순간 마치 살아 있는 생물처럼 흐느적거리며 그의 손에 딱 맞게 조여졌다. 그리고 흐물흐물한 질감이 사라지고 편안한 가죽의 질감만이 남았다.

"고대의 천문도(天文圖)인가? 조선시대 것은 아닌 것 같은데……."

검은 장갑 주변에 흐릿한 흰색 선으로 빼곡히 그려진 것은 하늘의 형태를 묘사한 천문도였다. 하지만 그 형태가 현대는 물론이고 조선시대의 것과도 다르다. 아마도 삼국시대 이전의 것 같았다.

자세한 것은 연구를 해봐야 알겠지만 이 장갑이 굉장한 힘을 비장한 것만은 틀림없었다. 다른 세 개도 솔직히 자염 정도의 조직이 갖고 있기에는 굉장한 값어치가 있는 물건이긴 했지만 이것과 비교하면 명품과 짝퉁 정도의 차이가 있었다.

그리고 무엇보다…….

웅웅웅웅웅.

"공명하고 있군."

유현은 자신의 왼쪽 눈, 기계적인 안대가 가리고 있는 그곳을 쓰다듬었다. 이 장갑의 힘이 단순히 영적인 영역을 넘어서 그의 눈이 바라보는 세계와 닿아 있는 것이 느껴진다. 그렇다면 과거 어느 시대에 이 세계의 존재를 지각하고 그 힘을 이용했던 존재가 있었단 말인가?

"재미있는데?"

유현 외에 이 힘의 존재를 아는 자는 손으로 꼽을 정도로 적었다. 2년 전에 유현이 겪었던 사건은 좀 거창하게 말하자면 세계의 운명을 좌지우지할 정도의 위기였다. 그 사건에 개입했던 인물 중 대부분이 죽었고 살아남은 자들만이 이 힘에 대해 안다.

그 힘을 몸으로 받아들이게 된 유현의 경우에는 그 힘에 삼켜질 것을 두려워하여 쉽사리 손을 대지 못하고 있었다. 무엇보다 이 힘을 탐구하기에는 유현의 마법적인 지식이 너무 얕았다.

영적인 능력이 일으키는 온갖 현상과 그에 대한 대처법을 알고 있는 유현이지만, 그것은 말하자면 컴퓨터에 인스톨된 프로그램을 능숙하게 사용하는 것과 같은 일이다. 이 힘의 본질을 알기 위해서는 프로그램을 뼈대부터 만들어낼 수 있는 능력이 필요하고, 그것은 그의 영역이 아니었다.

"위험을 감수하고 한번쯤 파악해 볼 필요가 있겠군. 이렇게 좋은 물건도 들어왔으니. 뭐, 일단은 녀석들부터 처리하고 나서 생각할까."

유현은 세 개의 신기를 챙기고는 아지트 밖으로 나왔다. 아지트를 뒤져서 자염의 인원이 오기 전에 귀중한 물건을 찾아내도 좋겠지만 그보다는 도망간 녀석들을 잡는 일이 중요했다.

아지트 밖에는 그가 저지른 살육의 현장이 고스란히 펼쳐져 있었다. 잠시 그 시체들을 바라보던 유현은 흥 하고 코웃음을 친 다음 아지트를 나섰다.

남은 자들을 사냥하기 위해서.

5

어느새 6월이 되고, 세상에는 여름 색이 완연해져서 길거리를 다니는 사람들은 모두 다 땀을 흘리고 있었다. 지구 온난화 때문에 5월이면 벌써 여름 날씨가 되지만 그래도 진짜 여름이 되면 한 차원 더 힘들어진다.

오늘은 토요일, 일찌감치 학교를 마친 유현은 자전거를 타고 집으로 돌아가고 있었다. 날씨가 맑아서 행인들이 헉헉거리고 있었지만 그는 더위 따윈 모른다는 듯한 모습이었다.

단, 별로 기분 좋은 얼굴은 아니었다.

"아, 그러니까 애당초 내가 먼저 전리품을 챙기는 건 관례잖아. 그거 갖고 내가 뭐라고 말을 들을 이유는 없다고 보는데?"

유현은 핸드폰에다 대고 짜증을 내고 있었다. 전화를 건 사람은 윤성아였다.

"하지만 우리한테 어떤 전리품을 처분할 거라고 알려줄 수는 있잖아. 우리 쪽에서도 좋은 값으로 사줄 수도 있는 거고. 그걸 우리한테 한마디 말도 없이 옥션에 올려 버리는 건 너무하지 않아?"

윤성아는 자염의 뒤처리 과정에서 유현이 먼저 챙긴 세 개의 신기에 대해서 이야기하고 있었다. 유현은 그것을 아는 거래 루트를 이용해서 연옥의 옥션에 출품했던 것이다. 세 개 합쳐서 무려 70억 원이 넘는 출품가로.

그런데 그 세 개의 신기는 영능력자 집단이라면 누구나 탐낼 만한 것이었다. 그러다 보니 대행사 측에서는 100억 원 이상으로 입찰될 것을 예상하고 있었다.

유현은 한숨을 쉬며 물었다.

"그 백제 황금검이 그렇게 갖고 싶었어?"

"그거 말고, 청동 거울."

"아, 청동 거울 쪽이 목표였나? 에이, 몰라, 몰라. 이미 대행사에 넘겨서 계약 파기도 못하니까 입찰해서 사든지 하라고."

"너무해."

"다음부터는… 아니, 또 이런 일이 있기를 바라진 않지만 하여튼 혹시라도 이런 일 생기면 그땐 신경 써줄게. 이번엔 어쩔 수 없다."

"꼭 그렇게 해줘야 해?"

"그래그래."

유현은 한숨을 쉬면서 전화를 끊었다. 사실 미안한 마음이 없는 것은 아니다. 망혼 쪽에서는 이번에도 일처리를 아주 깔끔하게 해줘서 9억 원이라는 거금이 들어왔다. 수수료로 7할을 줬는데도 이 정도라니 자염은 생각 외로 재정 기반이 튼튼한 집단이었던 것 같다.

'그런 놈들이 5억 원을 아끼려고 싸움을 걸었다가 패망하다니. 원 참.'

자염은 마인드가 글러먹은 조직이었다. 무벌이라는 사실에 집착해서 나날이 발전하는 마법과 주술에 손을 대지 않은 것이 상대적으로 그들을 약체화시켰다. 만약 해방 이후로 적극적으로 한국에 유입되어 들어온 마법의 힘을 더했다면 지금쯤 훨씬 강력한 조직이 되어 있었을 것이다.

결국 오랜 시간 동안 구시대적인 사고방식을 가진 우두머리가 집권하고 있었던 것이 조직의 기반을 갉아먹은 셈이다. 안타까운 일이라고 할 수 있겠지만 어차피……

'뭐, 이미 세상에서 사라진 것들의 가능성을 논해봐야 뭐 하겠느냐마는.'

유현은 한숨을 쉬면서 자염에 대한 생각을 떨쳐 버렸다.

하지만 이번 사태로 인해서 유현의 이름값은 하늘 높은 줄 모르고 치솟고 있었다.

이미 몇몇 조직에서 스카웃 제의가 오고 있었다. 자염이 고용했던 용병들이 아지트에 진입하지 않고 도망치면서 유현이 자염을 단독으로 몰살시켰다는 사실이 알려진 것이다.

'아, 귀찮아.'

하지만 연옥에서 프로로 일할 생각이 없는 유현으로서는 귀
찮을 뿐이었다. 되도록 연옥과는 얽히지 않고 살고 싶지만 그
것도 무리라는 게 문제지. 무엇보다 문제가 닥쳐 왔을 때 순순
히 참아 넘길 만큼 그는 유연한 성격의 소유자가 못 되었다.

아파트 자전거 주차장에 자전거를 매어둔 그는 누군가 자기
가 사는 아파트로 이사를 왔다는 사실을 알 수 있었다. 한창
이삿짐센터 차량이 와서 위층으로 짐을 나르고 있었기 때문이
다.

"으음. 이사철도 아닌데 웬……."

그는 별일이라고 생각하면서 이삿짐센터 차량에서 뻗어나
간 크레인이 짐을 옮기는 곳을 바라보았다.

"우리 옆집이잖아?"

얼마 전까지 비어 있던 유현의 옆집에 누가 이사를 오고 있
었다. 가족이 적은지 그리 짐이 많은 느낌은 아니다. 유현은
나중에 얼굴이나 보고 인사해야겠다고 생각하면서 엘리베이
터를 타고 올라갔다.

그리고 복도에서 딱 마주치고 말았다.

"어?"

그곳에는 그가 익히 아는 소년이 있었다. 그뿐만 아니라 그
뒤에는 커다란 도자기를 들고 있는 청년도 보인다.

"너희들이 어떻게……."

그들은 바로 자염의 생존자 김신우와 한얼이었다. 두 사람은 유현을 발견하는 순간 딱 굳어졌다가 이내 어색한 웃음을 지었다.

"너희들 이거 고의지? 알고 이사 온 거지?"

유현은 그들의 표정에서 속셈을 읽어내고는 으르렁거리는 목소리로 물었다. 동시에 강렬한 기세가 뻗어나가 두 사람을 압박하기 시작했다.

두 사람은 뱀 앞의 개구리처럼 굳어버리고 말았다. 한얼이 거의 반사적으로 신우의 앞을 가로막으며 보호할 자세를 취했다.

하지만 신우는 덜덜 떨면서도 한얼을 제치고 앞으로 나오며 입을 열었다.

"…네, 맞아요."

"무슨 생각으로 이런 짓을 하는 거지? 응?"

"그, 그야 우리도 대한민국 국민인데 어디 살지 정도는 마음대로 고를 수 있잖아요."

"하아? 대한민국 국민? 너, 주민등록은 되어 있냐?"

연옥 인간들 중에서는 일찌감치 주민등록이 말소되어서 법적으론 존재하지 않는 경우도 많았다. 유현도 그랬었다가 브로커를 통해서 지금의 신분을 손에 넣은 것이다.

"그, 그건 다 해결했죠. 지금은 당당하게 안산 시민이라고요."

"나참. 그래서… 도대체 왜 내 옆집으로 이사 온 건데?"

유현이 기가 막혀하면서 묻자 신우는 우물쭈물하면서 좀처럼 대답을 하지 못했다. 하지만 유현이 날카로운 눈빛으로 위압하자 결국 화들짝 움츠러들면서 입을 열었다.

"그야… 사부님으로 모시기로 했잖아요."

"……."

누구 맘대로?

"원래 기인은 제자를 고른다고 하죠. 쉽게 받아들여지리라고는 생각하지 않았어요. 하지만 받아주실 때까지 계속 떠나지 않을 겁니다."

어이를 상실하고 있는 유현 앞에서 신우는 두 주먹을 불끈 쥐면서 자기만의 세계로 빠져들어 가고 있었다. 그 옆에서 한얼이 '역시 도련님! 의지가 대단하십니다!' 하고 맞장구를 쳐준다. 이 자식들, 혹시 개그 듀엣인가?

유현은 이마를 짚으며 한얼에게 물었다.

"야, 이놈은 그렇다 치고 당신은 좀 세상 물정을 알 텐데… 이놈이 이러면 말려야 되는 거 아냐?"

"전 도련님의 의지를 존중합니다. 이제 조직에 매인 몸도 아니시니 자기 앞날은 스스로 결정하셔야죠. 전 이분이 가는 길을 보필할 따름이고."

한얼은 정중하면서도 단호하게 자신의 의사를 밝혔다. 이게 무슨 사극에나 나올 법한 대사란 말인가? 그를 못마땅한 표정으로 바라보던 유현은 머리를 벅벅 긁으며 말했다.

"댁도 나름대로 고초가 많은 삶을 살아온 것 같은데 왜 그러는지 모르겠군. 모르겠다, 마음대로 해라."

"그럼 제자로 받아주시는 거죠?"

"멋대로 정하지 마. 내 성질 건드리지 말고 그냥 조용히 살아라. 네 말대로 너도 대한민국 국민이면 어디 살지 맘대로 정할 수 있겠지. 하지만 말썽 피우면 가만 안 돼."

유현은 그렇게 못을 박아두고는 자기 집으로 들어가 버렸다. 신우가 쳇 하고 혀를 차는 모습을 바라보던 한얼은 피식 웃으며 물었다.

"도련님, 저 살인마가 어디가 좋아 스승으로 모시려는 겁니까?"

"뭐, 살인마인 건 우리도 마찬가지잖아?"

신우는 무슨 소리를 하느냐는 듯한 표정으로 되물었다. 그도 그럴 것이, 신우만 해도 벌써 두 자릿수 가까운 사람을 죽였고 한얼은 아마도 세 자릿수 이상은 죽였을 것이다. 그런 이들에게 유현을 살인마라고 손가락질할 자격이 있을 리가 없지 않은가?

망가진 가치관 속에서 살아가는 자들이 도덕을 논하는 것은 무의미하다. 다만 마음이 가는 대로 따랐을 때 그곳에서 의미를 발견할 수 있을 뿐이지.

한얼은 벌써부터 그 사실을 자각하고 있는 자신의 도련님에게 복잡한 미소를 지었다.

"하긴 그렇군요."

"어차피 이렇게 살아갈 거면 자기 마음대로 살아갈 수 있는 사람을 따라가고 싶어. 그리고 저 사람은 그렇게 살고 있더라고. 그래서 제자로 들어가고 싶다고 생각했을 뿐이야. 이제 무소속이니까 장래를 생각해야지."

"그 장래라는 게 더 나은 살인마가 되기 위한 고민입니까? 이 기회에 은퇴하시고 그냥 평화롭고 건전한 일반인의 삶이나 사시죠?"

"그거 무리라는 거 잘 알면서 그런 소리 하네."

하지만 신우는 다음 주부터 당장 중학교에 나가야 하는 신세가 되었다. 있는 돈을 탈탈 털어서 브로커를 통해 새로운 신분을 손에 넣은 것까지는 좋았는데 아직 의무교육을 받아야 할 나이였으니까. 초등학교도 다녀본 적 없는 신우에게는 정말 일생일대의 위기였다.

"어쨌든 시간은 아직 많으니까, 이제부터는 인내심 대결이지. 계획은 다 짜놨다고."

신우는 그렇게 말하면서 다시 이삿짐을 들고 집 안으로 들어갔다. 한얼은 볼을 긁적거리면서 그를 바라보다가 자신도 그를 따라 이삿짐을 나르기 시작했다.

*　　　　*　　　　*

안산 외곽의 야산. 그곳에는 얼마 전에 일어난 사고의 뒤처리를 위해 수많은 사람들이 왔다 갔다. 명목상으로는 기상 관측과 그로 인한 예측 시스템을 연구하는 곳으로 되어 있었지만 사실은 비상식적이고 추악한 것을 연구하고 있었던 장소.

연구소가 불타 무너진 자리는 무참했다. 주변으로도 불이 번져서 주변 수백 평방미터의 생태계가 전멸한 상태다. 그나마 불이 그 정도에서 그치고 더 이상 번지지 않은 것은 도무지 원인을 알 수 없는 수수께끼로 알려져 있었다.

이제 아무도 없는 그곳에 한 여자가 긴 머리를 휘날리며 서 있었다.

특이한 차림새를 한 여자였다. 전신을 감싼 새카만 옷은 방탄, 방검 소재의 특수 소재로 만들어졌을 뿐만 아니라 요소요소를 나노 플라스틱으로 감싸고 있었다.

"늦었군. 젠장. 이제 와서 뭘 어쩌라고?"

그녀는 연구소의 잔해를 내려다보며 험악한 표정으로 투덜거렸다. 아직 이 폐허의 뒤처리는 이루어지지 않은 상태였다. 국가기관의 움직임을 보면 가까운 시일 내로 뒤처리가 시작되겠지만 그것은 연옥의 집단들이 충분히 대책을 마련한 후일 것이다.

그녀가 그 흔적 속에서 일반인은 알아볼 수 없는 것들을 찾아보면서 신경질을 내고 있을 때, 그녀의 뒤쪽에서 한 사람이 다가왔다. 그녀보다 훨씬 어려 보이는 작은 체구의 소녀였다.

여자와는 달리 평범한 차림새를 한 소녀는 단발을 쓸어 넘기며 말했다.

"흔적이 거의 안 남아 있는데요?"

"제기랄."

긴 머리의 여자는 품에서 담배 한 개비를 꺼내서 피기 시작했다. 소녀는 담배 연기가 싫은지 바람이 불지 않는 방향으로 돌아서서 그녀와 약간 거리를 벌렸다.

"일 벌어진 지 한 달이나 후에 개입 허가를 내놓고 어떻게든 하라니 너무하는 거 아냐? 게다가 도우미랍시고 달아주는 게 달랑 애송이 하나라니."

"어떤 어려운 상황에서도 임무는 완수하시는 게 위대하신 수라 급 에이전트 아니시던가요?"

"나참. 나를 앞에 두고 그런 소릴 할 수 있다니 넉살은 좋은 녀석이다, 너도."

소녀의 비아냥거림에 여자는 담배 연기를 뱉으면서 투덜거렸다. 하지만 딱히 기분이 상한 것은 아닌지 소녀를 몰아붙이거나 하진 않았다.

"뭐, 일단 안산 일대를 둘러보면서 정보를 모을 수밖에 없겠군. 일단 거점이 될 곳을 마련해 둬. 당분간은 신경을 곤두세우고 살아야겠어."

"알겠습니다. 하지만 민간인 피해가 나올 것이 뻔한데 그렇게 느긋하게 움직여도 괜찮겠습니까?"

"어쩔 수 없지. 최대한 막아보긴 하겠지만 우리 둘이서 어쩔 수 있는 문제는 아니니까. 일단 피해가 나야 지원도 요청할 수 있으니까 그건 그 후에 생각하기로 하고 집을 구한 후 현지의 협력 인원을 알아보자고."

"예."

소녀는 더 토를 달지 않고 고개를 끄덕였다.

그리고 두 사람은 그 자리를 떠나 안산 시내로 향했다. 떠나기 전, 소녀가 기이한 푸른빛이 일렁이는 눈동자로 연구소의 폐허를 바라보다가 몸을 돌렸다.

Chapter 06

요괴선인

1

당장 미국 시트콤 촬영장으로 써도 될 것 같은 넓고 근사한 인테리어를 자랑하는 방에 머리를 붉게 물들이고 펑크스타일 옷을 입은 청년이 있었다. 당장에라도 기타를 뜯으며 샤우팅을 시전할 것 같은 그는 바이올린을 들고 아주 얌전한, 어느 정도냐 하면 바이올린에 막 입문한 초등학생이 연주할 법한 귀여운 곡 '학교 종이 땡땡땡'을 연주하는 중이었다.

"…야, 오지윤."

문득 문을 열고 들어온 사람이 기가 막힌다는 듯 그를 불렀다. 그는 190센티의 거구를 자랑하는 흑인 혼혈 청년으로, 그 덩치와는 어울리지 않게 섬세한 학구파 흑마법사였다. 물론 학구적이라고는 해도 생명경시의 첨단을 달리는 그가 연구하는 내용이 무엇인가 세상에 알려진다면 전 세계 모든 국가가 그를 악의 사도로 규정하고 죽여 버리겠다고 달려올 것이다.

"응? 왜?"

붉은 머리칼의 청년 오지윤은 바이올린 연주를 멈추고 이현종을 바라보았다.

"아니 왜 갑자기 바이올린이야? 기타 배운다더니."

"아, 일렉트릭 바이올린도 꽤 멋있는 것 같아서. 선율이 매력적이잖아, 바이올린."

"전혀 안 어울려. 게다가 학교 종이 땡땡땡이라니 뭔 센스야?"

"뭐든 초심자 때는 폼이 안 나는 법이라고. 나중에 두고 봐."

오지윤은 바이올린을 내려놓았다. 이현종이 그냥 하릴없이 찾아온 것 같지는 않았기 때문이다.

"무슨 일이야?"

"슬슬 샘플이 하나 완성되어서 보고서 보여주려고. 그리고 오늘 에밀 아저씨가 연락한다고 했다며?"

"응. 5분 후가 연락 시간이네. 너도 같이 있는 편이 설명하기 좋을 테니까 잘됐어."

에밀, 풀 네임은 에밀 크레이그라고 하는 그 남자는 그들의 고용주라고 할 수 있는 존재였다. 젊은 나이에 수많은 IT 특허와 서버 관리 기술을 주력으로 삼는 KD 인더스트리의 회장으로 활약하고 있으며, 연옥 쪽에서는 최신예 무기를 개발, 유통

시키는 군수 산업으로 재미를 보고 있는 남자다.

오지윤과 이현종이 속한 팀은 그가 운영하고 있는 거대한 조직의 말단이었다. 에밀 크레이그 본인은 이 팀에 깊은 관심을 표하고 있지만 조직 내에서 이렇다 할 성과가 없는 이들은 아직 세력이 약했다. 그래서 초기 투자금 외에는 원씨 가문을 이용해서 필요한 자금을 융통해서 연구를 진행했던 것이다.

그런데 안산에 겨우 구축했던 기반을 홀라당 날려 버리는 바람에 가뜩이나 없는 발언권이 폭풍 속의 촛불처럼 위태위태하게 되었다. 오늘은 그 건에 대해서 에밀 크레이그에게 설명을 하고 성과를 보여야 했다.

잠시 후 50인치 대형 벽걸이 LCD에 전원이 들어오면서 한 남자의 얼굴이 나타났다. 20대 후반 정도로 보이는 젊은 서양인 남자였다. 건강하게 그을린 피부와 약간 그늘져 깊게 보이는 푸른 눈동자가 인상적이다. 그는 단정하게 빗어 넘긴 금발 아래로 미소를 지으며 입을 열었다.

"오랜만이군, 미스터 오."

물론 그는 영어로 말하고 있었다. 오지윤은 쓴웃음을 지으며 입을 열었다.

"오랜만입니다, 크레이그 씨."

오지윤의 입에서도 매끄러운 미국식 영어가 흘러나왔다. 특수 에이전트로 살아온 그는 영어와 일본어, 인도어, 중국 북경어를 현지인과 무리없이 소통할 수 있을 정도로 능숙하게 구사할 수 있었다.

"그동안 잘 있었냐고 묻고 싶지만 그런 것 같지는 않군. 피차 시간낭비는 싫어하니까 본론부터 말하지. 이번에 아지트를 완전히 날려먹고 철수했더군."

"유감스럽게도 그렇게 됐습니다."

"보고서는 잘 봤네. 그게 진유현이라는 인물 때문이라고?"

"예. 제가 육도에 있을 시절의 동료입니다."

"운이 없었군. 보고서를 보니 일부러 얽은 것은 아니었던 것 같고……"

에밀 크레이그는 안타깝다는 듯이 말했지만 얼굴에는 미소를 짓고 있었다. 그는 좀처럼 속내를 읽을 수 없는 남자였다. 그가 천재적인 사업 수완으로 재산을 눈덩이처럼 불리는 한편 그 부를 이용해 연옥에 진출하지 않았다면 오지윤은 육도에서 나오지 않았을 것이다.

육도의 임무를 수행하던 중 에밀과 만났을 때, 그는 오지윤에게 말했다.

"육도에서 나와 내 밑으로 들어오지 않겠나? 나는 육도를 비롯한 세계 7대세력을 능가하는 조직을 만들고 싶네. 그리고 세계를 바꾸겠어."

하루하루 목적도 없이 살아가는 인생이었다.

언제인지 기억조차 흐릿한 어린 시절, 육도에 납치되었는지 아니면 고아원이나 유아 인신 매매 조직에서 사들여진 건지 모르는 경로로 받아들여져서 수십 명이 죽어나가는 죽음의 트레이닝을 받고 지금까지 온갖 마물과 인간을 죽이면서 살아왔다.

인생의 목적도, 의미도 모른다. 그저 조직이 키워낸 대로 전투 병기로 살아가면서, 전장이 아닌 곳에서는 순간의 쾌락을 쫓으며 살아갈 뿐이지.

그런 그에게 있어 진유현의 은퇴는 충격적인 일이었다. 어째서 조직을 나가는 거냐고 물었을 때 진유현은 무뚝뚝한 얼굴로 대답했었다.

"더 이상 남의 의지에 휘둘려 살고 싶지 않다. 그게 어떤 삶이 되든 내가 어떻게 살아갈지는 내가 정하겠어."

그것은 정말로 오지윤의 상상을 초월한 대답이었다. 그는 여태까지 그런 생각을 갖고 살아왔단 말인가? 나중에 들어보니 그는 스스로 육도로 들어올 것을 결의했다고 한다, 가족의 목숨을 살리는 조건으로.

그리고 육도에서 나가는 일도 그는 스스로의 의지로 결정했다.

그 행동이 오지윤에게 불을 붙였다. 걷잡을 수 없는 혼란에 사로잡혀 있을 때 에밀의 제안은 그가 가야 할 길을 선택할 수 있게 해주었다.

"어쨌든 이번 일은 문책을 피하기 어려울 것 같네. 적어도 당분간 새로 자금을 내주는 것은 어려울 것 같네만. 자칫하면 팀이

해산되어서 다른 팀 밑으로 들어가는 사태가 생길 수도……."

에밀이 만든 조직 '미드가르드'는 철저하게 대기업 스타일이었다. 거대한 그룹을 이뤄서 그 밑에 수많은 중소 팀을 거느리고 있는 것이다. 그만큼 각 팀은 성과를 겨루는 데 치열했다.

오지윤의 팀은 제법 괜찮은 지원을 받고 있었다. 경제적인 지원도 연구비가 워낙 많이 들어서 그렇지 절대 적은 편이 아니었다. 거기에 아무리 천재 흑마법사인 이현종을 오지윤이 영입했다곤 해도 에밀이 직접 본사에서 일류 급 연구원들을 보내어 팀에 합류시킨 것은 파격적인 인사 조치다. 이에 대해서는 내부에서도 반발하는 목소리가 많았지만 에밀은 오지윤에 대한 신뢰 표시로 그것을 전부 억눌러 왔다.

하지만 이번에 일어난 대형 사고는 아무래도 무마해 주기가 힘들었다. 오지윤이 결정적인 카드를 보여주지 않는 이상 에밀도 더 이상 지원을 약속해 줄 수 없을 터.

물론 오지윤은 결정적인 카드를 준비해 두었다.

"연구 성과는 고스란히 보존되어 있습니다. 그리고 그동안 연구하던 것도 결실을 맺었고요. 텔레파시에 의한 정신공명연계통제, 이미 초안을 잡았고 활용에 성공했습니다."

"호오."

에밀이 감탄성을 흘렸다.

그도 그럴 것이, 이 팀에서 연구하던 과제는 막대한 경제적 가치를 갖고 있었다. 세계 최강으로 불리는 미군의 차세대 보병 시스템 랜드 워리어와 비슷하게 시스템에 연결된 개체 하나하나의 상태를 텔레파시를 통해 즉각적으로 파악하고 명령을 내려서 통제 가능케 하는 것이 그들의 연구 과제였다.

물론 텔레파시를 통해서는 사고와 감각 정보 모두를 공유하고 반응도 훨씬 빠르게 전달될 수 있으며, 특별한 장비조차 필요 없기에 랜드 워리어와는 비교도 안 되는 전술적 가치를 가진다.

더욱 무서운 것은 이것이 인간을 병사로 쓸 경우가 아니고 영혼이 없는 인형, 인공적으로 만들어진 마물을 통제할 것을 목적으로 연구된다는 점이다. 방대한 정보 처리량을 가진 생체 처리 장치가 텔레파시를 이용해 전장의 정보를 수입하고 예지력을 연구해서 만들어낸 예측 시스템을 사용, 시시각각 변하는 전장의 미래를 내다보면서 생명을 도외시하는 수십, 수백의 마물 병사를 하나의 몸을 움직이듯이 정밀하게 컨트롤한다는 것은 상상만 해도 공포스러운 일이다.

이들은 마침내 그 시스템을 만들어낸 것이다. 비록 초안 단계이긴 하지만 현실화된 시점에서 이미 엄청난 점수를 줄 수밖에 없다.

"성과 데이터는 지금 시크릿 채널을 이용해서 전송하도록 하죠. 분명히 만족스러우실 겁니다."

"그렇군. 받는 대로 즉시 검토하도록 하겠네."

에밀은 만족스러운 미소를 지으며 대답했다. 오지윤의 대응은 그가 기대했던 그대로임이 틀림없다.

"이로써 임원들의 반발을 막을 수 있겠군. 수고해 주었어."

"아슬아슬했습니다. 근데 연구 시설 만든 비용은 이쪽에서 따로 스폰서를 구하느라 애먹었는데 그거 날려먹었다고 그쪽에서 추궁이 들어오는 것도 좀 그렇군요."

"그 말도 임원들에게 전달해 주지. 어쨌든 검토 후 가치 판단이 되면 지원을 대폭 늘려줄 수 있을 거야."

"기대하겠습니다."

"그런데 진유현이라는 인물의 추격 가능성은 없나? 그 인물의 행동패턴을 보니 자네의 거취를 알면 또 공격해 올 것 같은데."

"그건 걱정하지 않으셔도 됩니다."

오지윤은 딱 잘라서 단언했다.

"안산에는 이미 조치를 취해두었으니까요. 저희 연구소가 무너진 시점에서 신경 써야 할 골칫거리가 나타났을 겁니다. 그도 그냥 좌시할 수 없을 정도의 문제죠."

"역시 빈틈이 없군. 아, 그리고……."

고개를 끄덕이던 에밀은 문득 생각났다는 듯 말했다.

"본사에서 한 사람이 자네 팀에 합류할 뜻을 밝혔네."

"본사에서요? 누구입니까?"

"사실은 보고가 들어온 시점에서 출발했네만……."

에밀은 쓴웃음을 지었다. 아무래도 좀 태도가 수상하다. 오지윤은 눈살을 찌푸렸다.

"이미 출발했다고요? 이쪽에게는 통보도 없이 그런 인사 조치가……."

"사실은 이쪽에서 결정한 게 아닐세. 그가 단독으로 결정한 거지. 아마 오늘쯤엔 도착하지 않을까 싶은데…….”

“대체 누구입니까?”

“쉐도우 머더러(Shadow Murderer).”

“쉐도우 머더러? 그 코드 네임은 분명히… 마이스터 정도
일……?”

삐— 삐—!

그때 갑자기 비상벨이 울리기 시작했다. 오지윤과 현종은
깜짝 놀라서 자리에서 일어났다. 누군가 등록되지 않은 자가
시큐리티 시스템 안쪽으로 침범했다.

“이런. 보고는 나중에 계속하겠습니다.”

“그러게나.”

에밀은 묘하게 여유있는 태도로 통신을 끊었다. 오지윤은
그 태도가 신경 쓰이는 것을 느끼며 디스플레이에 시큐리티
시스템을 출력시켰다.

이곳은 강원도 산간 지역에 위치한 별장으로 위장된 장소
다. 상당히 넓은 부지를 차지하고 있는데다가 지하 시설은 상
상을 초월한다. 헬기까지 수납하고 있으니 옛날 미국 TV 시리
즈에나 나올 법한 비밀 기지라고 할 수 있을 것이다.

“침입자는 한 명인가?”

왠지 감이 잡히는 것 같았다. 에밀 크레이그의 말과 태도로
미루어볼 때 저 존재가 누구라는 것을 예측하는 것은 어렵지
않았다. 하지만 만약 아닐 경우에는 정말 피를 볼 수도 있으니
주의가 필요하겠지.

오지윤은 즉시 전투 준비에 들어갔다. 진유현에게 저격당한 이래 그는 항상 주변에 충격 완화 결계를 펼치고 옷 안쪽에 얇은 방어복을 입고 있었다.

마력에 반응하여 단순한 물질적인 특성 이상의 방어력을 갖게 되는 이 방어복은 라이플탄이라고 하더라도 쉽게 관통할 수 없다. 물론 총탄을 맞게 되면 그 충격으로 뼈가 부러질 가능성이 높지만 그런 건 일반인은 못 버텨도 오지윤이라면 근성으로 버틸 수 있다(사실은 그의 정신력에 기감이 반응해 육체의 강도를 강화하는 것뿐이긴 하지만).

"귀찮게 됐군. 현종아, 일단 연구실로 돌아가."

"어, 알았어."

고개를 끄덕이는 현종을 뒤로한 채 순식간에 전투복을 풀세트로 차려입은 그는 질풍처럼 복도를 달려나갔다.

쿠웅!

둔중한 소리와 함께 3미터 가까운 거구가 땅에 곤두박질쳤다. 그것을 눈앞에서 본 사람은 마치 산이 무너지는 것 같은 착각을 느꼈지만 그럼에도 불구하고 미소를 짓고 있었다.

"큭!"

쓰러진 거구, 갈색 털의 늑대인간 주찬은 그대로 뒤쪽으로 스프링처럼 튀어 오르며 거리를 벌렸다. 하지만 그가 땅에 착지하는 순간 눈앞에 보인 것은 새카만 실루엣과 그 속에서 번뜩이는 두 개의 눈빛이었다.

콰작!

"크악!"

주찬의 입에서 비명이 터져 나왔다. 상대가 달려드는 것과 동시에 그의 턱을 왼 무릎으로 가격, 오른쪽 다리를 뻗어 팔을 휘감는가 싶더니 그대로 무게를 실으며 몸을 비틀어 부러뜨려 버렸던 것이다.

하지만 주찬도 그냥 당하고만 있지는 않았다. 비명을 지르면서도 부러지지 않은 오른팔을 들어 휘둘렀다. 그의 손톱 끝에서 빛으로 벼려낸 다섯 줄기의 칼날이 뿜어져 나와 허공을 갈랐다. 진유현에게 당한 이후로 준비한 특수 장비였다.

슈화악!

공간 그 자체가 난도질당하는 듯한 기세였지만 상대는 놀라운 반응 속도로 그것을 피하며 뒤로 빠졌다. 고양이처럼 부드럽게 땅에 착지하나 싶더니 10미터쯤 떨어진 곳에서 갑자기 중국권의 정권 지르기 자세를 취한다.

'무슨 생각이지?'

주찬이 의아함을 느낀 순간 상대의 호흡이 폭발하며 주먹이 뻗어나왔다. 물론 둘 사이에는 10미터라는 거리가 있었지만 그럼에도 불구하고 주찬은 거대한 주먹이 자신을 향해 덮쳐오는 듯한 착각을 느꼈다. 그리고,

콰아아아아!

"뭐, 뭐야?!"

주먹으로부터 비롯된 푸른 파동이 작렬하며 주찬의 몸이 날

아가 버렸다. 갑자기 몰아닥친 폭풍 같은 파동은 일차적으로
충격파를 일으켜 그의 몸을 날리고 그렇게 허우적거리는 그의
몸에 작렬, 어마어마한 충격이 몸을 타고 달려나갔다.

그 순간 주찬은 비명을 지른 것 같았다. 하지만 자기 자신의
귀에도 들리지 않았기 때문에 확신할 수 없었다. 분명한 것은
그 일격이 그의 정신을 끊어놓았다는 것이다. 그보다 먼저 쓰
러진 동료 늑대인간 요한처럼.

쿠구구구구구구……

폭발의 여파로 일어 올랐던 먼지가 가라앉으면서 피투성이
가 되어 큰 대자로 뻗어버린 주찬의 모습이 드러났다.

"역시 늑대인간 상대는 좀 재밌어. 맨손으로 상대하니 스릴
있는걸."

두 명의 늑대인간과 그 외 다수의 병력을 혼자서 쓰러뜨린
남자는 씩 웃으며 중얼거렸다. 그러더니 품에서 담배 한 개비
를 꺼내서 불을 붙이고 단숨에 빨아들였다. 그의 폐활량이 어
찌나 엄청난지 담배가 필터 바로 전까지 타 들어갔다.

"후우우우우! 아, 죽인다."

폐에 머금었던 담배 연기를 단숨에 뿜어낸 그는 짜릿함에
몸을 떨었다.

30대 중반쯤으로 보이는 그는 헝클어진 머리칼을 어깨까지
거칠게 기르고 턱에는 수염이 까칠하게 자라난 거친 인상의
남자였다. 전신을 새카만 특수 소재 전투복으로 가리고 그 외
에 나노 플라스틱으로 만들어진 보호 장구를 덧댄 그 모습은

예전 진유현이나 지금 안쪽에서 오지윤이 차려입은 것과 무척이나 비슷했다.

팍!

여유를 부리던 남자는 갑자기 뒤로 슬쩍 한 걸음 물러났다. 그러자 그가 떨어뜨린 담배를 한 발의 총탄이 관통하고 지나갔다.

"제법인데?"

남자는 재미있다는 듯 중얼거리며 움직임에 가속을 붙였다. 저격이 연이어 이어졌기 때문이다.

팍! 팍! 팍!

소음기를 장착한 마법총은 놀라운 속도와 정밀도로 남자를 노렸다. 하지만 그는 아슬아슬한 타이밍으로 총격을 피하면서도 마치 탄두가 노릴 곳을 미리 알고 있다는 듯 여유작작한 모습이었다.

"오지윤, 과연 수라 급 에이전트의 이름이 어울리는 저격 능력이야. 하지만……."

남자의 손이 벨트포치를 스치고 지나갔다. 그러자 마법처럼, 아니, 정말 마법이 발동해서 그의 손에 블랙골드 컬러의, 권총의 모양을 하고 있지만 사이즈가 좀 많이 커 보이는 총이 나타났다. 그는 곧바로 별장을 둘러싼 숲의 한 지점을 겨누더니 방아쇠를 당겼다.

파앙!

"큭!"

그러자 그곳으로부터 환영처럼 한 사람의 모습이 나타났다. 붉은 머리칼을 휘날리는 오지윤이었다.

"투명화도, 기척 차단도 제법 좋았어. 하지만 다섯 발이나 쏜 다음에 이동하면 위치 잡기가 엄청 쉽거든? 좋은 저격 위치 였다는 것은 인정하지만 두 발 정도는 아꼈어야지."

남자는 그렇게 비아냥거리면서 연달아 방아쇠를 당겼다. 오지윤의 손에 들린 것은 저격용 라이플이라 위력에선 우위를 점할지 모르겠지만 겨누고 쏘는 것은 이쪽이 훨씬 빠르다.

팍!

일곱 발째에 오지윤의 팔이 총격에 걸려들었다. 하지만 팔을 감싼 나노 플라스틱은 문제없이 총격을 버텨내고 오지윤에게 한 호흡의 타이밍을 제공했다.

"흡!"

하지만 오지윤은 라이플을 겨누고 쏘는 대신 검을 뽑아 들며 가속했다. 그가 밟은 땅이 폭발하듯 터져 나가면서 남자와의 거리가 순식간에 줄어든다. 남자는 달려드는 오지윤을 향해 한 발을 더 쏘았지만 오지윤은 고개를 살짝 비틀어서 그것을 피해내고는 검격을 날렸다.

콰창!

하지만 다음 순간 두 사람은 충격파가 터지며 두 사람의 위치가 바뀌었다. 백 점 만점의 공격 타이밍이었지만 남자는 놀라운 속도로 반응, 왼손 하나로만 검을 뽑아 들더니 그의 검격을 흘리듯이 받아치며 서로의 위치를 반전시킨 것이다.

오지윤은 땅을 딛는 것과 동시에 몸을 돌리며 자세를 잡았고, 남자도 총과 검을 모두 든 독특한 전투 자세를 취하며 서로를 바라보았다.

"역시 당신이었군요, 마이스터 정도일."

"오랜만이다, 애송아."

남자는 씩 웃으며 양팔을 들어 올렸다. 더 이상 전투를 벌일 의지가 없음을 알리는 제스처였다. 이만큼 헤집어놓고 그만 싸우자니 오지윤은 불만스러웠지만 지금 그와 싸워봤자 이득이 없다는 것을 알고 있기에 순순히 검을 집어넣었다.

마이스터 정도일. 오지윤과 마찬가지로 육도의 수라 급 에이전트였던 남자다. 하지만 수라 계급 사이에서도 특출난 기량과 전공을 자랑해 마이스터의 칭호를 받은 몇 안 되는 존재이기도 했다.

그는 몇 년만 더 있으면 승급해서 인간 계급이 될 예정이라는 말이 돌 때쯤 돌연 육도를 나가 버렸다. 그리고 다시 만났을 때는 에밀 크레이그의 직속 에이전트 중 하나가 되어 있었다.

"이건 너무한 것 아닙니까?"

오지윤이 주변의 참상을 보며 따지자 정도일은 어깨를 으쓱했다.

"뭐, 이제부터 같이 일해야 하니까 실력이나 알아볼까 싶어서. 전부 숨은 붙여놨고 회복에 어려운 상처를 입힌 것도 아니야."

"마지막에 쓴 건 열파풍진(熱波風陣), 그걸 맞았는데 회복이 어렵지 않다고요?"

열파풍진은 수라 급 에이전트 중에서도 익힌 자가 극히 드문 비기였다. 의기강체술과 마법을 합일해서 자유자재로 사용할 수 있는 경지에 이르러야만 사용할 수 있는 파괴 기술이다.

"에이, 최대 출력도 아니었고, 늑대인간이잖아. 금방 일어날 거야."

정도일은 뻔뻔스럽게 웃으면서 친한 척 오지윤의 어깨를 툭툭 두드렸다. 오지윤은 그를 빤히 노려보다가 곧 한숨을 쉬면서 통신기를 들었다.

"현종아, 사람들 보내서 여기 쓰러진 녀석들 좀 의료실로 데려가."

"어, 어떻게 된 거야?"

"우리 편이야. 좀 제정신이 아니라서 그렇지."

"윗사람을 공경할 줄 모르는구나."

"사실을 말했을 뿐입니다."

머리를 툭툭 치며 말하는 정도일에게 쏘아붙여 준 다음 오지윤은 그를 안으로 안내했다. 그리고 문득 그를 바라보며 물었다.

"그런데 무슨 바람이 불어서 우리 팀에 합류하겠다고 온 겁니까?"

"왜? 달갑지 않나?"

"솔직히 그렇군요. 전력상으론 도움이 된다는 것을 인정하겠습니다만."

"거 참 까다로운 녀석일세."

"……."

정도일은 씩 웃으면서 까칠한 턱을 쓰다듬었지만 오지윤은 여전히 그를 매섭게 쏘아보았다. 무슨 일이 있어도 대답을 듣고야 말겠다는 그 태도에 정도일은 결국 어깨를 으쓱하며 입을 열었다.

"네 녀석이 유현이한테 당했다는 보고를 보고."

"진유현 때문이라고요?"

"그래."

"그것뿐이라는 겁니까?"

"그것뿐이야."

오지윤은 눈살을 찌푸린 채 정도일을 바라보았다.

조직에서도 중요한 위치에 있는 그가 고작 진유현 때문에 여기까지 왔다고?

지금 그 말을 믿으라는 소린가? 하지만 정도일은 그 이상 무슨 이유가 필요하냐는 태도였다.

하긴 여태까지 이 인간이 보여준 행동으로 볼 때 정말일 가능성도 있다. 임무 성공률은 터무니없이 높지만 그 과정은 도무지 어디로 튈지 알 수 없는 인간이었으니까.

"일단은 믿어드리죠."

"일단은은 뭐야, 일단은이?"

"별로 진실성이 없으시다 보니 쉽게 믿어지질 않는군요."

오지윤은 찬바람을 쌩쌩 날리면서 몸을 돌렸다. 조금 난감하다는 듯 그의 뒷모습을 바라보던 정도일은 피식 웃으면서 중얼거렸다.

"…뭐, 그놈은 내가 끝까지 지켜봐 줄 의리가 있어서 말이지. 죽이든 살리든 간에."

2

잠을 자다가 눈을 떴을 때, 생전 처음 보는 누군가가 자신을 빤히 내려다보고 있으면 어떻게 할 것인가?

덤으로 그 사람이 머리에는 큼지막한 동물 귀를 달고 있고 눈은 어둠 속에서 새파란 빛을 발하고 있다면?

이에 대한 대답은 사람마다 다를 것이다. 물론 진유현의 대답도 다른 사람과는 다르다고 자신할 수 있었다.

유현은 전광석화처럼 손을 뻗어서 상대방의 목을 움켜쥐었다.

"컥!"

상대방이 숨 막히는 신음을 내뱉었다. 유현의 손이 공업용 바이스처럼 강하게 목을 움켜쥔 것이다.

그제야 유현은 상대방이 여성, 그것도 자신보다도 어린 소녀라는 사실을 깨달았다. 물론 육체의 모양새가 그렇다는 것이지 큼지막한 동물 귀를, 장식이 아닌 진짜로 달고 있는 인간 소녀 따윈 이 세상에 없다. 이미 인간에서는 벗어난 존재다.

자, 어떻게 할까? 여기서 힘을 좀 더 주기만 하면 콰드득 목이 부러져 나갈 텐데? 유현의 악력은 300킬로그램 이상의 압력을 자랑한다. 인간의 목 정도 부러뜨리는 것은 너무나도 쉬운 일이었다.

그렇게 고민하고 있을 때 상대방이 반응했다. 갑자기 손아귀가 허전해지면서 상대의 모습이 사라졌다.

'응?'

아니, 사라졌다고 생각한 것은 착각이었다. 상대방은 마치 할리우드 영화의 특수 효과처럼 순식간에 모습을 바꾸어서 그의 손아귀에서 빠져나간 것이다. 가녀린 소녀의 몸이 실처럼 가늘게 늘어지더니 좀 떨어진 곳에서 다시 부풀어 오르며 소녀의 모습으로 변했다.

"요괴로군. 아, 뭐, 그건 당연한가?"

"요괴 아냐!"

유현이 몸을 일으키며 말하자 소녀가 빽 소리를 질렀다. 그 목소리는 마치 어린아이의 것처럼 맑으면서도 묘하게 사람의 정신을 끄는 울림이 있었다.

그것이 바로 요기(妖氣), 혹은 요력(妖力)이라 불리는 힘이다. 모든 요괴는 인간의 정신을 현혹시키는 요사스러운 기운을 갖고 있다. 인간의 정신 에너지를, 그리고 인간의 육신을 먹지 않으면 살아갈 수 없는 비틀린 존재들이기에 존재의 근원 자체가 인간을 포식하기 위한 용도로 만들어져 있는 것이다.

"어딜 봐도 요괴인데?"

유현은 눈살을 찌푸리면서 물었다.

대략 열대여섯 살 정도로 보이는 소녀였다. 앳되고 사랑스러운 용모는 분명 동양인 같으면서도 어딘가 서구적인 느낌이 든다. 아마도 혼혈이겠지. 물론 요괴가 혼혈이든 뭐든 알 바 아니지만 저 외모의 근간이 그렇다는 이야기다.

긴 머리칼은 옅은 갈색이고 푸른빛을 발하는 눈동자는, 마법을 이용해 요기 안쪽을 들여다보니 한쪽은 녹회색, 한쪽은 청회색을 띤 독특한 오드아이였다. 거기에 인간의 귀 대신에 커다란 동물 귀가 머리카락 사이로 솟아나 있고 치마 아래쪽으로 꼬리까지 살랑거리고 있다. 그것도 아홉 개씩이나.

"나 선인이야! 요괴 아냐!"

"아, 그러니까 요괴선인이라고?"

선인이라고 하면 굉장한 것 같지만 연옥에는 흔히 볼 수 있는 존재에 지나지 않았다. 전설처럼 불로불사는 아니지만 일반인보다는 훨씬 오래 사는 존재이며 온갖 선술을 사용하는, 그러니까 동양의 마법사 같은 존재다.

물론 요괴선인이라면 그중에서도 대단한 존재였다. 요괴는 지구 전체를 감싸고 흐르는 영맥의 뒤틀림과 인간의 사념이 합쳐짐으로 인해 태어나는 존재. 그중에 높은 이성을 갖고 본능을 억눌러 인간을 해하지 않는 것에 성공, 도가에 거두어져 수행 끝에 요괴선인이 되는 경우는 몇십 년에 하나 볼 수 있을까 말까 하는 것이다.

"요괴는 빼고 불러!"

요괴선인 소녀는 어린애처럼 신경질을 냈다. 아마도 요괴라고 불리는 게 무척이나 싫은 것 같았다.

하지만 유현이 지금 이 상황에서 그녀를 존중해야 할 이유는 없었다. 아니, 굳이 하나 꼽자면 그녀가 위기감을 느낄 정도로 강력한 힘의 소유자라는 것 정도?

"뭐, 좋아. 그런데 그 선인님께서 왜 남의 집에 무단 침입을 한 거지? 보아하니 구미호 같군. 대요괴를 상대로 하면 나도 적당히는 못해."

구미호는 그 인지도만큼 강력한 요괴다. 전투에 익숙한지 익숙하지 않은지는 모르지만 둔갑에 능하고 지닌바 힘만으로도 인간 수십 명 정도는 우습게 쓸어버릴 수 있다. 호풍환우(呼風喚雨)라는 말에 딱 어울리는 존재이니만큼 쉽게 생각할 수 없다.

솔직히 유현도 장비가 없는 상황에서 구미호와 대적하라고 하면 승산을 장담하기 어려웠다. 그래서 일단 교전으로 들어가지 않고 천천히 이야길 들어보고 있는 거지, 안 그랬으면 일단 죽기 직전까지 몰고 가서 확실히 제압한 후에야 대화를 시작했을 것이다.

"나, 난 그냥 냄새를 맡고 왔을 뿐인데."

"냄새?"

"네 냄새가 거기에 남아 있어서 그걸……."

"거기가 어딘데?"

유현은 슬슬 짜증이 나는 것을 느끼며 물었다. 구미호소녀는 설명할 말을 잘 떠올리지 못하겠는지 우물쭈물하다가 말했다.

"그 커다란 건물 있던 곳. 불타서 무너진 곳."

"아, 혹시 연구소 말하는 건가? 시 외곽 산에 있던 거?"

유현이 짚이는 데가 있어서 묻자 기쁜 듯이 고개를 끄덕인다. 유현은 왠지 상대하는 게 바보 같아지는 것을 느끼면서 염동력을 일으켰다. 그 기척을 느낀 구미호가 흠칫 움츠러들었지만 유현은 그냥 방 안에 불을 켜고 안대를 가져와서 착용했을 뿐이다.

소녀는 유현의 안대를 굉장히 신기해하며 바라보았다. 어찌나 신기했는지 슬쩍 손을 뻗어서 만져 보려고 했지만 유현은 가차없이 그 손을 찰싹 쳐버렸다.

"아얏!"

"멋대로 손대지 마. 거기 마지막으로 간 것은 한 달쯤 전인데… 내 냄새가 아직 남아 있다고? 믿기 어려운걸."

"네 냄새는 아주 강해. 다른 냄새도 조금씩 남아 있었지만 다 희미했고 네 냄새만 뚜렷했어."

"아니, 그보다 거기 화재 나고 무너지고 난리도 아니었잖아. 그런데 내 냄새가 남아 있다는 게 말이 돼?"

아무리 후각이 동물 이상으로 뛰어나다고 해도 그녀의 주장은 말이 안 된다. 유현이 그 점을 지적하자 그녀는 그제야 자신이 말을 잘못하고 있다는 것을 깨달은 것 같았다.

"난 네 영혼 냄새를 말하는 건데."

"끄응. 그런 이야기였나?"

유현은 비로소 그녀의 말을 이해했다.

원래 영감이라는 것은 정의하기 어려운 것이다. 인간은 정신적인 자극 외에도 시각이나 촉각, 청각을 포함한 오감을 모두 활용해 영적인 파장을 감지한다. 그리고 원형이 여우인 구미호의 경우에는 후각이 활발하게 작용하는 것이 당연했다.

그때 유현은 이계의 힘까지 개방해서 싸웠고, 그 힘의 자취는 분명 강렬하게 남았을 것이다. 하지만 망혼에서 뒤처리를 해줬다고 했는데도 그 흔적을 따라오다니 이 구미호의 능력이 보통은 아니다.

"그런데 그거랑 나를 찾아오는 게 무슨 상관이지? 난 너를 몰라. 그리고 너도 나를 모르지. 네가 나를 찾아올 이유는 어디에도 없다고 생각하는데?"

덤으로 네가 내 집에 불법 침입할 이유도 말이지. 유현은 그 말은 하지 않았지만 온몸으로 불쾌감을 표출하고 있었다.

그 기세가 무서웠는지 구미호소녀는 찔끔하는 기색이었다. 하지만 유현이 대답을 요구하듯 계속 노려보자 입을 열었다.

"하지만 나… 네 덕분에 풀려났는걸."

"풀려나?"

"응. 나 거기 갇혀 있었어."

"거기라면, 그 연구소 말하는 건가?"

"응."

구미호소녀는 열심히 고개를 끄덕였다. 이 녀석은 구미호씩이나 되면서 뭐 이렇게 말을 잘 못하는지 모르겠다. 유현은 마치 말을 잘 모르는 어린애와 대화하고 있는 듯한 답답함에 사로잡혔다.

그냥 공격해 버릴까?

사실 지금 이 순간에도 강렬한 적의가 유현의 내부에서 들끓고 있었다. 지난 10년간 그는 요괴라는 요괴는 전부 말살하면서 살아왔다. 오로지 그것을 목적으로 길러져서 삶의 대부분을 그들의 피로 칠해오지 않았던가. 그런데 요괴를 앞에 두고 이런 대화를 계속하고 있으려니 엄청난 스트레스가 느껴진다.

설령 그것이 스스로를 요괴선인이라고, 자신은 요괴하고는 다르다고 주장하더라도 계속 요기를 흘려 정신을 자극해 오는데 적의가 솟구치지 않을 수는 없다. 그는 요괴의 존재에 곧바로 반응해서 전투 모드로 들어가도록 만들어진 전투 기계. 그런 그의 앞에서 이토록 천진난만한 표정으로 고개를 갸웃거리는 이 녀석은 도대체 정신 구조가 어떻게 생겨먹었단 말인가?

"그래서 무슨 은혜 갚은 까치 이야기를 찍을 생각도 아닐 텐데 왜 날 찾아왔지? 갇혀 있었다가 풀려났다, 그럼 그냥 어디로든 가버렸으면 되는 거 아냐?"

"나, 그러려고 왔는데?"

"……?"

"은혜 갚으려고."

저 활짝 웃는 귀여운 낯짝을 한 방 먹여주고 싶은 충동이 맹렬하게 솟구치기 시작했다.

"필요없으니까 그냥 어디로든 가버려라. 내가 너 풀어주자고 그런 짓 한 것도 아니고 네가 거기 있는 줄도 몰랐으니까."

"하지만 나 거기 100년도 넘게 갇혀 있었는걸."

"아, 그거랑 나랑 무슨 상관이야?"

"그래서 너무너무 고마운걸. 꼭 은혜 갚고 싶은걸."

"큭! 필요없다니까! 난 요괴만 보면 경기가 일어나니까 어디로든 꺼져 버려!"

"요괴 아냐! 선인이야!"

"젠장. 더 이상은 못 참는다."

유현은 인내의 실이 뚝 끊어지는 것을 느끼면서 손을 뻗었다. 벼락같은 움직임으로 구미호소녀의 목덜미를 노린다. 단숨에 목을 끊어버릴 작정이었다.

파앙!

하지만 그 시도는 다음 순간 눈앞에 뻗어온 희끗한 것에 의해 저지되었다. 부드러운 감촉이 손끝에 닿는가 싶더니 강렬한 반탄력이 일어나면서 유현을 뒤로 날려 버렸다.

콰작!

주르륵 밀려난 유현의 버팀 발에 부딪친 침대가 부서지는 소리가 났다. 하지만 유현은 시선을 옮기지 않고 구미호소녀를 바라보았다.

'꼬리!'

어느새 그녀의 꼬리 중 하나가 길게 뻗어나와서 전면을 가리고 있었다. 구미호는 아홉 개의 꼬리가 제각각 다른 의지를 갖고 있고 필요에 따라 무기로도, 신기로도 사용한다더니 과연 그런 모양이었다.

"그, 그럴 것까지는 없잖아."

꼬리를 살짝 내리고 얼굴을 드러낸 그녀는 울먹거리는 표정을 짓고 있었다, 마치 진짜 인간 소녀라도 되는 것처럼.

"닥쳐. 요괴 주제에 인간 흉내 내지 마."

너희들의 존재를 용서할 수 없어.

"나 요괴가 아니……!"

"요괴든 요괴선인이든 상관없어!"

애당초 너희들의 존재만 없었다면 나도 이렇게 되지도 않았겠지. 하지만 그렇게 피해자인 양 책임 전가를 하면서 추하게 놀 생각은 없어. 다만…….

"꺼져 버려!"

정밀한 살인기계로 만들어진 나 자신의 존재가 너희들을 용납하지 않아. 나 자신의 의지와는 상관없이, 마치 사람이 살아가기 위해 숨을 쉬는 게 당연하듯…….

"아, 그, 그치만……."

그녀는 울먹이면서 말을 이으려고 했지만 유현은 그것을 용서하지 않았다. 유현이 하얗게 불타오르는 손을 휘두르자 강렬한 기운이 그녀가 있는 자리를 휩쓸었다.

파파파파파파!

하지만 그녀는 순간적으로 모습을 바꾸어 그 자리를 피했다. 방 안의 물건들이 사정없이 나가떨어지며 요란스러운 소리를 내는 가운데, 멀어져 가는 그녀의 목소리가 환청처럼 귓가를 두드렸다.

"나중에 다시 올게. 꼭……!"

파라라라락.

날리는 종잇조각 사이에 서 있던 유현은 입술을 깨물며 일그러진 표정으로 중얼거렸다.

"…인간처럼 굴지 말란 말야. 서로 잡아먹을 수밖에 없는 녀석들이 사이좋게 지낼 수 있는 건 동화나 만화 속에서 뿐이라고."

너도 나도 애당초 그렇게 만들어진 존재이니까.

아침에 다시 눈을 뜬 그는 엉망이 된 집 안을 보곤 한숨을 쉬었다. 어젯밤에는 도저히 이걸 정리하고 잘 기분이 아니라서 명상으로 기분을 가라앉힌 후 그대로 자버렸던 것이다.

대충 정리를 하고 보안 장치들을 다시 정비한 그는 평소처럼 준비를 하고 토스트로 간단하게 식사를 하려고 했다. 그때 벨소리가 울렸다.

"네, 나갑니다."

"아, 사부님. 전데요."

"누가 네 사부냐?"

유현은 짜증을 내면서 현관문을 열었다. 그곳에는 김이 모락모락 나는 그릇들이 올려 있는 쟁반을 든 채 활짝 웃고 있는 신우가 있었다.

"이거 좀 드시라고요. 만날 아침도 부실하게 먹고 다니시죠? 아무리 그래도 아침은 제대로 먹고 다니시는 게 좋아요."

"뭐야? 이거… 밥이야?"

"네. 된장국은 오늘 아침에 끓인 거구요, 김치하고 콩나물 무침하고 버섯볶음이에요. 고기도 있어야 할 것 같아서 장조림도…….."

"상당히 호화로운데?"

"에이, 그래도 아침에 든든히 먹어야죠. 놓고 갈 테니까 드세요."

"어… 그래. 고마워."

"그럼 저녁 때 봬요."

신우는 생글생글 웃으면서 자기 집―물론 바로 옆집―으로 돌아갔다. 유현은 그가 갖다준 쟁반을 들고 멍청하니 서 있다가 한숨을 쉬었다.

"나도 참, 고작 먹을 거에 넘어가다니."

한동안 유현을 귀찮게 하는 데 여념이 없던 신우는 요즘 들어서 전략을 바꾸었다. 유현의 식생활이 매우 부실하다는 것을 어떻게 알았는지 저녁때마다 이것저것 가져와서 먹여주면서 환심을 사려고 들었던 것이다.

물론 유현은 짜증을 내면서 물리치려고 했지만 맛있는 냄새를 모락모락 풍기는 가정 요리의 유혹은 쉽게 뿌리칠 수 있는 게 아니었다. 무술은 영 삼류인 주제에 요리 솜씨는 왜 이렇게 뛰어난 건가 싶었다. 처음에는 죄다 한얼이 만들었으려니 했는데 알고 보니 그것도 아니란다. 물론 대부분 한얼이 만드는 것이 사실이지만 신우의 요리 솜씨도 제법인 것 같다.

'차라리 그냥 요리사나 해먹고 살 것이지.'

그렇게 투덜거리면서도 그릇을 싹싹 비울 만큼 자신이 그들의 요리에 만족하고 있는 것은 부인할 수 없었다.

이렇게 되면 점점 저쪽의 계략에 당해가는 셈이 되는데 어떡해야 하나? 저녁에 식사거리나 반찬을 갖다주는 걸로 공략을 시작하더니 이제는 아침을 통째로 차려주는 단계까지 오다니. 이러다간 삼시 세 끼를 저 집 음식으로 때우는 날이 올지도.

유현은 불길한 미래를 예감하면서 먹은 그릇들을 깨끗하게 설거지해서 옆집으로 향했다. 벨을 누르자 현관문이 열리면서 어울리지 않게 앞치마를 두른 한얼이 고개를 내밀었다.

"아, 다 먹었습니까?"

"응. 잘 먹었어."

"어땠나요? 반찬이 너무 적은 게 아닌가 했는데."

"아니. 딱 좋았는데. 장조림도 너무 짜지 않아서 좋았고."

"입맛에 맞았다니 다행이네요. 근데 굳이 설거지까지 안 해 오셔도 되는데."

한 달 전만 해도 유현한테 살인귀니 피 맛을 너무 많이 알았 느니 하는 폭언을 서슴지 않았던 한얼은 지금은 완전히 태도 가 바뀌어서 존댓말까지 써가면서 살살거리고 있었다. 아무래 도 자신이 모시는 신우가 유현의 제자가 되고 싶어서 안달하 자 장단을 맞춰주고 있는 것 같았다.

"들어와서 차라도 한잔 드시고 가세요. 등교 시간까지는 아 직 여유가 있죠?"

"꼬맹이는?"

"도련님은 이미 나가셨습니다. 이번 주에 당번이라던데요."

"그런가?"

유현은 사양하지 않고 집 안으로 들어가서 식탁 앞에 앉았 다. 잠시 후 한얼이 김이 모락모락 나는 밀크티를 끓여서 그에 게 따라주었다.

밀크티를 한 모금 마신 유현은 찻잔을 내려놓으며 말했다.

"당신도 참 대단해."

"뭐가 말이죠?"

"아니, 뭐랄까, 요즘은 가정부나 집사라고 부르는 게 더 어 울릴 것 같아서. 근데 당신, 연옥 일도 하고 있잖아?"

"아하하, 생활비는 벌어야 먹고사니까요."

한얼은 멋쩍은 듯 뒷머리를 긁적거렸다.

그들이 전세나마 집도 구하고 제법 풍족하게 생활하고 있는 것은 한얼이 모아둔 재산이 있었던 데다가 지금은 일을 하고 있기 때문이다. 주중에는 낮에 편의점에서 아르바이트를 하고 간혹 밤에 용병으로 뛰고 있는 것 같았다.

"나참, 도대체 무슨 의리가 있어서 저 꼬맹이를 그렇게 받들어 모시는지는 모르겠지만… 당신 정도 되는 실력자면 영입 의사를 보이는 조직도 제법 있을 텐데? 왜 굳이 독고다이로 뛰면서 애매하게 살지?"

"그건 저도 당신에게 묻고 싶은 질문이군요. 당신 정도 되면 어느 조직에 가더라도 최고의 대우를 받을 수 있지 않습니까? 그러니까 제가 갈 수 있는 수준의 조직보다도 훨씬 더 대단한 조직들이라도 말이지요."

"난 은퇴한 몸이라서 두 번 다시 연옥의 프로로 뛸 생각은 없으니까."

유현은 단호하게 대답했다. 이미 수많은 조직에서 스카웃 제의가 들어오고 있었지만 전부 거절하고 있는 그였다.

"전 당신 말이 더 이해가 안 가요. 연옥에서 은퇴했지만 연옥에 개입은 한다, 그것도 엄청나게 요란하게. 모순이잖습니까?"

"난 연옥에서 은퇴했다곤 안 했어. 프로 전투 요원에서 은퇴한 거지. 한번 연옥에 발 담그고 산 인간이 어떻게 거기서 발을 빼? 그게 가능한 이야기라고 생각하는 거야?"

유현은 코웃음을 치며 대답했다. 요 근래 그는 그 사실을 절실하게 실감하고 있었다. 그가 당하면 갚아주지 않고는 못 배기는 성격을 가진 것도 문제지만 조용히 살아가고 있어도 알아서 일이 꼬여서 피를 보게 된다. 이제는 이 연쇄에서 벗어나기에는 너무나도 늦었다는 것을 인정하지 않을 수 없었다.

"그건 그렇군요. 차라리 그냥 조폭 생활 하다 은퇴하는 거면 모르겠지만 연옥의 사람들은 진짜로 거기서 벗어난다는 게 불가능하죠."

일반인은 결코 닿을 수 없는 세계의 이면을 알아버린 존재들은 도저히 평범하게 살아갈 수 없다. 이 세상에 인간이 만들어낸 어둠 이상의 존재들이 버젓이 존재하고 있음을, 그리고 그것이 언제나 인간의 곁에 있음을 알고 있는데 어떻게 그것을 무시하고 살 수 있을까?

그리고 예전부터 영능력자들이 주장하던 바에 의하면 연옥의 인간들은 그 존재 자체가 인과율과 업에 의해 이형(異形)의 존재를 끌어들이게 된다고 한다. 예전에는 그냥 그런가 보다 했지만 요즘 들어서는 정말 진리로 인정하고 고개를 끄덕일 수밖에 없게 되는 말이었다.

"발을 뺄 수 있다고 생각했으면 당신 도련님부터 그렇게 하게 했어야지. 안 그래?"

"변명할 말이 없습니다, 그건."

한얼도 선선히 인정했다. 사실 그도 신우를 연옥에서 연을 끊고 평범하게 살아가게 하는 것을 생각해 보았다. 하지만 생각할수록 무리라는 생각이 드는데다가 신우 자신이 그걸 원하지도 않는다.

"그냥 댁이 가르쳐. 저 꼬마, 기본이 없진 않으니까 댁이 가르치면 그래도 괜찮은 실력을 가지게 될 거야."

"그건 도련님이 원하는 바가 아니니까요. 솔직히 저랑 당신은 격이 다르고, 어차피 유파가 다른 사람한테 배울 거면 더 강한 사람한테 배우는 게 좋지요."

"그 강한 사람이 잘 가르친다는 보장은 없어. 괜히 이상한 수행법 강요당해서 망가질 수도 있다고."

유현은 그렇게 말하면서 몸을 일으켰다.

"잘 먹었어."

"많이도 부탁드릴 생각 없고, 그냥 시간 날 때 방침이라도 좀 정해주시면 안 되겠습니까?"

한얼이 그렇게 말하자 유현도 좀 마음이 약해지는 것을 느꼈다. 한 달 전까지만 해도 코웃음을 치며 무시했겠지만 요즘은 얻어먹는 게 좀 많지 않은가?

"방침만 정해준다고 혼자서 강해질 수 있을까?"

"뭐, 제가 옆에서 봐드리면 어느 정도는 될 거라고 보는데요. 대신 구수한 정이 묻어나는 식사를 매일 제공해 드리죠. 괜찮은 거래 조건 아닙니까, 이거?"

"남자가 만드는 가정 요리라니 왠지 먹고 싶은 마음이 반감되지만… 알았어. 생각 좀 해볼게."

유현은 그렇게 말하곤 자신의 집으로 돌아갔다. 한얼은 찻

잔을 치우고는 유현이 설거지해 온 그릇들을 살펴보며 중얼거렸다.

"보기하곤 달리 설거지, 무지 깨끗하게 하네."

3

개를 키우고 싶다고 생각한 적이 있었다. 사실 그래서 돈을 털어서 마당이 있는 주택을 사고 연옥 쪽에서 마견(魔犬)을 사 보려는 생각을 했었다. 기왕 기를 거면 똑똑하고 쓸모도 있는 편이 나을 테니까.

하지만 그 계획은 결국 폐기하고 아파트를 샀다. 비용 문제도 있었지만 결국 자신이 동물과 하하, 호호 웃으면서 살아갈 수 있는 인간이 아니라는 사실을 자각했기 때문이다. 애견 센터에 가서 그냥 바라보기만 해도 동물들이 겁을 먹고 움츠러드는데 무슨 개를 기르겠나.

하지만 개를 싫어하지는 않는다. 동물은 아주 좋아해서 종종 혼자 동물원에 놀러 가기도 했다.

물론 얼마 전에 덤벼드는 개들을 무참하게 참살했지만 그건 개를 좋아하는 감정과는 관계가 없다. 개인적인 취향과 감성을 떠나서 전투 시에는 철저하게 상대를 무기물처럼 인식하고 때려 부수도록 만들어진 전투 기계의 슬픔이라 하겠다.

"아무리 그래도 말이지……."

유현은 골목을 막고 선 개와 고양이의 대군을 발견하고는 대단히 난감한 표정을 지었다.

세상에, 이 많은 개와 고양이가 사이좋은 동아리 회원처럼 모여들어서 꼬리를 살랑거리면서 자신을 사랑스러운 눈빛으로 올려다보고 있다니. 애견, 애묘가가 봤다면 황홀감에 몸을 떨며 기절했을지도.

물론 애당초 이 상황 자체가 절대 정상적인 것은 아니었다. 떠돌이 개랑 도둑고양이가 어떻게 친하게 붙어서 살랑거리고 있을 수 있겠는가? 유현은 바글바글한 개와 고양이들 사이에 살짝 숨어 있는 하얀 여우 한 마리를 발견하고는 혀를 찼다.

"냐앙."

"그거 고양이 울음소리거든?"

귀여운 척하면서 아홉 개의 꼬리를 살랑거리는 하얀 여우에게 기가 막혀하면서 핀잔을 주었다. 처음 보는 여우였지만 누구인지는 뻔했다.

유현은 한숨을 쉬면서 손을 한번 휘저었다. 그러자 강풍이 일어나서 그 자리를 강타, 모여들어서 애교를 떨고 있던 개와 고양이를 단호하게 날려 버렸다. 순식간에 개판이 되어버린 자리에서 겁먹은 개와 고양이들이 비명을 지르며 달아나 버렸다.

그리고 그 자리에는 데굴데굴 구르는 하얀 구미호만이 남았다. 구미호는 정신없는 듯 비틀거리다가 이윽고 만화에 나오는 것처럼 펑 소리와 함께 연기를 피워 올리더니 인간 소녀의 모습으로 변했다.

이번에는 귀와 꼬리조차 남기지 않은 완벽한 변신이었다. 다만 입고 있는 옷이 20세기 초에 부잣집 아씨들이 입었을 것 같은 그런 한복이고 왠지 모르게 신발도 안 신은 맨발에 왼쪽 발목에만 금으로 만든 발찌 두 개를 걸고 있는 게 신경 쓰인 다.

"개, 개랑 고양이 좋아하는 거 아니었어?"

"좋아하긴 하는데 음흉한 꿍꿍이에 넘어가 줄 이유는 없으 니까. 내가 개랑 고양이 좋아하는 건 어떻게 알았지?"

"아까 애견 센터 앞에서 한참 서 있기에……."

"그때도 보고 있었나?"

유현은 눈살을 찌푸렸다. 도대체 무슨 수단으로 보고 있었 기에 자신이 눈치채지 못했을까? 원견의 마법이나 주술로 본 다고 해도 그 시선을 눈치챌 수 있는 그가 알지 못했다면 그만 큼 대단한 은닉술로 스스로의 기척을 감추었다는 소리다.

"이, 이제 기분 나쁘지 않지?"

문득 그녀가 조심스럽게 한 발짝 다가오면서 물었다. 무척 이나 유현의 대답을 기대하는 눈치였다.

유현은 도대체 무슨 뜬금없는 소리를 하나 싶었지만 잠시 후 그녀의 말뜻을 이해하곤 깜짝 놀랐다.

요기가 느껴지지 않는다.

그녀를 만난 지 겨우 하루가 지났을 뿐이다. 그런데 그를 강 렬하게 자극해서 살의를 억누르느라 고생하게 만들었던 그 기 운이 그녀에게서 씻겨 나간 듯 사라져 있었다. 지금 느껴지는 것은 오히려 마음이 편안해지는, 그의 의기강체술과 비슷한 느낌을 가진……

"선기(仙氣). 진짜 요괴선인이었군."

"응, 선인이야."

그녀는 기쁜 듯이 웃었다.

유현은 신기함을 느끼면서 그녀를 바라보았다. 요괴선인이라… 그들의 존재는 지극히 희귀하기 때문에 세계 7대세력의 하나, 중국의 금오(金鰲)에도 손으로 꼽을 정도밖에 없다고 한다.

"어제 너, 나한테 화냈잖아. 그거, 요기 때문인 것 같아서."

"그건 맞는데… 요기라는 게 마음먹는다고 그렇게 간단하게 선기로 바꿀 수 있는 건가?"

"그건 내가 100년이나 갇혀 있다 보니 감각이 헷갈려서 요기를 바꾸는 것을 잊어먹어서……."

"바꾼다?"

"요기를 선기로 바꾸는 거. 항상 그거 하고 있어. 엄청 오래 배워서 할 수 있게 됐어."

그녀는 애들처럼 의기양양해하면서 대답했다.

유현은 고개를 갸웃거렸다. 어제부터 느낀 것인데 그녀는 아무래도 정신연령이 좀 낮은 것 같다. 지능하고는 별개로. 말도 어휘가 부족한 애들처럼 짧게 하고 감정 표현도 굉장히 직설적이었다.

요괴선인에 대해서 잘 아는 것은 아니지만 그래도 기본적으

로 나이가 많을 수밖에 없는 존재들로 오랜 시간 수행을 거친
다고 알고 있었는데 이럴 수도 있는 건가? 유현은 그 점에 의
문을 느끼면서 물어보았다.

"너, 몇 살이야?"

"나?"

그녀는 그런 질문을 받을 줄은 몰랐다는 듯 눈을 동그랗게
떴다. 그 모습은 확실히 귀여웠다. 하지만 그녀의 속 알맹이는
인간이 아니다.

그녀는 곧바로 대답하지 못하고 잠시 고민했다. 자기 나이
도 기억을 뒤져 보지 않으면 알 수 없는 것일까? 하지만 잠시
후 그녀는 만족스럽게 웃으며 손가락 네 개를 폈다.

"40살?"

인간 여자한테 이런 소릴 하면 분명히 뺨을 맞겠지. 하지만
요괴선인이니까 아무리 낮게 잡아도 이 정도는 될 수밖에 없
다.

도리도리.

하지만 그녀는 고개를 저었다.

"그럼 설마… 400살?"

끄덕끄덕.

"진짜 400살이라고?"

유현은 깜짝 놀라고 말았다. 세상에, 예전에 인간과 협정을
맺은 늑대인간 혈족 중에 230년을 산 장로가 있다는 이야기를
들은 적은 있지만 400살이라고?

"응. 원래 300살쯤이었으니까 지금은 400살. 책 많은 데 가서 역사책 보니까 그 정도였어."

아주 구체적인 근거까지 들어가면서 긍정한다. 책 많은 데 갔다는 것은 역시 도서관을 이야기하는 것일까?

그녀의 말을 들어보면 지능지수가 상당히 높다는 것을 알 수 있었다. 100년 전부터 세상과 격리되었으면 문화에 대한 이질감이 상상을 초월할 텐데 하루 만에 그걸 극복하고 요즘 세상의 기준으로 기록된 내용을 이해했다는 것이니까. 게다가 유현이 그녀를 적대한 이유를 혼자서 파악하고 해결책을 찾아내기도 했다.

"난슬."

문득 그녀가 자신을 손가락으로 가리켜 보이며 말했다. 유현은 어리둥절해서 되물었다.

"난슬?"

"내 이름."

"아, 이름이 난슬이라고?"

유현이 의미를 알아듣자 기쁜 듯이 고개를 끄덕인다.

난슬이라……. 상당히 예스러운 이름이다. 아마도 순우리말 이름이겠지.

유현은 신기해하며 그녀를 바라보았다. 400년이나 살아온 존재라니 솔직히 실감이 가지 않는다.

"네 이름은?"

"난… 음, 진유현이라고 해."

이름 정도는 괜찮겠지. 유현은 그렇게 생각하며 대답해 주었다.

"유현이라고 불러도 돼?"

"아, 뭐, 상관은 없는데."

"응. 그럼 유현… 혹시 소원 같은 거 없어?"

"소원?"

"응, 소원."

유현은 의아해하며 그녀를 바라보았다.

하루 전에 유현의 집에 무단 침입했을 때 그녀는 100년 동안 갇혀 있다가 유현 덕분에 풀려났기 때문에 그 은혜를 갚으러 왔다고 말했다. 물론 유현은 그 말을 질 나쁜 농담으로 받아들이고 화를 냈고.

하지만 지금 태도를 보니 아무래도 진심인 것 같았다.

"너… 진심으로 말하는 거야?"

"뭘?"

"그 은혜를 갚겠다는 거."

"응. 난 거짓말 안 해. 거짓말하면 도력이 떨어지는걸."

그러고 보니 민간에 전승되는 이야기 중에는 그런 것도 있었다. 짐승이 요괴가 되었을 때, 본성을 억누르고 선인이 되기 위해서는 수행을 하여 마음을 다스려 스스로를 바꾸고, 선행으로 덕을 쌓으며, 거짓을 말하지 않아 영혼을 강하게 만든다는.

이 녀석은 정말로 그런 존재인 건가? 도가 쪽 기술인 의기강체술을 터득하고 있긴 해도 그런 식으로 단련받아 본 적이 없는 유현으로서는 좀처럼 이해하기 어려웠다.

"이봐, 난 너를 구해준 적이 없어. 적어도 내가 네 존재를 알고 구해야겠다거나 그런 생각으로 움직인 게 아니라고."

"알아."

"그냥 내 목적 때문에 거기 가서 싸우다 보니까 아주 우연히 그렇게 된 거거든? 그러니까 네가 나한테 은혜를 갚는다 어쩐다 하는 게 웃기지 않아?"

"알아."

"…어이, 진짜 알아듣고 있는 거야?"

조목조목 따져 봐도 생글생글 웃으며 고개만 끄덕이는 데야 대책이 없다. 이걸 도대체 어째야 하지?

문득 유현은 자기가 왜 이렇게 난슬의 '은혜 갚기'를 뿌리치고 싶어하는지 혼란에 빠졌다. 생각해 보니 그냥 적당히 이용해도 그만 아닌가? 구미호의 힘이면 분명히 웬만한 소원은 손쉽게 이룰 수 있을 텐데.

그런데 왜일까?

왜 이 녀석이 은혜를 갚겠다고 말하는 게 이다지도 부조리하게 느껴지고, 자신은 왜 그것을 꺼림칙하게 여기며 어떻게든 설득하고 싶어지는 것일까?

"길을 가다가 사람이 개미를 밟으면 원한이 만들어지는 걸까?"

갑자기 난슬이 그렇게 물었을 때 유현은 즉각 대답할 수 없었다.

"사람은 그렇게 생각하지 않지? 하지만 개미는 목숨을 잃잖아?"

"그야 그렇지."

"그거랑 마찬가지야."

난슬은 방긋 웃었다. 정말로 어린아이처럼 천진난만한 웃음. 의도하지 않고 은혜를 낳았더라도 인연은 이어질 수 있는 것이라고, 그러니까 우리 사이에는 분명히 은혜라는 관계가 존재한다고 그녀는 말하고 있었다.

유현은 난슬의 말뜻을 이해했다. 그리고 그녀의 웃음을 보며 마침내 깨달았다.

그녀는 선의를 이야기하고 있었다.

그래, 이제 알았다. 그것이 바로 유현의 마음이 불편하고 혼란스러운 이유다.

난슬은 분명 연옥의 존재였다. 인간의 인지를 초월한, 신비로 스스로를 무장한 이형(異形)의 존재. 그런데 그런 존재가 이토록 천진하고 선의로 가득한 존재라는 것을 유현은 이해할 수 없었다.

그에게 있어서 세상은 악의로 가득 찬 거대한 쓰레기장이었다. 연옥의 존재에게 세상이 그 외에 다른 어떤 의미를 가질 수 있단 말인가?

그렇기에 일반인들의 세상이 눈부신 것이다. 그 눈부신 세상을 동경해서 유현은 스스로의 의지로 그 경계에 발을 디

떴다.

그런데 지금 난슬은 그가 한 번도 보지 못한 선의를 보여주고 있었다.

과연 이것을 받아들일 수 있을까?

받아들여야만 하나?

혼란스러워하고 있는 유현 앞에서 난슬은 생글생글 웃으며 대답을 기다리고 있었다. 언제까지라도 기다릴 수 있다는 듯이.

"나는……."

"앗!"

유현이 뭔가 쥐어짜내듯 말을 내뱉으려고 했을 때, 갑자기 난슬이 화들짝 놀라며 눈을 휘둥그레 떴다. 그리고 갑자기 다급하게 주변을 두리번거리더니 유현에게 말했다.

"미, 미안! 나 잠깐 도망갈게! 이, 이따가 다시 찾아갈게!"

난슬은 무슨 의미인지도 모를 말을 속사포처럼 내뱉더니 갑자기 두둥실 떠서 허공에 녹아들 듯 사라졌다. 아마 몸을 보이지 않는 뭔가로 변형시킨 모양이다. 잠시 후 그녀의 기척이 꺼지듯이 사라지면서 유현은 완전히 그녀의 존재를 놓쳐 버렸다.

"뭐, 뭐야?"

당황하고 있던 유현은 문득 감각을 엄습해 오는 새로운 기척의 존재를 느꼈다. 그것은 무겁고, 음울하고, 그리고 공격적이었다.

오싹.

닿는 것만으로도 몸이 전투 모드로 들어간다. 유현은 반사적으로 몸을 돌리며 5미터 정도 뒤로 거리를 벌렸다.

그리고 보았다.

"마법사."

휘이이…….

갑자기 스산한 바람이 불어왔다. 아니, 바람 자체는 조금 전과 똑같았지만 그 속을 타고 흐르는 사념이 유현으로 하여금 그런 느낌을 받게 만들고 있었다.

골목 저편에 한 소녀가 서 있었다. 어딘가 나른한 표정을 지은, 유현보다도 어려 보이는 단발머리의 소녀. 흰색 바탕 위에 검은색 장식이 된 원피스를 입은 소녀는 왼팔에 붉은 띠를 두르고 눈에서 기이한 푸른 안광을 흘려내고 있었다.

"업계 분이시군요. 실례했어요. 찾는 것이 있다 보니."

소녀는 유현이 전투 모드로 들어가서 위험한 기세를 흩뿌리고 있는데도 무방비한 태도로 고개를 살짝 숙여 보였다. 이 기세를 느끼지 못하는 것인가, 아니면 신경 쓸 가치도 없다고 무시하는 것인가?

어느 쪽이든 신경 거슬리는 태도인 것만은 분명했다. 유현은 눈살을 찌푸리며 물었다.

"뭘 찾기에 이렇게 사람을 죽일 듯한 기세로 압박하는 거지?"

"그래야 겁을 먹거든요. 사람을 잡아먹는 것들이다 보니."

소녀는 그렇게 말하면서 유현의 감각을 자극하던 힘을 거두어들였다. 감각을 엄습해 오던 위험스러운 기운이 빠르게 물러가서 소녀의 몸속으로 수렴되어 갔다.

'상당한 수준의 마법사, 그것도 전투에 익숙한.'

유현은 차분하게 그녀의 주변을 관찰했다. 무방비로 서 있는 것 같지만 그녀는 주변에 3중으로 방어 결계를 펼치고 유현조차 완전히 파악할 수 없을 정도로 정밀하게 은닉된 방어 주문들을 깔아두고 있었다. 멋모르고 그녀의 간격 안으로 걸어들어갔다가는 살벌한 마법들에 휩쓸려 목숨을 잃게 될 것이다.

게다가 그녀가 쓰는 술식의 패턴은 유현이 익히 알고 있는 것이었다. 숙련도가 높아서 간파하긴 어렵지만 어떤 유파인지는 너무나도 익숙하다.

"너… 육도의 마법사군."

"어머, 그걸 어떻게 알았죠?"

그녀는 의아하다는 듯 눈을 크게 떴다. 그리고 다음 순간 갑자기 칼날 같은 예기가 유현의 감각을 관통했다.

"시시한 위협은 그만둬."

하지만 유현은 눈살을 찌푸리며 투덜거렸을 뿐이다.

조금 전에 그녀가 한 것은 마력으로 감각을 자극하는 수법. 일반인이었다면 무슨 일이 벌어졌는지도 모르는 채 갑작스러운 쇼크로 패닉에 빠지거나 기절했을 것이다.

"당신, 상당히 강하군요. 게다가 마법에 익숙해."

"안 그러면 네 정체를 알아보지도 못했겠지."

"하지만 그건 마법에 능통하다고 되는 게 아닐 텐데······. 제가 납득할 만한 대답을 해주실까요?"

"내가 왜 그래야 하지? 간파당한 스스로의 미숙함을 탓하지 그래?"

상대의 태도가 공격적이다 보니 유현도 부드럽게 대응할 마음이 사라진 지 오래였다. 감각 공격만 걸어오지 않았어도 훨씬 온화한 대화가 이루어졌을지도 모르지만 지금은 일촉즉발의 상태. 유현도 육도와 충돌할 생각은 없지만 그렇다고 무조건 물러날 생각도 없다.

그런데 그때였다.

"그건 맞는 이야기야. 하지만 나도 대답은 듣고 싶은데? 대답해 주지 않으련, 아가야?"

이번에야말로 유현은 깜짝 놀랐다. 갑자기 뒤쪽에서 허스키한 여성의 목소리가 들려왔기 때문이다.

'이런! 다가오는 기척조차 못 느꼈는데!'

유현은 돌아보는 것과 동시에 발차기를 날렸다. 하지만 그 발차기는 반쯤 나가다가 스톱, 우스꽝스럽지만 스스로 기세를 죽이면서 자세를 무너뜨릴 수밖에 없었다.

그럴 수밖에 없었던 것이, 상대는 뒤쪽에 없었던 것이다. 유현은 상대가 자신의 오른편 담 위에 앉아서 턱을 괴고 있다는 사실을 깨닫고는 경악했다. 마법, 혹은 다른 수법을 이용해서 목소리가 다른 방향에서 들려오는 것처럼 착각하게 만들다니,

그것도 유현이 감지하지도 못하게 다가와서.

상대는 긴 검은 머리를 가진 여자였다. 나이는 20대 중반 정도일까? 날카로운 눈매가 인상적이다. 앉아 있어서 잘은 알 수 없지만 여자치고는 상당히 키가 큰 것 같았다.

하지만 그보다는 그녀의 차림새가 훨씬 더 인상적이었다. 방탄, 방검 소재의 새카만 옷으로 전신을 두르고 그 위를 나노 플라스틱 파츠로 감쌌으며 다시 검은 코트까지 입고 있으니 하복을 입을 이 계절에는 너무나도 튀는 차림새다. 하지만 그녀는 땀 한 방울조차 흘리고 있지 않았고 눈에 띌 것을 걱정하지도 않는 것 같았다.

그녀는 피식 웃으며 말을 열었다.

"우리 애가 좀 까칠하게 군 건 인정해. 내가 대신 사과하지. 하지만 대답은 좀 해줬으면 좋겠는데? 안 그러면 부득불 내가 무력을 쓸 수밖에 없거든?"

그녀는 턱을 괴고 있던 손을 들어 우득 하는 소리를 냈다.

유현은 잔뜩 긴장된 표정으로 그녀를 바라보았다. 뺨을 타고 한 방울의 땀이 흘러 떨어져 내렸다. 그녀는 아직 자기 자신에 대해 아무런 말도 하지 않았지만 유현은 그녀가 어떤 존재인지 알 것 같았다.

'육도의 에이전트다. 적어도… 수라 급.'

인간 계급의 존재가 임무를 받고 나오지는 않았겠지만 그럴 가능성도 배제할 수는 없다. 적어도 수라 급 중에서도 팀장 클래스인 것만은 분명해 보였다.

"뭐, 너무 그렇게 얼어 있지 말고. 나는 이야기만 들으면 너한테 위해를 가할 생각이 없어. 어쩔래? 나랑 싸울래, 아니면… 온건한 분위기로 대화를 나누어볼까?"

그녀는 그렇게 말하면서 담 아래로 뛰어내려 착지했다. 유현은 오랜만에 엄청난 압박감을 느끼면서도 그녀에게서 시선을 떼지 못했다.

그리고 그녀가 한 걸음 내딛는 순간 선택했다.

4

이상한 일이었다. 분명히 지금 계절은 여름. 모두 시원하게 소매가 트인 옷을 입고 다니는 게 당연한 시기다. 실제로 바깥에는 햇볕이 쨍쨍 내리쬐고 있고 지나다니는 사람들은 모두 더워서 땀을 흘리고 있었다.

그런데 어째서 보기만 해도 더워 죽을 것 같은, 새카만 옷을 입은 여자가 한 명 카페에 들어와 있는데도 아무도 이상하다고 여기지 않는 걸까? 누구 하나 그녀에게 시선을 주는 일이 없다.

단, 그녀와 동행한 두 소년 소녀를 제외하고는.

"여기 밀크 티 괜찮네. 본부 근처에는 괜찮은 카페가 없어."

여자는 주문한 밀크 티가 나오자 한 모금 마신 다음 만족스러워하며 말했다.

정말로 여름에는 안 어울리는 차림새를 한 그녀였지만 아무도 시선을 주지 않고 있었다. 지금 이 순간에도 그녀의 정체를 감추기 위한 마법이 숨 쉬는 것처럼 자연스럽게 기능하고 있다는 증거였다.

결국 유현은 그녀들과 대화를 나누는 쪽을 선택했다. 오른쪽 눈의 힘이 있는 이상 싸우면 지지 않을 자신은 있었지만 그 전에는 승산이 안 보이는데다가 무엇보다 이득이 전혀 없다.

다른 조직이면 몰라도 육도와 적대했을 때 좋은 꼴을 볼 가능성은 제로라고 해도 과언은 아니었다. 또 아직까지는 완전히 적대관계를 만들 이유도 없었고.

"난 신아연. 육도의 에이전트야. 이쪽은 내 임무 보조로 나온 마법사 진선희."

"좀 전에는 실례했어요."

단발머리의 소녀 진선희는 순순히 고개를 숙여 보였다. 하지만 상관이 시켜서 하는 것인지 아니면 딱히 자존심을 상해하지 않는 건지는 파악하기 어려웠다.

"난 진유현이야."

"어디 소속인데?"

"소속은 없어. 말하자면 자유인이지."

"응? 그럴 리가 없잖아."

신아연은 고개를 갸웃하며 단정적으로 말했다.

"너 분명히 우리 조직이랑 관련있는 것 같은데? 의기강체술 기감이 똑같아. 마력 파장도 그렇고."

"……."

유현의 표정이 일그러졌다. 나름대로 감춘다고 감췄는데 단숨에 간파당하다니, 그만큼이나 기량의 차이가 있다는 건가?

물론 유현의 기량은 수라 급 에이전트에 비하면 뒤질 수밖에 없었다. 유현은 막 수라 급으로의 승급이 결정되었다가 은퇴해서 실력이 퇴보한 데 반해 이 여자는 분명히 한참 동안이나 최전선에서 싸워온 존재일 테니까.

하지만 그래도 이렇게 쉽게 간파당하면 기분이 나쁘다. 덕분에 유현의 말투가 좀 삐딱해졌다.

"없다고 말하지는 않겠지만 적어도 지금은 무소속이고 자유인인 것도 맞는데? 남의 말을 그렇게 단칼에 부정해 버리시는 건 좀 무례한 것 같군."

"하긴 그러네. 하지만 그 부분은 좀 확실히 대답을 들었으면 좋겠는데? 나도 적대관계도 아닌 사람 위협하거나 그러고 싶진 않은데 조직의 규율이 있기 때문에 어쩔 수가 없어. 월급쟁이의 비애라고나 할까?"

유현은 한숨을 쉬었다. 이 여자는 성깔이 상당한 것 같은데 의외로 예의 바르게 나오고 있었다. 제대로 된 마인드를 가진 에이전트라는 증거다. 괜히 자극해 봐야 좋을 것은 없겠지.

"원래 육도에 에이전트로 있다가 2년 전에 은퇴했어. 지금이라도 육도의 데이터베이스에 들어가서 찾아보면 나올 거야."

"은퇴? 그 나이에?"

신아연은 믿을 수 없다는 듯 물었고, 유현은 고개를 끄덕였다. 그녀가 눈치를 주자 진선희가 갑자기 노트북을 꺼냈다. 분명히 가방이고 뭐고 없었는데 허공에서 갑자기 14인치 사이즈의 노트북이 튀어나오다니, 상당히 세련된 마법이었다.

"진유현 씨, 실례지만 잠시 확인 좀 해보겠습니다."

"그렇게 해. 나도 그쪽에 있었으니 규율 정도는 알고 있고."

유현은 선선히 고개를 끄덕였다. 그녀는 노트북을 이용해서 육도의 데이터베이스에 접속해 보더니 곧 고개를 끄덕였다.

"맞아요. 2년 전에 육도에서 나갔군요. 원래 축생 계급이었고 수라 계급으로의 승급 안이 통과된 상태에서. 보안 조치도 받았고, 이후에도 문제될 일을 한 적은 없습니다. 공식적으로 은퇴 의사를 표명했고 연옥에서의 활동은… 최근에 꽤 있긴 한데 프로로 움직인 건 아니군요."

"최근 정보까지 다 수집되어 있나? 으음."

유현은 꺼림칙함을 느끼며 중얼거렸다.

육도의 정보망은 굉장한 것이라 어지간하면 거기서 벗어난다는 것이 불가능하다. 그렇다곤 해도 자신의 행적이 조사된다는 것이 그리 기분 좋은 일은 아니었다.

"아아, 기억났다."

그녀의 말을 들은 신아연이 무릎을 쳤다.

"너 오지윤하고 같이 승급될 찰나에 나가 버렸던 그 녀석이지?"

"맞아."

"당시에 꽤 화제였는데. 어린 나이에 승급되는 것도 그랬지만 갑자기 은퇴하겠다면서 나가 버려서 구설수에 올랐지."

"구설수에 올랐다고?"

"그럼. 별의별 이야기가 다 있었다고. 참고로 나는 네가 운명적인 사랑을 만나서 그녀를 위해 떠났다는 러브로맨스 지지파였는데 실제론 어땠어?"

"그거… 꼭 말해야 되나?"

"에이, 치사하게 굴지 말고 알려줘. 응?"

"…환상을 깨서 미안하지만 전혀 그런 이유 아닌데?"

"그래? 쳇."

유현이 끔찍하다는 듯 단언하자 신아연은 노골적으로 실망하는 표정을 지었다. 수라 급 에이전트 씩이나 되는 사람이 뭔 생각을 하고 사는 건지 모르겠다.

하긴 육도도 사람 사는 곳이라는 점은 마찬가지다. 버라이어티 쇼를 보면서 즐거워하고 매주 인기 드라마를 꼬박꼬박 챙겨 보는 녀석들도 많았다.

"그런데 무슨 일로 안산에 와 있는 거지? 여긴 육도가 움직일 만큼 거창한 요괴는 없는데?"

"대답해 주지 않을 거라는 것 정도는 알고 있지?"

"뭐, 알곤 있지만."

유현은 심드렁한 표정으로 투덜거렸다.

어쨌든 육도가 움직이고 있다는 것은 그곳에 토착 조직들은 감당하지 못할 위험한 존재가 출몰했다는 소리나 마찬가지다. 육도의 본거지가 있는 지리산은 한국에서 영맥의 뒤틀림이 가장 심한 장소다. 그렇기 때문에 육도는 기본적으론 그곳을 비롯한 중요 영맥들을 지키는 역할을 하지, 잔챙이들을 상대하는 일에는 잘 나서지 않는다.

"너 정도면 협력자로 쓸 수 있을 것 같기도 하지만… 유감스럽게도 협력자는 이미 구해 버렸어."

"솔직히 별로 얽히고 싶지 않아."

"현명하네."

신아연은 씩 웃으면서 밀크 티를 다 비웠다.

"그럼 즐겁게 잘살아. 요즘 위험한 거 돌아다니고 있으니까 되도록 만나지 말고."

그녀는 그렇게 말하면서 몸을 일으켰다. 진선희도 그녀를 따라서 몸을 일으키면서 살짝 고개를 숙여 보였다.

"차 값 정돈 내가 내지. 그리고 여자 친구는 잘 챙겨줘."

그녀는 계산서를 들고 흔들어 보이고는 카페에서 나갔다. 자리 옆의 유리벽을 통해 멀어져 가는 그녀를 바라보고 있던 유현은 작게 한숨을 쉬고는 말했다.

"그렇게 어색하게 있지 말고 나와서 앉지 그래?"

화들짝 놀라는 기척이 났다.

유현은 대단히 한심하다는 듯 턱을 괴고 상대의 반응을 기다렸다. 잠시 후 저쪽 벽 가리개 너머 자리에서 살그머니 일어나서 다가오는 사람이 있었다.

한복을 개조한 고운 색깔의 독특한 드레스를 입은 소녀, 윤성아였다.

"아, 알고 있었어?"

"그럼. 너무 노골적이라서 모르기가 더 어렵겠다. 참고로 저 여자들도 다 알고 있었어."

"그, 그래?"

성아는 얼굴이 빨개져서 고개를 푹 숙였다.

다른 용건으로 유현을 찾아왔던 성아는 육도의 두 사람과 만나서 이 카페로 들어오는 유현을 발견, 살그머니 뒤를 밟아서 벽 가리개로 가려진 자리에 가서 앉아 있었던 것이다. 하지만 대화 내용을 들을 수는 없었다. 신아연이 처음부터 마법으로 대화 내용이 흘러나가는 것을 차단하고 있었으니까.

"여자 친구로 봤으니까 망정이지 염탐꾼으로 봤으면 어쩔 뻔했어? 잘못하면 죽을 수도 있었다고."

"…여자 친구?"

그 말에 성아가 눈을 반짝거리면서 고개를 들었다. 유현은 그녀의 강렬한 시선에 거북스러움을 느끼면서 고개를 끄덕였다.

"어, 그래."

"여자 친구라니, 아이 참."

그녀는 뭐가 그리도 좋은지 자기 머리칼을 손가락으로 비비 꼬면서 웃고 있었다. 유현은 뭔가 위험스러운 기운을 느끼면서 슬금슬금 몸을 뒤로 뺐다.

"근데 저 여자들, 뭐 하는 사람들인데? 그렇게 위험해?"

성아도 두 사람이 연옥 사람인 것은 한눈에 알아보았지만 유현이 '죽을 수도 있었다'고 말하는 데는 좀 놀랐다.

유현은 이미 몇 차례에 걸쳐 성아의 능력을 봐왔다. 게다가 지금 이 순간에도 성아의 곁에는 투명술로 자신을 감추고 있는 호위자들이 있다. 그런데도 그런 말을 할 정도라니?

"아주… 많이 위험하지."

"정체는 못 말해줘?"

"음. 공개적으로 움직이는 것 같으니까 조사해 보면 알 수 있겠지? 둘 다 육도의 에이전트야."

"육도?"

성아의 눈이 휘둥그레졌다.

"응."

"지, 진짜 육도의 에이전트들이란 말야? 굉장하네."

성아도 지금까지 육도에 대해서는 그 명성만 들었지 직접 접해본 적이 없었기 때문에—유현은 빼고—실감이 나질 않았다. 설마 망혼의 구역에 그들이 나타날 줄이야?

"육도에서 사람을 보낸 걸 보니까 안산에 뭔가 위험한 게 나타난 모양인데, 혹시 짚이는 거 있어?"

"그런 거라면… 음, 요즘 실종자가 또 나타나고 있기는 해."

"실종자?"

"응. 우리 조직도 예지능력자가 없어졌기 때문에 아직 정확히는 짚어내지 못하고 있는데… 주술사들이 모여서 점을 쳐보니까 요괴인 것 같아. 일단 탐지망을 가동시키고 있어."

"요괴라고?"

유현의 뇌리에 난슬의 존재가 스치고 지나갔다.

하지만 유현은 곧 그 가능성을 부정했다. 이렇게 단정 짓는 게 위험하다는 것은 알고 있지만, 그래도 그녀가 유현에게 보여준 모습은 너무나도 천진하고 선의로 가득해서 도저히 사람을 먹거나 해칠 것 같지 않았다.

'아무리 요괴선인이라고 해도 요괴를 선량하다고 하다니… 별일이군.'

유현은 스스로에게 어이없음을 느끼며 쓴웃음을 지었다. 하지만 그렇다고 해서 생각을 바꾸지는 않았다.

"뭐, 그건 그렇고… 오늘은 무슨 일로 연락도 없이 왔어?"

"아, 그게… 이거 주려고."

유현이 화제를 바꿔서 묻자 성아도 퍼뜩 정신을 차리고는 주머니에서 뭔가를 꺼냈다. 유현이 받아 들고 보니까 오늘 심야 시간 영화표였다. 최근 인기를 얻고 있는 3D 애니메이션이다.

"영화?"

"으, 응. 요즘 그거 재밌대. 그래서… 같이 보려고."

성아는 살짝 얼굴을 붉히며 유현의 반응을 기다렸다. 유현은 영화의 제목을 보더니 고개를 끄덕였다.

"그러지, 뭐. 근데 왜 심야야?"

"요, 요즘 아홉 시나 열 시까지는 언제나 집을 비우기에……."

어느새 알려준 적도 없는 유현의 생활 패턴까지 알고 있다.

이거 좀 스토커 같지 않나?

하지만 유현은 굳이 기분 나빠하면서 그 점을 지적하는 대신 다른 것을 물었다.

"그럼 식사는 따로 안 할 거지? 15분 전까지 영화관 앞으로 갈게."

"응. 나도 그때 갈게."

두 사람은 그렇게 데이트 약속을 잡고는 헤어졌다. 하지만 아직 미성년자 둘이서 심야에 영화를 보는 데이트라니, 집안 어른들이 있었으면 한소리 했을지도 모르겠다. 물론 둘 중 누구도 그런 점을 신경 쓰지는 않았지만.

왠지 쉬고 싶은 날이었다. 하지만 유현은 오늘도 훈련장으로 향했다. 원래 하루 쉬다 보면 이틀 쉬고 싶어지고 이틀 쉬면 일주일 쉬고 싶어지는 것이 사람의 심리다. 언제 어느 때라도 자신을 채찍질하지 않으면 시험공부도 다이어트도 성공할 수 없는 법이다.

하지만 훈련장에 도착한 유현은 그곳에서 기다리고 있는 인물 때문에 인상을 팍 찌푸리고 말았다. 김신우가 트레이닝복을 입고 허공에 대고 연무(鍊武)를 하고 있었다.

물론 격투가들이 보면 기절초풍하긴 할 거다. 보통 장검의 반 정도 되는 길이의 칼을 들고 연무를 하는데 춤을 추듯 검을 휘두를 때마다 허공에 검광이 난무하며 그의 움직임에 잔상이 생기고 있으니까.

그러나 유현은 시큰둥하게 물을 뿐이었다.

"넌 또 왜 왔어?"

"아, 오셨어요, 사부?"

"그렇게 부르지 말라니까. 이젠 지겹지도 않구만."

유현은 반쯤 포기한 태도로 투덜거렸다. 매일 밥을 얻어먹고 있는 입장에서—심지어 조금 전에도 저녁을 먹고 왔다—이 녀석을 무작정 쥐어 팰 수도 없는 노릇이니, 넘으면 안 되는 선을 지키는 한 그냥 못마땅하게 봐줄 수밖에 없었다.

그리고 신우는 그런 쪽으로는 눈치가 귀신같은 녀석이었다. 애당초 먹을 것으로 유현을 함락시킬 생각을 한 것부터가 대단하지 않은가!

"헤헤헤, 한얼이 그러는데 저 가르치는 거 생각해 보기로 하셨다면서요? 그래서 얼굴 도장이나 찍을까 하고."

"아니… 그건 허락했다는 소리가 아니었는데?"

"알아요. 아무렴요."

"……."

이 자식, 정말 뻔뻔하다.

유현은 한 대 쥐어박고 싶은 충동을 눌러 참으면서 훈련 준비를 했다. 훈련의 강도를 서서히 높이다 보니 요즘은 아예 전투복과 총화기를 포함한 장비까지 갖춰 입게 되었다. 하지만 실제로 총이 발포되어 버리면 그것도 위험하기 때문에 방아쇠를 눌렀을 때 반동만 일어나도록 개량한 총이었다.

오늘 신아연과의 만남은 그에게 충격을 주었다. 한동안 잊고 있던 육도의 수라 급 에이전트의 기량, 그것은 일전에 싸웠던 오지윤과 비교해도 훨씬 위에 있는 것이었다.

총체적인 전투력으로 그녀를 이길 수 있을지는 몰라도 기술적인 면에서는 압도당했다. 유현이 당할 수밖에 없는 조건에서 그런 것이 아니라 얼마든지 대응이 가능했어야 할 상황에서 당했다는 것이 그것을 증명한다.

그 사실이 유현의 자존심을 긁어놓았다. 그런 자존심이 자신에게 있다는 것조차 모르고 있었는데 아주 좋은 자기 발견의 계기가 되어줬다 하겠다.

"그러고 보니 궁금한 게 있는데요."

막 결계 공간으로 진입하려는 유현에게 신우가 말을 걸어왔다. 유현이 오기 전부터 꽤 열심히 훈련을 했는지 땀에 젖어 있는 그는 칼을 집어넣으면서 물었다.

"사부는 왜 그렇게 열심히 훈련을 해요?"

"뭐?"

"아니, 그러니까… 지금도 엄청 강하잖아요. 게다가 프로로 뛰는 것도 아닌데 그렇게 엄청난 훈련을 계속할 필요가 있어요?"

"필요라……."

유현은 이런 질문을 받을 줄은 몰랐는지 조금 당혹스러운 표정을 지었다.

"뭐, 앞날이 어떻게 될지 모른다면 기왕이면 힘을 길러두는 편이 낫지. 그리고……."

"그리고?"

"죽도록 구르면서 얻은 힘인데 시간이 지나는 것만으로도 그게 조금씩 퇴색해서 약해진다는 거, 굉장히 참기 어려운 일 아니냐? 옛날엔 간단히 처리할 수 있었던 놈한테 시간이 지나서 나 자신이 약해지는 바람에 당한다고 생각해 봐. 얼마나 열 받아?"

"아, 뭐, 그, 그건 그런데……."

신우는 뭔가 납득이 가지 않는다는 듯한 표정이었지만 유현은 더 설명하는 대신 결계 공간으로 들어와 버렸다. 이질적인 기운이 감각을 침범해 현실 인식을 흐려놓는 것을 느끼면서 그는 속으로 중얼거렸다.

'어차피 수라도를 걸어야 하는 운명이라면 강해질 수밖에 없는 거지. 그럴 수밖에 없는 거야.'

누군가 자신을 해칠 수 있다는 사실을 참을 수 없기 때문에 스스로를 단련한다. 어떤 위협에도 굴하지 않고 스스로를 지켜낼 수 있도록. 그리고 누군가 자신과 같은 희생자를 만들어 내려 한다면 그것을 막을 수 있게.

그리고 지금 그의 눈앞에 다시금 새로운 위협이 등장했다. 설령 그쪽이 자신을 적대할 의사가 없다고 하더라도 그럴 가능성이 존재한다는 것조차 참을 수 없다.

그렇지 않으면 또 같은 일이 생긴다. 운명이 어긋나 버린 그때처럼 무력하게 닥쳐 오는 위기에 인생을 유린당할 수밖에 없으니까.

유현은 자신의 마음을 깨닫고 일그러진 웃음을 지었다.

그래, 나를 위협할 수 있는 존재 따윈 용서할 수 없다. 그런 존재에게 뒤처져 무력해지는 나를 어떻게 경멸하지 않을 수 있지?

나는 강해야 한다. 이 혼탁한 현실 속에서도 이기적으로 살 수 있을 만큼…….

그리고 뒤바뀐 현실 속에서 과거의 강적들이 차례차례로 등장하면서 헛생각할 여유조차 없는 격렬한 훈련이 시작되었다.

5

옛날부터 낮보다는 밤이 좋다고 생각했다. 세상은 분명히 낮보다 밤에 아름답다. 적어도 문명이 발달한 이 시대의 밤에는 낮보다 훨씬 더 많은 가치가 있다고 윤성아는 주장하고 싶었다.

단순히 밤이 괴물들의 시간이어서 그런 것은 아니다. 영능력자인 그녀는 어려서부터 일반인과는 다른 형태의 세상을 보고 자랐다. 아무도 없는 장소에서 수도 없이 많은 혼령들의 이야기 상대가 되어주는 일은 일반인은 상상하기 어려울 것이다.

성아는 밤을 사랑했다. 인간이 만들어낸 빛이 어둠을 밝히고 그 사이로 죽은 자들, 그리고 물질에 속박되지 않은 자들이 돌아다니는 모습이 그녀의 세계 그 자체라고 말해주는 것 같아서.

죽은 자들이 산 자들 사이를 떠돌며 겹쳐 지나가고, 무수히 많은 속삭임이 마음을 비출 때 성아는 그 속에서 충실감을 얻는다. 그것은 분명 살아 있다는 실감이리라.

지금 이 순간에도 그녀는 빛으로 가득한 세계를 보고 있었다. 문득 그녀는 손을 들어 주변을 떠도는 정령을 만져 보았다. 정령이 까르르 웃으면서 그녀의 손을 피해 안개처럼 몸을 바꾸더니 머리 위로 도망가 버린다.

"뭐 해?"

문득 그녀에게 묻는 목소리가 있었다. 성아는 살짝 웃으며 목소리의 주인, 진유현을 바라보았다.

"정령이 있어."

"그런 걸 보고 있나?"

"항상. 유현은 안 보여?"

"시각이나 청각까지 전부 영적 감각을 열어두면 피곤해서 평소에는 되도록 닫아두고 있어. 뭐, 있다는 건 느껴지긴 하지만."

유현의 대처는 일반적인 마법사들이나 영능력자들의 그것이었다. 요즘은 일반인과 어울려 살기 위한 영적 수법들이 많이 개발되었다. 그런데 윤성아는 옛 영능력자들처럼 그냥 모든 감각을 열어두고 일반인들과는 전혀 다른 세상을 살아가는 것 같았다.

"오히려 신경 쓰고 사는 게 피곤하지 않아?"

성아는 오히려 그런 유현을 이해할 수 없다는 듯 고개를 갸웃거렸다. 하지만 유현으로서는 그 말에 어떻게 대답할 수가 없었다. 개인차가 심해도 너무 심해서 말로 견해차를 좁힐 수 있을 것 같지 않았고, 그런 문제로 쓸데없이 열을 올리고 싶지도 않았으니까.

"뭐, 어쨌든 영화, 재밌었어. 애니메이션도 볼 만하군."

"응. 애들이 추천해 줬어."

"애들?"

"우리 조직 수련생들. 정기적으로 애들 데리고 영화를 보거나 놀이공원 같은 데 가거든."

"헤에?"

그거 참 인간적인 조직이다. 유현은 잠시 자신의 유년기 생활을 돌이켜 보았다.

유년기에 아이들에게 놀이랍시고 고대 격투 씨름이나 판크라티온을 가르쳐서 이긴 놈한테만 과자를 준다던가, 만날 휴식 시간에 전쟁 기록이나 전투 시뮬레이터 게임만 할 수 있게 한다던가, 지뢰 찾기 게임에 공기폭뢰라는 신개념 훈련용 지뢰를 사용해서 잘못하면 폭발하는 공기 충격파를 맞고 날아가서 실신하게 만든다던가, 공용 기숙사에 있는 만화책은 서열 높은 놈만 볼 수 있다던가…….

'암울했군.'

그나마 좋았던 것은 훈련 때만 제외하면 잘 먹여줬다는 것? 육도는 병사들의 신체 상태가 최적이 되길 원했기 때문에 매 끼마다 영양을 충분히 고려한 좋은 식사가 나왔다. 하지만 대신 훈련 때는 열 살 무렵 90시간 동안 아무것도 먹지 못하고 적과 싸우는 상황을 상정해서 피로와 굶주림으로 죽기 직전까지 가본 적도 있었다.

'잘도 그러고 살았어.'

회상 끝.

뭐, 지금도 훈련은 혹독하게 한다. 유현은 자기관리가 철저한 편이기 때문에 조금 힘드니까 훈련은 적게 한다든지 적당한 수준에서 그치는 것을 용서하지 못한다.

하지만 스스로의 의지만으로는 그걸 유지하는 게 어렵다는 사실도 잘 알고 있다. 그래서 한 번 훈련을 시작하면 과제를 클리어할 때까지는 죽도록 몰아치는 훈련장까지 만든 것이다.

"아?"

문득 성아가 허공을 바라보면서 탄성을 질렀다. 유현은 그 시선을 따라가 보았다가 흠칫했다.

무시무시한 기운이 한곳으로 몰려들고 있었다. 영적 시각을 열어두지 않아서 보이지는 않지만 분명히 무시무시한 광경이리라 생각된다. 유현은 그렇게 생각하면서 영적 시각을 개방했다.

"뭐야, 저건?"

밤하늘에 거대한 빛무리가 뻗어나가고 있었다. 마치 꼬리처럼 꾸불거리며 뻗어나가는 빛무리의 숫자는 모두 아홉 개. 그것은 분명 압도적인 영력의 응집이다.

그리고 무시무시한 요기의 결정체이기도 했다. 유현의 감각이 찌릿찌릿 울리면서 몸이 본능적으로 전투태세에 들어간다. 적의가 활화산처럼 솟구치며 그에 반응한 기감이 들끓는다.

다음 순간 그에 맞서듯 강렬하게 솟구치는 영파가 있었다. 이 파장은 아주 익숙하다. 유현 자신의 것과 비슷한 특색을 가진 이런 파장을 발할 수 있는 존재는 지금 안산에 단 두 명밖에 없다.

"육도! 뭔가 사건이 일어났군!"

"어라? 뭐, 뭔데?"

"육도 인간들이 뭔가 일을 벌이는 모양인데."

흐으으으으……

바람을 타고 망령들이 흐느끼는 소리가 울려 퍼진다. 그리고 무수한 망령들이 하늘로 올라가서 빛무리를 향해 모여들고 있었다.

유현은 전율했다. 저 영파의 진원지까지는 적어도 직선거리로 2킬로미터 이상은 될 것이다. 그런데 여기까지 여파가 전해진단 말인가?

그렇다면 육도의 두 명이 상대하고 있는 저것은 대요괴라고 불러도 손색이 없는 존재다. 안산의 연옥 조직들 따위, 대요괴가 용트림만 해도 쓸려 나가고 말 것이다.

"이거… 위험한데?"

"으, 응. 뭔가 굉장히 위험해."

유현보다 영감이 더 민감한 성아는 몸을 가늘게 떨고 있었다. 빛무리로 보일 정도로 압도적인 영력. 그 여파만으로도 반경 수 킬로미터의 영령이나 잡귀들을 떨게 만드는 상황이라니 상상도 못해봤을 것이다.

하지만 유현은 침착했다. 이미 육도에서 작전을 수행하면서 이 정도 수준의 요괴들, 악마들과 대적해 본 경험은 두 자릿수가 넘는다. 문제는 아무리 수라 급 에이전트라고 해도 고작 두 명이서 이런 적을 막을 수 있는 걸까?

게다가…….

'뭔가 익숙해, 이거…….'

지금 전해져 오는 이 요기는 어딘가 익숙하다. 예전에도 그 요괴를 만나본 적이 있는 것처럼.

'설마?'

익숙한 요기, 그리고 하늘로 뻗은 아홉 개의 꼬리 같은 빛줄기, 그리고 대요괴의 힘이라는 요소가 한데 모였을 때 떠오르는 것은 바보처럼 천진하게 웃는 난슬의 얼굴이었다.

띠리리리링.

그때 성아의 핸드폰이 울렸다. 전화를 받은 성아의 표정이 바뀌었다. 그러더니 무섭도록 빠른 속도로 이야기하기 시작했다.

물론 유현은 통화 내용을 다 듣고 있었다. 여자 애의 프라이버시를 존중해 주지 않는 나쁜 남자라고 불려도 할 말 없는 일이지만 지금 그녀에게 전화가 올 용건이라는 게 뻔하지 않은가?

"아가씨, 접니다."

그렇게 말한 것은 망혼의 수석주술사 홍승영이었다.

"무슨 일이야?"

"이변이 일어났습니다. 현재 조직은 제1급 경계 태세로 들어갔습니다."

"저거 때문이야?"

"저거? 보고 계십니까?"

"응. 엄청난 요기가······."

"22년 만에 등장한 대요괴입니다. 아직 요괴의 정체는 불명. 하지만 곧 밝혀낼 수 있으리라 생각됩니다. 아가씨도 어서 귀환해 주십시오. 지금부터 조직은 외부의 의뢰와는 상관없이 총력을 다해 저 요괴를 말살, 혹은 봉인하는 작업을 개시합니다."

"아, 알겠어. 지혜하고 윤범 오빠는?"

"지혜 아가씨는 이미 의식에 들어갔습니다. 윤범 도련님께서는 현재 강원도에······."

"꼭 필요할 때는 도움이 안 돼. 알겠어. 지금 곧 돌아갈게."

성아는 통화를 끊었다. 그리고 진지한 표정으로 유현을 바라보았다.

흐ㅇㅇㅇㅇ······.

이 순간에도 악몽 속을 부유하듯 주변을 흘러 다니는 망령들이 있었다. 뿌연 안개 같은 빛이 흘러 다니는 세계 속에서 성아는 홀로 뚜렷한 형상을 가진 존재, 유현을 바라보았다.

"나, 가봐야 해."

"그래."

"넌… 어쩔 거야?"

"저기에 가봐야겠지."

유현은 요기의 진원에 시선을 주며 말했다. 그러자 성아가 눈을 동그랗게 뜨며 물었다.

"왜?"

"왜라니? 저런 게 나타났는데 그냥 지나칠 수는 없잖아?"

"하지만 넌 그런 동기로 움직이는 사람이 아니잖아?"

"……."

유현은 순간 할 말을 잃었다. 성아의 말은 정곡을 찌르고 있었기 때문이다.

"글쎄, 네 말이 맞을지도 몰라. 하지만 말야."

잠시 후 입을 연 유현은 쓴웃음을 지었다.

"적어도 저 요괴 때문에 상관없는 사람이 피해를 보는 건 그냥 두고 볼 수 없어."

그런 건 우리만으로도 충분해. 그렇지 않아?

그의 눈이 그렇게 말하고 있었다. 성아는 유현의 눈동자 속에서 결코 풀리지 않을 것 같은 매듭 같은 것을 보았다. 어쩌면 그것이 그를 이 세계로 끌어들인 사슬 같은 것일까.

"그리고 힌트 하나 줄게."

유현은 그녀에게서 몸을 돌리며 말했다.

"한 달 전에 우리가 있던 곳, 그 연구소를 다시 한 번 조사해봐. 무너진 곳의 지하, 그리고 영맥의 연결까지 전부. 어쩌면 저건 거기서 튀어나왔는지도 모르니까."

"잠깐, 어떻게 그런 걸……."

성아의 말은 끝까지 이어지지 못했다. 말을 마친 유현이 보
도블록이 부서질 정도로 강렬하게 땅을 박차더니 엄청난 속도
로 날아가기 시작했기 때문이다.

한 번에 수십 미터씩 도약해서 멀어져 가는 그를 바라보고
있던 성아는 눈살을 찌푸리며 몸을 돌렸다. 그러자 그의 곁으
로 다가오면서 투명화를 푼 호위자가 말했다.

"아가씨, 곧 차가 도착할 겁니다."

"응."

고개를 끄덕인 그녀는 흐느끼면서 요기를 향해 이동하는 망
령의 무리를 바라보며 중얼거렸다. 지금 그녀의 세계가 격렬
하게 요동치며 무엇인가를 말하려고 하는 것 같은 느낌이 들
었다.

"예감이 좋지 않아……."

유현은 무서운 속도로 질주했다. 의기강체술로 기감을 극대
화, 신체능력을 최고치로 끌어올린 그는 보통 인간은 도저히
상상도 할 수 없는 속도로 이동할 수 있었다. 거기에 지형을
활용한 입체적인 이동까지 더해지면 그 이동 속도는 분명히
자동차나 오토바이 등의 탈것을 능가한다.

'정말 너냐?'

유현은 난슬을 떠올렸다. 이 기운은 아무래도 그녀의 것 같

다. 하지만 설마 그녀가 육도의 타깃이었을 줄이야……

하긴 그녀 정도의 대요괴라면 표적이 되는 것도 당연하다. 하지만 요괴선인이라면 분명히 예외가 될 수 있을 텐데도 단지 세상에 풀려나 있다는 것만으로도 육도가 나선다는 말인가? 아무리 생각해도 그건 좀 이상하다.

'그럼 이미 사건을 일으켰단 말인가?'

안산에 일어나고 있다는 실종 사건, 그것을 일으킨 요괴가 바로 그녀란 말인가?

육도는 방대한 정보 네트워크를 갖고 있다. 적어도 두 자릿수의 예지능력자와 그들이 어떤 조짐을 감지했을 때 그것을 조사할 수 있는 능력자들이 있기 때문에 그들의 눈을 완전히 피한다는 것은 불가능하다.

그러나 요괴선인이란 현대에 있어선 죄 사함을 받은 것과 같은 존재다. 그 희귀함 때문에 어지간하면 선인으로 취급하지 요괴로 취급하지 않는다. 그런데도 육도가 나섰다는 것은……

파직!

생각은 더 진행되지 못했다. 갑자기 앞에서 강력한 압박감이 나타나서 그의 행동을 막았기 때문이다.

"결계! 꽤나 세련됐군. 게다가 출력이… 엄청난데?"

아무리 딴생각에 빠져 있었다고는 해도 이만큼 다가오기 전까지 결계의 존재를 눈치채지 못했다. 그건 결계 자체의 성향이 기본적으로 '안쪽에서 바깥으로 나가는 것을 막는' 구조로 되어 있는데다가 은닉성을 강조한 탓이기도 하지만 그만큼 세련된 술식으로 구성되어 있다는 증거였다.

'이 출력은 도구로 보충하고 있는 것일 테고… 구축한 사람은 그 애인가?'

유현은 신아연과 함께 있던 마법사 소녀 진선희를 떠올렸다. 유현보다도 어린 나이에 이런 기량을 보인다면 그녀는 최소한 축생 계급일 것이다. 어쩌면 수라 계급일 가능성도 있었다.

"쳇. 짜증나는군."

유현은 왠지 모르게 짜증이 치미는 것을 느끼며 손을 뻗었다. 장비도 없이 뛰어드는 게 좀 무모하지 않나 싶기도 했지만 그건 최근의 훈련을 통해 얻은 힘으로 어떻게든 된다. 이 결계는 일단 일반인을 물리는 게 목적이었기 때문에 완력으로도 충분히 돌파할 수 있었다.

"좋아. 일단 들어왔는데… 몇 겹으로 둘러쳐진 거야, 이거?"

유현은 결계를 돌파하니 또 1미터 간격으로 결계가 둘러쳐진 것을 보고는 혀를 찼다. 아무래도 상당히 다중으로 결계를 펼쳐 놓은 것 같은데, 여기서부터는 노골적으로 견고함을 강조한 것을 보니 어지간해서는 돌파하기가 힘들 것 같다.

유현은 일단 결계 해제 술식을 사용해 보았다. 충전해 둔 마력이 몸에 각인된 술식에 반응해서 결계를 해체하기 시작했다.

우우우우웅!

유현은 정신을 집중하고 결계의 상태를 파악했다. 다 해체해 버리면 안 되기 때문에 상당히 신경을 써야 했다. 그래도 이 결계 역시 안에서 바깥으로 나가는 것을 막는 게 주목적이어서인지 들어가는 입장에서는 파훼하기가 용이했다.

"대충 파악이 되는군. 7중 결계인가? 이렇게 결계를 많이 쳐 놨는데도 요기가 바깥까지 뿜어져 나온단 말이지?"

7중으로 결계를 쳐놓다니 기가 막혀서 말이 안 나온다. 이 결계에 투자한 예산만도 최소 2억 원은 될 것이다. 이런 예산을 아낌없이 투자하면서 인원은 달랑 둘이라니 무슨 생각이지?

'아니면 내가 모르는 인원이 더 있거나.'

신아연은 한 번도 자신들의 인원이 두 명이라고는 말하지 않았다. 다만 유현이 지레짐작했을 뿐이지. 그러니까 더 많은 인원이 있을 가능성은 충분했다. 다만…….

'그래도 현지에서 협력자를 구하는 것을 봐서 인원이 많진 않을 거야. 이런 대요괴를 상대하는 데 열 명 이하의 인원을 투입하는 것은 육도의 스타일이 아닌데.'

그렇다면 윗선이 잘못된 판단을 내린 것일까? 혹은 그들도 아직 표적의 정체를 특정하지 못하고 탐색을 목적으로 두 사람을 투입한 것인지도 모른다.

10년을 육도에서 보낸 유현이다 보니 별의별 추측이 다 머릿속에 떠올랐지만 일단 직접 상황을 보기 전까지는 확신할 수가 없었다. 게다가 결계가 그의 인상을 찌푸려지게 만들고 있었다.

"여기까진가?"

세 번째 결계까지는 돌파했지만 네 번째 결계부터는 유현의 마법 능력으로는 어떻게 할 수가 없었다. 지금껏 접해보지도 못한 최신예 암호 술식이 걸려 있는데다가 셀 수도 없을 정도로 복합적인 구조로 이루어진 결계라서 결계 해제 술식이 아예 먹혀들질 않는다. 유현은 새삼 자신이 최전선에서 2년이나 물러나 있던 존재임을 실감했다.

'젠장. 2년 사이에 이 정도까지 발전하다니. 이 앞은 더 대단한 결계라는 소린데 도대체 어느 정도 수준의 결계가 개발된 거야?'

유현은 왼팔을 슥 쓰다듬으며 중얼거렸다.

"하늘의 왼손."

쉬이이익!

그러자 허공에서 새카만 어둠이 튀어나오더니 채찍처럼 그의 왼손을 휘감았다. 그 어둠은 순식간에 고대의 천문도가 그려진 검은 장갑으로 화했다.

자염을 전멸시키고 얻은 이 장갑은 고대의 힘이 비장된 강력한 무구였다. 무엇보다 놀라운 점은 이것이 지구에 존재하지 않는 물질로 만들어졌다는 점이다. 아마도 운석 등의 외계에서 지구로 떨어져 온 물질을 이용한 것이 아닐까 싶은데, 어떻게 단련해서 만들었는지는 알 수 없었다.

분명한 것은 이 장갑이 유현의 왼쪽 눈이 보고 끌어들이는 이세계의 힘과 동질의 힘을 다룬다는 것이다.

'뭐, 그놈들은 전혀 쓸모를 몰랐겠지만.'

그들은 아마도 이 장갑이 이계의 힘을 조금씩 끌어들여 영력으로 전환하는 것만을 알아보았을 것이다. 하지만 그 힘을 제어할 수 있는 유현이 다루면 이것은 무한한 가치를 가지게 된다.

후우우웅!

안대를 풀 것까지도 없었다. 유현은 하늘의 왼손이라 이름 붙인 장갑을 이용해 이계의 힘과 공명, 막대한 마력을 일으켜서 결계를 힘으로 돌파하려고 했다.

그리고 실패했다.

"…이런 젠장. 굉장히 까다로운 구조로 만들어져 있군."

단순히 힘으로 돌파할 수 있을 만큼 안이하게 만들어진 결계가 아니다. 좀 더 출력을 높이면 돌파할 수 있을지도 모르겠지만 시간낭비를 하고 싶지 않았다. 이렇게 된 이상 다른 방법을 사용해야 한다.

유현은 다시 하늘의 왼손을 이용해 이계의 힘을 일으켰다. 이번에는 마력으로 변환시키지 않은 그 힘을 아주 조금씩 최소한도로 그 양을 조절해서 결계로 흘려보냈다.

츠츠츠츠츠……

기분 나쁜 소리와 함께 결계가 침식당하는 것이 느껴진다.

유현은 하늘의 왼손을 얻고 나서 제어가 쉬워진 이계의 힘을 이용, 여러 가지 실험을 해보았다. 그 결과, 정체를 알 수 없는 이계의 힘에는 현세의 존재를 침식해서 자신과 같은 속성으로 전환시키는 성향이 있음을 알아냈다. 유현은 의지로 그것을 제어하면서 막아냈지만 마력이라는 에너지는 너무나도 쉽게 그 힘에 침식된다.

이쯤 되면 결계의 견고함과는 상관없는 이야기였다. 마치 방풍벽으로 해충은 막을 수 있어도 생화학 병기는 막을 수 없듯 마력으로는 이 힘을 막아낼 수 없다.

이계의 힘에 침식되어 녹아내리는 결계 속으로 들어선 유현은 그 힘을 다시 빨아들이면서 마력으로 변환시켜서 결계를 수복시켰다. 그런 방식으로 차례차례 돌파하던 도중 뭔가를 발견했다.

"이건……."

네 번째 결계를 돌파한 유현은 바닥에 흥건한 피를 보고 걸음을 멈추었다. 골목을 따라 흐른 피의 근원지에는 시체가 있었다. 그것도 마치 대형 육식동물이 뜯어 먹은 것처럼 상반신 일부가 뜯겨져 나간 여자의 시체와 간과 심장이 통째로 적출된, 즉 흉부가 완전히 박살나 버린 남자의 시체. 아마도 아무것도 모르는 커플이었으리라.

유현은 그 잔혹함에 동요되진 않았다. 그에게 있어 이런 시체는 스플래터 무비 속의 싸구려 위장 물품들이나 마찬가지였다. 다만 문제는 이 시체들이 일반인이라는 점이다.

"난슬… 만약 네가 범인이라면 나도 널 용서하지 못할 것 같다."

유현은 입술을 깨물며 중얼거렸다. 그리고 남은 결계를 돌파하기 시작했다.

그렇게 7중 결계 중에 여섯 개를 돌파하자 마침내 그가 원하던 지점이 나타났다.

콰아아아아아!

들어가자마자 덮쳐 오는 강력한 충격파가 그 증거였다. 유현은 반사적으로 왼손을 내밀어서 방어막을 형성, 충격파를 막아냈다.

"들어오자마자 화끈하군."

유현은 한눈에 상황을 파악했다. 결계 안에 있는 인원은 총 넷. 그중 셋은 낯이 익었다. 길이 3미터 정도의 청룡언월도를 든 신아연과 그녀의 곁에 붙어 있는 진선희, 그리고 처음 보는 청년, 마지막으로 무수한 마법 문자들이 모여 만들어진 고도의 결계에 갇혀 요기를 뿜어내고 있는 난슬이 있었다.

"난슬!"

모두의 시선이 유현을 향하는 가운데 그의 입이 열리며 차가운 목소리가 흘러나왔다.

6

'어떻게 들어온 거지?'

지금 이 자리에서 가장 표정이 굳어진 사람은 진선희였다. 그녀는 의혹과 분노를 담아서 유현을 노려보고 있었다.

육도 내에서도 천재라고 불리는 그녀의 결계는 결코 녹록한
게 아니다. 적어도 2년 전에 육도에서 은퇴한, 전문 마법사도
아닌 전투 병력이 깨고 들어오는 일은 일어날 수 없는 것이었
다.

　하지만 지금 진유현은 그녀가 불가능하다고 여긴 일을 해냈
다. 그뿐만 아니라 그 정도 일은 별로 대단한 것도 아니라는
듯 그녀에게는 시선조차 주지 않는다.

　"무슨 생각으로 여기 왔지?"

　그때 날카롭게 울려 퍼진 신아연의 목소리가 그녀의 정신을
일깨웠다. 신아연은 스스로를 요괴선인이라고 주장하는―실
제로 선기를 보이기도 했다―구미호에 대한 주의를 게을리 하지
않으면서 유현을 노려보고 있었다.

　"저 구미호에게 볼일이 있어서. 저 녀석이 당신들 타깃이었
나?"

　하지만 유현은 그녀의 시선을 마주하면서도 태연한 기색이
었다.

　이 녀석, 아까 만났을 때하고는 뭔가 다르다. 신아연과 진선
희는 그 사실을 느꼈다. 그때는 신아연이 발하는 기세에 바짝
긴장하고 있었는데 지금은 그런 것은 신경 쓸 이유가 없다는
듯 여유가 느껴진다.

　"어떻게 내 결계를……."

　진선희는 결국 참지 못하고 의문을 입에 담았지만 유현은
손을 들어서 그녀의 말을 제지했다. 그리고는 시선조차 주지

않고 구미호에게로 다가갔다.

'나, 나를 무시했어?'

이런 일은 처음이었기 때문에 분노가 치솟았다. 확 공격해 버릴까 하는 충동이 머리를 들었지만 왠지 모를 압박감이 그 행동을 제지했다.

"헤이, 꼬마."

그때 배배 꼬인 심사가 느껴지는 목소리와 함께 이름 모를 청년이 뛰어들었다. 동시에 손에 들고 있던 검으로 유현의 앞을 가로막았다. 아니, 정확히는 가로막으려고 했다.

"엇?"

다음 순간 그는 세상이 빙글 도는 것을 느꼈다. 유현이 장갑을 낀 왼손으로 칼날을 잡더니 가볍게 흔드는 것만으로도 힘의 균형을 바꿔 그를 던져 버린 것이다. 그리고 날아드는 오른손 주먹!

퍼엉!

공기가 폭발하면서 청년의 몸이 날아가 버렸다. 하지만 그는 4미터쯤 날아가서 빙글 몸을 회전시키더니 땅에 착지했다.

"큭! 굉장한 솜씨인데!"

"내가 지금 기분이 좀 안 좋거든? 다치기 싫으면 찌그러져 있어."

유현은 치를 떠는 그에게 그렇게 말하고는 난슬에게 다가갔다. 청년은 순간적으로 열이 확 올랐지만 방금 전에 쓴맛을 본 터라 경거망동하지 못했다.

난슬은 어쩔 줄 몰라 하면서 유현을 바라보고 있었다. 그러는 동안에도 어마어마한 요기가 뿜어져 나와서 감각을 압박한다. 보통 사람이라면 이 요기 속에서 정신적인 질식을 맛보았을 터.

그러나 지금의 유현은 그 압박감을 가볍게 무시할 수 있었다. 이질적인 파동으로 자신을 감싼 유현이 그녀에게 다가가서 물었다.

"나를 속였나?"

"아, 아냐!"

"그럼 이 상황은 도대체 뭐지?"

"오해야!"

"꼭 정치가 같은 대답이군, 그거."

유현은 차갑게 비아냥거렸다. 난슬은 당장에라도 울음을 터뜨릴 것 같은 표정으로 발을 동동 굴렀다.

"아냐! 진짜 아니란 말야!"

저 태도를 보면 정말로 억울한 것 같았다. 만약 이게 연기라면 골든 글로브도 아카데미도 그녀에게 트로피를 수여해야 할 것이다. 문제는······.

'구미호는 연기력이라는 점에서는 세계챔피언이라는 거지.'

빼어난 외모와 연기력으로 한 나라를 말아먹은 적도 있는게 구미호란 존재다 보니 좀처럼 신뢰감을 갖기가 어렵다.

"믿어줘. 나 수행 중이라 사람 안 먹어."

"…미묘하게 신뢰를 깎아먹는 발언이군."

"진짜야! 아침 이슬이랑 나무 열매만 먹어도 살 수 있단 말야!"

"그 무슨 미용 광고 같은……."

"에이, 작작해!"

한심한 대화를 듣다 못한 신아연이 나섰다. 그녀는 유현과 난슬 사이로 끼어들면서 청룡언월도를 찔러 들어갔다. 일단 둘을 갈라놓고 보겠다는 것 같았다.

그러나 그 순간 난슬이 움직였다. 그녀의 의지로 움직였다기보다는 거의 독자적인 지능을 가진 단말의 자동 반응 같은 분위기로 거대한 빛무리로 화한 그녀의 꼬리 중 하나가 허공을 질주, 신아연을 후려친다.

콰앗!

공기가 찢어지는 소리와 함께 신아연이 물러난다. 그리고 곧바로 이어지는 진선희의 절묘한 시간차 공격!

'저게!'

유현의 눈살이 꽉 찌푸려졌다. 진선희가 마법의 타깃으로 설정한 것은 난슬이 아니고 유현이었던 것이다. 포박 주문으로 유현을 묶어서 전장 밖으로 내던지는 게 그녀의 목적인 것 같았다.

당연하지만 지금의 유현에게 이 정도 주문은 통하지 않는다. 장갑을 낀 왼손을 휘두르는 것만으로도 날아들던 마력이 산산이 흩어져 버렸다.

"큭!"

진선희가 마력의 반동으로 작게 신음을 흘렸다. 유현은 그녀를 보면서 짜증스럽다는 듯 말했다.

"거 내가 육도하고 적대할 맘이 없어서 공격은 안 하는 거거든? 자꾸 이러면 최소한의 방어 정도는 한다?"

"우리 임무를 훼방 놓은 시점에서 육도하고 척을 진 거야. 이제 와서 발을 빼려고?"

"난 방해한 적 없는데? 뭐, 압도하고 있는 상황에서 내가 애를 구해줬으면 모르겠는데 그런 것도 아니잖아? 보니까 도무지 공략법을 못 찾고 있던 것 같은데."

"큭……!"

진선희가 분하다는 듯 입술을 깨물었다.

"그것도 얘가 봐줘서 지루한 대치라도 계속되고 있는 거 아냐? 솔직히 달랑 세 명으로 어떻게 해볼 수 있는 급수가 아닌데? 설마 거기 누님도 쟤처럼 억지를 부리진 않겠지?"

"뭐, 그건 인정해. 이 인원으론 역부족이지."

딱히 긍정을 기대한 건 아니었지만 신아연은 의외로 시원스럽게 인정해 버렸다.

"하지만 여기서 놓칠 수는 없어. 그래서 제안하겠는데, 우리 쪽에 붙어. 보수는 충분히 쳐줄 테니까."

"어라, 그렇게 나오는 거야?"

"그게 합리적이잖아?"

"그래도 거절할래. 난 은퇴한 몸이라서 더 이상 돈 받고 고용되는 일은 사양하겠어."

"교섭 결렬인가? 그럼 그쪽 편에 붙을래?"

"아니, 딱히 그러려는 것은 아닌데……."

유현은 약간 난처해하며 볼을 긁적였다. 하긴 지금은 이분법적인 사고가 나올 수밖에 없는 상황이다. 애당초 요괴는 말살해야 할 대상이고, 아무리 선인이라 주장한다 한들 인간을 살해하고 그 내장을 파먹은 사실이 명확하다면.

"묻고 싶은 게 있는데. 저 앞의 시체들, 이 녀석이 한 거 맞아?"

"그걸 지금 말이라고 하는 거야, 당신?"

진선희가 기가 막혀하며 물었다. 하지만 유현은 태연했다.

"당연하지. 내가 묻고 싶은 것은 당신들이 두 눈으로 직접이 녀석이 사람을 해치는 장면을 목격했냐 하는 거다."

"말도 안 되는 트집을……!"

"아니, 그렇지는 않아. 하지만 우리가 왔을 때는 저 녀석이 시체 앞에 있었지. 타이밍이 딱 맞아떨어졌어."

진선희가 울컥했지만 신아연이 그녀의 말을 자르면서 대답해 주었다. 진선희는 마음에 안 드는 듯 그녀를 노려보았지만 냉정하게 상황을 살피고 있는 그녀에게는 한마디도 할 수 없었다.

"그럼 마법으로 흔적을 읽어보기는 했나?"

"그건 했어. 흔적은 깨끗이 지워져 있었지. 솔직히 여기까지만 봐도 그 구미호를 범인으로 안 보는 게 무리인데?"

"내가 보기에는 그 정도로 범인을 특정하는 게 더 무리인 것 같군. 보아하니 당신들, 이 녀석을 이미 그전부터 쫓아다녔던 것 같고."

"맞아! 저 사람들 다짜고짜 날 보자마자 공격했어! 그래서 그다음부터 계속 도망 다녔어!"

"…본인도 이렇게 말하고 있고."

하지만 사실 이 점에 대해서는 유현도 별로 할 말이 없다. 육도의 전투 요원들에게 요기를 풀풀 풍기고 있는 상대를 공격하지 말라고 하는 게 무리다. 정신이 나가도 몸이 반응할 정도로 강력한 마인드 컨트롤에 지배되고 있는 전투 기계이니 요괴와 대화를 나누고 서로를 이해한다는 평화로운 방법은 애당초 선택지 외의 것이었다.

"그래서 잠시 본인의 이야기를 들어보고 싶으니까 시간을 좀 달라고."

"그 정도라면."

신아연은 순순히 물러나 주었다. 그녀가 그렇게 나오자 진선희도 따르지 않을 수 없었다.

사실 신아연도 불만스럽지 않은 게 아닐 것이다. 다만 지금 이 상황에서 유현을 적대하는 것이 현명하지 못하다는 것을 알기 때문에 양보하는 것뿐. 기분과는 별도로 그런 차가운 계산을 항시 적용시키고 있다는 점이 그녀가 얼마나 뛰어난 인물인지 증명해 주고 있었다.

'만만치 않은데.'

유현은 그렇게 생각하면서 난슬에게 물었다.

"자, 그럼 해명을 해봐. 지금 이 도시에서 연달아서 사람을 해치우고 있는 것은 도대체 어떤 녀석이지?"

*   *   *

망혼의 신전은 깊은 지하에 존재했다. 겉보기로는 한옥 저택으로만 보이지만 그 구조물은 지하 70미터에까지 이어져 있다. 그리고 그 가장 깊숙한 곳에 그들의 신을 모신 방이 있었다.

신에게서 나는 소리는 쇠사슬이 철크럭거리는 소리였다. 왜냐하면 인간을 닮은 형체를 가진 신은 온갖 주술이 집약된 쇠사슬로 팔다리를 묶어두고 있었기 때문이다.

ㅡ왔구나.

인간과는 다른, 노래하는 듯한 울림을 가진 신의 목소리가 사방으로 반사되어 울린다.

신전이라 이름 붙여진 방에는 온 벽에 빽빽하게 부적이 붙어 있었다. 마법의 먹으로 그린 것, 사람의 피로 그린 것, 요괴의 피로 그린 것, 짐승의 피로 그린 것, 선인의 피로 그린 것, 그리고 신의 피로 그린 것까지 온갖 부적이 빽빽하게 벽을 도배하면서 이곳을 바깥과는 격리된 또 다른 세계로 만들고 있다.

그 한가운데, 역시 먹과 피로 그려진 결계진 안에 신, 혹은

신이라 불리는 무언가가 있었다. 인간을 닮았으나 그 머리칼은 황혼에 물든 하늘처럼 불길한 색을 띠고 넘실거리며, 눈동자는 노란 파충류의 그것이며, 머리에는 수사슴의 그것을 닮았으나 위압적이고 공격적으로 변형된 두 개의 뿔이 달렸으며, 손톱과 발톱은 맹수의 그것처럼 뾰족하며, 피부는 피 대신 용암이 흐르는 것처럼 불그스레하며, 몸에서는 육신이 아니라 꽃나무라도 되는 듯 짙은 꽃향기가 난다.

망혼이 사육하는, 그리고 망혼을 사육하는 절대적인 신령. 그는 자신을 숭배하는 신관 윤성아를 보며 미소 지었다.

그리고 방 안에는 또 다른 신관이 있었다. 고작해야 열한두 살 정도밖에 안 되어 보이는 긴 머리의 소녀는 조선시대 왕족들이나 입었을 화려한 한복을 차려입었고, 이마와 볼에는 피를 희석시켜 만든 분홍색 염료로 주술적 문양을 그린 채로 성아를 돌아보았다.

"언니."

"늦어서 미안."

성아는 신령에게 정중히 예를 표한 다음 신관 소녀에게 대답했다. 연지혜라는 이름을 가진 이 소녀는 신관이 된 지 채 1년이 되지 않았다. 하지만 태어나면서부터 신관으로 점 지어졌기에 영력의 격은 굉장히 높았다.

—이미 문제를 접하고 온 것 같구나.

"예. 생전 처음 보는 거대한 요기의 소유주가 나타났습니다."

―대요괴로다. 그것도 하나가 아니고 여럿이로다.

"여럿이라고요?"

성아는 깜짝 놀라서 물었다. 그 거대한 요기는 보는 것만으로도 심장이 멎을 것 같았다. 그런데 그런 존재가 하나가 아니고 여럿이라고?

―그렇다. 몇인지는 나로서도 알 수 없구나. 분명한 것은 각기 다른 목적을 가졌다는 사실이며, 반드시 그들을 막아야 한다는 것이다.

"그러나 저희에게는 그것을 막을 힘이 없습니다. 현재 육도의 조직원들이 안산에 들어와 있으니 그들과 협력해야 하지 않겠습니까?"

―그것도 좋겠지. 하지만 이것은 우리의 일이니라. 100년 전 그들을 가두었던 것도 우리였느니.

"예?"

성아의 눈이 휘둥그레졌다. 그러나 그녀는 곧 수긍했다.

생각해 보면 당연한 일이다. 망혼은 300년의 역사를 가진 안산 지역의 맹주, 만약 지금 출연한 요괴가 이 땅에 봉인되었던 존재라면 당연히 망혼에 의해 그리되었을 것이다. 더군다나 당시에 육도는 지금처럼 명성을 가지지도 못한, 있는지 없는지도 모르는 조직이었다.

"하지만 신관 셋의 힘을 합쳐도 그런 요괴에게는……."

―윤범이 돌아오기 전까지는 너희 둘이서도 어떻게든 될 것이니라. 윤범에게도 복귀령을 전했겠지?

"예."

—그는 지금 강원도에서 요괴를 봉인하는 작업을 진행 중이라 오지 못할 것이다. 움직일 수 있는 상황이 아닌 것 같구나.

"고착상태에 들어간 건가요?"

—그런 듯하다.

원래 원령이나 요괴와 맞설 때 단번에 압도하지 못하면 기싸움으로 들어가는 수가 있었다. 그런 상황이 되면 섣불리 몸을 빼지 못하고 며칠이고 계속해서 상대를 누를 때까지 의지력을 발휘해야 한다.

신령의 말이 이어졌다.

—지금부터 너희들에게 천령(天靈)을 발동시킬 권한을 주겠다. 그것으로 적과 맞서라.

"천령?"

성아는 처음 듣는 이름이었다. 혹시나 싶어서 윤지혜를 바라보니 그녀 역시 어리둥절해하기는 마찬가지인 것 같았다.

—홍승영은 알고 있을 것이다. 우리 조직의 진정한 힘을 가리키는 이름이니 이 시간 이후 결코 기밀이 새어나가지 않도록 하라. 일단 이것을 받아라.

신령이 손을 한번 휘젓자 철크럭 하는 소리와 함께 두루마리 하나가 허공을 둥둥 떠서 성아에게 날아왔다. 성아가 그것을 받아 들자 옅은 황금색 빛이 흘러나오기 시작한다.

"이건……."

—펼쳐라. 그리고 읽으면 너희들은 대요괴와 대적할 힘을

얻게 될 것이다.

성아는 그 말대로 두루마리를 펼쳐 보았다. 그리고 거기에 적힌 내용과 술식을 보고는 그 의미에 경악했다.

"이건……!"

—나는 지금부터 명상 상태에 들어간다. 천기를 읽는 작업에 들어가니 너희들이 깨울 수는 없을 것이다.

신령은 성아의 반응에 개의치 않고 그렇게 말하더니 눈을 감았다. 성아는 당황해서 뭐라 말을 하려고 했지만 신령은 이미 눈과 귀를 닫은 후였다. 그녀와 연지혜가 보는 앞에서 신령의 몸이 빛과 색을 잃더니 빠르게 돌로 변해갔다.

이윽고 두 사람의 앞에 남은 것은 가부좌를 튼 채 명상에 잠긴 신령의 석상뿐이었다. 신령은 본디 육신이 없어 신관들에게 뜻을 말씀으로 전할 때만 석상을 육체 삼아 나타나는 것이다.

"언니, 천령이 도대체 뭔데?"

"너도 한번 봐. 보면 무슨 의미인지 알 거야. 우리 조직에 이런 힘이 비장되어 있을 줄은……."

성아는 가슴이 쿵쾅거리는 것을 느끼며 연지혜에게 두루마리를 넘겨주었다. 그리고 이윽고 두 신관 소녀는 수석주술사 홍승영을 만나 천령의 힘을 발동하기 위한 의식에 들어갔다.

*　　　*　　　*

인간이 시간과 공간을 초월한다는 것은 어떤 의미일까?

어떤 사람은 그것이 전지전능한 신임을 증명하는 전제 조건이라 보았지만 사실은 말장난에 불과하다. 마법사들은 오래전에 '결계'라는 수단으로 공간을 지배하는 법을 터득했고, 극소수만이 사용할 수 있는 대마법 중에는 공간 이동의 비술이 존재한다.

그렇다면 시간은? 이것 또한 정복되었다. 시간이 서로 상대적이라는 것을 알아차렸을 때, 공간을 정복한다는 것은 시간을 정복한다는 것과 마찬가지 의미가 되었다.

물론 이것은 사실상 말장난에 가까워서 SF소설에서처럼 과거와 미래를 자유자재로 오가면서 타임 패러독스를 만들어낼 수 있다는 의미는 아니지만, 적어도 상대의 시간과 내 시간을 어긋나게 하거나 혹은 과거를 들여다보는 일은 불가능하지 않았다.

대마법사 모건은 시간과 공간을 모두 정복한 존재였다. 그렇기에 모든 마법사들은 그에게 두려움과 경외심을 느낀다. 그것은 이현종도 예외가 아니었다.

"오랜만에 오셨군요."

그의 앞에는 은발과 푸른 눈을 가진 중년의 남자가 서 있었다. 하지만 그가 지금 서 있다고 하는 게 맞는지 모르겠다. 왜냐하면 그는 늑대인간보다도 훨씬 큰 부피에 신기루처럼 흔들리면서 그곳에 안착하고 있었기 때문이다.

이윽고 연기가 피어나는 것을 촬영해서 거꾸로 되돌리듯,

그의 부피가 줄어들면서 온전한 인간의 모습으로 그 자리에
고정되었다.

"우웩! 장거리 공간 이동은 언제 해도 기분이 안 좋아. 비행
기가 훨씬 낫다니까."

중년 남자는 속이 울렁거리는지 명치를 쓸어내리며 투덜거
렸다. 러시아 백계인 것 같았는데 입에서 튀어나오는 것은 아
주 또렷한 발음의 한국 표준어다.

"하지만 미국에서 여기까지 비행기로 오려면 돈도 시간도
장난이 아니죠. 30초도 안 걸려서 그 거리를 뛰어넘을 수 있다
면 엄청난 메리트라고 보는데요. 우리 현종이도 좀 가르쳐 주
시라니까요."

그가 고정되기를 기다리면서 블로그에 포스팅을 하고 있던
오지윤이 의자를 빙글 돌리면서 말했다. 예전에는 미니홈피를
운영하던 그였지만 시대의 흐름에 발맞춰서 블로그를 개장하
고 각종 IT 관련 정보를 다루는 데 열을 올리고 있었다. 이현종
이 듣자 하니 블로그 방문자가 하루에 1만 명이 넘어서 광고
배너로 얻는 수익만 해도 제법 짭짤하다나 뭐라나.

"이 세상에 이만 한 거리를 공간 이동으로 넘을 수 있는 건
나 하나뿐이다."

"국내 관광용으로 도움 될 정도라도 좋은데요?"

"큭큭. 괜히 욕심냈다가 이렇게 되는 수가 있으니 그만두는
게 좋아."

모건은 자신의 손을 보이면서 웃었다. 그의 손은 지금도 신

기루처럼 흔들리면서 투명해졌다 다시 원래대로 복구되었다
가를 반복하고 있었다.

"으음. 확실히 그건 좀 그렇군요."

"존재 고정은 아직도 안 되는 겁니까?"

"그래. 아마 영원히 안 될 거다. 덕분에 뜻하지 않게 불멸에
가까운 존재가 되긴 했다만."

꺼림칙해하는 오지윤의 반응과 걱정스러워하는 이현종의
물음에 모건은 고개를 설레설레 저었다.

"그나저나 보고서를 봤는데… 너, 진유현이란 녀석이랑 얽
혔나?"

"네. 자그마치 저의 전 직장 동료죠."

오지윤은 쓴웃음을 지으면서 붉은 머리칼을 쓸어 넘겼다.

"그놈 혹시 안대를 하고 다니나? 좀 이상하게 생긴 거."

"음? 그걸 어떻게 아십니까?"

"그거 참 운도 더럽게 없게 걸렸구만. 그놈하고 싸웠으면 당
연히 풍비박산이 나지. 쯧쯧."

"아, 아니, 잠깐!"

모건이 측은해하는 시선을 보내면서 혀를 차자 오지윤은 괜
히 열 받아서 손을 들었다.

"아크메이지(Arch—mage:대마법사)께선 어떻게 유현이 녀석
을 아시는 겁니까?"

"그야 그 녀석 안대 만들어준 사람이 나거든."

"에?"

"독일의 난쟁이 요정[Dwarf]들에게 의뢰해서 만들었지. 마법이 개입되면 좀 골치 아픈 물건이라서 구조적으로 안정화를 꾀할 수 있도록 마법 금속을 잔뜩 쓰면서도 일반 소재를 쓴 것처럼 위장이 되도록……."

"아니, 중요한 건 그게 아니잖아요. 그럼 유현이 녀석이 눈깔 하나 날아간 사건이 아크메이지 당신하고 관련이 있단 말입니까?"

"그렇다고 할 수 있지. 애당초 지금 진행되고 있는 모든 계획이 거기에서부터 출발했으니까."

"뭐라고요?"

모건의 시큰둥한 대답에 오지윤은 경악했다. 이건 지금까지 들어본 적도 없는 이야기였다. 그들이 진행하고 있는 거대한 계획의 시발점이 진유현과 얽혀 있다니, 그렇다면 어떤 의미에서 그와 부딪치지 않는다는 것은 불가능하지 않은가?

"원래 2년 전에 세상은 한번 박살날 뻔했어, 굉장히 안 좋은 방향으로. 그걸 그놈이 막아줬으니 조금쯤은 경의를 표하는 게 좋아. 세계의 위기라는 게 꼭 모두가 자각하는 방향으로만 오는 게 아니거든."

"하아? 그 말 들으니 그놈이 무슨 세계를 구원한 슈퍼히어로 같습니다?"

"설명해 봐야 뭐 하겠냐. 그나저나 네놈들은 내가 왔는데 뭐 마실 것도 한 잔 대접 안 하냐?"

"아, 잊고 있었네. 뭐 드시고 싶은데요?"

"맥주. 한국 메이커로 가져와. 역시 다른 나라 오면 그 나라 맥주를 마시는 게 맛이지."

"술 없는데요?"

"엥? 왜?"

"아니, 딱히 마시는 사람이 없어서······. 저희 팀원들이 다 좀 젊잖아요. 아, 연구진 중에는 마시는 사람 있을지도 모르니 그쪽에 물어볼까요?"

"에이, 술맛도 모르는 재미없는 것들만 모여 갖고. 됐어. 한 국 담배랑 콜라나 가져와."

"한국 콜라는 없고… 그냥 펩시나 드세요."

"한국에는 독자적인 콜라 브랜드가 있잖아. 왜 펩시를 처마 시고 있어?"

"뭐, 온라인으로 주문해서 구해 드릴 테니까 일단 펩시로 참 아요. 오늘내일만 있다 가실 것도 아니면서. 현종아, 담배 없 어?"

"난 담배 안 피우는 거 알잖아?"

"그리고 나도 안 피우지. 거 다른 사람들한테 좀 빌려와. 이 영감님 기분 맞춰 드려야 너한테도 비장의 주문이라든지 그런 떡밥이 떨어질 거 아냐."

"…너희들, 도대체 인생을 뭔 재미로 사냐?"

모건이 기가 막힌다는 듯이 손을 내저으며 소파에 몸을 던 졌다. 이현종이 담배를 구하러 가는 동안 오지윤은 냉장고에 서 펩시콜라 두 캔을 꺼내서 모건에게 하나를 던져 주었다.

"그야 뭐, 만화책을 잔뜩 쌓아놓고 본다든지, 여고생 채팅 사이트에 들어가서 논다든지, 드라마를 본다든지, 블로그질을 한다든지 기타 등등……."

"…어째 묘하게 방구석 폐인 냄새가 난다?"

"한국어 정말 잘하시는군요. 방구석 폐인 같은 최첨단 유행어도 다 아시고."

"한국에 한두 번 오는 것도 아니고, 이제 할 만큼 한다. 어쨌든 한국은 우리 계획의 중추 아니냐."

"그런 것치곤 너무 투자를 안 하는데요."

"KD 인더스트리가 한국 진출을 하려다가 삐끗한 게 원인이라고 할 수 있겠지. 여기 대기업들도 밥그릇 지키느라 필사적이라고 투덜거리더군. 덕분에 연옥 쪽으로도 진출을 제대로 못했으니까. 그래도 그 지점에는 설비랑 인원 많이 투자했잖아?"

"우리 팀에 그거 절반만큼만 투자해 줘도 좋겠단 말이지요."

"도일이 녀석 보내줬으면 됐지. 게다가 너희가 이번에 개발한 걸 본사에서 검토하고 나면 지원이 대폭 늘어날 거야."

"그건 좀 기대하겠습니다. 잘 좀 말해주세요."

"그런 걸 바라는 것치고는 대접이 너무 박하다고 생각하지 않니?"

"으음. 뭐 원하시는 거 있으면 말씀만 하시라니까요. 전부 온라인 쇼핑몰에서 슥슥 주문해 드릴 테니까요. 한국은 인터넷 쇼핑이 발달해서 검색하면 다 나옵니다."

"미리미리 준비하지 않고서는. 일단 한국산 담배 전부랑 맥주 전부, 그리고 좀 재밌는 음료수 있으면 다 준비해 봐."

"술은 맥주만 있으면 됩니까?"

"뭐, 그 외에 한국에서만 나는 술 있으면 같이 주문하고."

"잠깐만요. 지식인 좀 뒤져 보고 바로 주문해 드리죠."

오지윤은 검색 포탈을 열어서 검색창에다 술에 대한 검색어를 집어넣고 자료를 찾기 시작했다. 여태까지 워낙 금욕적으로 살아서 그런지 술, 담배에 대해서는 영 아는 게 없다.

"…근데 여기, 비밀 아지트라며? 여기다가 배달시켜도 되냐?"

"아, 편의점 배달시켜서 수령하면 되니까 그런 건 염려 놓으시죠. 어라, 담배는 쇼핑몰에서 안 파네? 이건 그냥 편의점에서 사기로 하고……."

"허어, 한국 인터넷 쇼핑은 뭔가 심오하구만."

투덜거리는 모건에게 이현종이 담배 한 갑을 가져다주었다. 군대에도 보급되며 국민 담배라 불리는 디스였다.

"역시 한국 담배가 맛이 제법 좋지."

"담배는 다 그게 그거 같던데."

"뭘 모르는 놈이 함부로 떠드는 게 아니다."

모건은 그렇게 일침을 놓고는 잠시 옛일을 떠올렸다. 진유현이라……. 그때의 그 애송이가 자신들의 계획에 적으로 얽혀 들어왔단 말인가?

하긴 어쩌면 당연한 일인지도 모르지. 이것이야말로 운명이라고 부를 만한 것인지도 모른다. 일개 인간이 선택할 수 없는 거대한 세계의 흐름을 일컫는 이름, 운명에서는 시공간을 정복한 대마법사 모건조차도 자유로울 수 없었다.

그러니 그 녀석이 자신들의 계획에 끼어들어 오는 것은 당연한 결과인지도 모른다. 모든 것이 그로부터 시작되었으니 그가 퀘이사의 인력에 이끌리는 것은 때가 오면 꽃이 피고 다시 지는 것처럼 자연스러운 흐름.

"재미있게 됐군. 죽기 전에 재미난 구경 좀 많이 하겠어."

"죽긴 뭘 죽어요? 영생 얻었다고 만날 뽐내고 다니면서."

오지윤이 인터넷 쇼핑에다가 술과 담배 등을 주문하고는 툴툴거렸다. 그리고 소파에 앉아 바이올린을 어깨에 얹고 켜기 시작했다. 잠시 후,

"초등학생도 그것보단 잘하겠다! 이놈아, 하지 마!"

모건의 호통이 울려 퍼졌다.

Chapter 07
검은 여우

1

집 안에 여자를 들여놓는 것은 어떤 기분일까 상상해 본 적이 있었다. 아무래도 공용 기숙사에 들이는 것과는 다른 기분이겠지? 게다가 그 여자가 어떤 남자도 홀릴 것 같은 미모의 소유자라면 더더욱 그렇겠지?

과연 두근거릴까? 좀 겸연쩍기도 하고 괜히 신경 쓰이기도 하고, 그래서 잠도 잘 안 오고 그럴까?

'두근거리기는 개뿔이.'

유현은 마룻바닥에서 뒹굴고 있는 '여자에 가까운 존재'를 보면서 머리를 벅벅 긁었다.

아무래도 유현의 연애 세포는 예전에 다 죽어버린 모양이었다. 저런 미모의 소유자가 무방비하게 옷매무새를 흐트러뜨려

가면서 잠들어 있는데도 하나도 두근거리질 않는 것을 보니.

물론 그 상대자가 요괴라는 것을 알고 있는 탓도 있다. 그녀는 바로 요괴선인이자 구미호인 난슬이었다.

외모가 어쨌든 죽여야 할 상대는 죽이는 것이 전투 기계의 본질. 사랑스러운 소녀이든 불쌍한 노파이든 귀여운 아이이든 간에 죽여야 한다면 죽인다. 겉모습에 현혹되어서 적에게 당한다면 그것만큼 어리석은 일도 없다.

하지만 그런 점을 제외하고 본다면 정말 매력적인 용모다. 평범한 또래의 남자라면 누구라도 두근거릴 수밖에 없을 것 같은, 사랑스러운 생김새에 물결처럼 흘러내리는 갈색의 긴 머리칼, 그리고 피부는 잡티 하나 찾을 수 없을 정도로 깨끗하고 뽀얗다. 그런 여자가 의외로 풍만한 가슴을 반쯤 드러낸 채로 잠들어 있는 상황이라…….

'역시 안 두근거려.'

유현은 속으로 구시렁거리면서 난슬이 걷어낸 이불을 덮어주었다. 애당초 요괴가 이불 없다고 감기에 걸릴 것 같진 않지만.

삐이이이.

그때 현관에서 벨소리가 울렸다. 유현은 대충 올 시간이 됐다고 생각했기 때문에 자연스럽게 가서 문을 열었다.

"아, 사부님, 좋은 아침입니다."

"별로 좋은 아침은 아닌 것 같다마는…….."

유현은 복도 난간 너머로 보이는 풍경을 보며 대꾸했다. 비가 아주 쏴아아아 내리고 천둥치고 난리도 아니었다.

"말이 그렇다는 거죠. 뭐, 그렇게 까칠하게 받고 그러세요? 사부님도 참. 자꾸 그러면 여자 친구 안 생겨요."

"넌 있냐?"

"전 벌써 고백을 세 번이나 받았는데요?"

"뭣?"

유현은 믿을 수 없다는 듯 눈을 크게 떴다. 이 자식이 학교 다니기 시작한 지 얼마나 됐다고 고백을, 그것도 세 번씩이나? 뭐, 나름 귀엽게 생긴 타입이긴 하지만 그렇다고 해도 분명히 일반인 생활 따윈 잘 모르는 바보일 텐데 도대체 여자 애들이 어딜 보고 매력을 느꼈단 말인가?

"훗. 제가 이래 봬도 이미 학교의 일진들을 평정하고 짱이 되었답니다. 어제만 해도 중앙공고 녀석들이 시비를 걸어서 전부……."

"……."

그럼 그렇지. 이 자식이 평범하게 매력을 어필해서 고백을 받았을 리가 없지. 아마 중학생 중에 일진이랍시고 거들먹거리는 애송이들 좀 조져 주고 그들과 함께 어울리던 여자 애들한테 대시를 받은 모양이다.

'끄응. 근데 왜 열받지?'

어떤 사정이 있든 간에 이 녀석이 여자에게 인기있다는 소리를 들으니까 배알이 꼴린다. 이것이 바로 질투라는 것인가?

"근데 너, 일반인들 상대로 힘쓰고 다니는 거냐? 적당히 해라."

"저도 덤비기에 깨놓고 짱 대우만 받지 애들 조직 들어가서 설치고 그러진 않아요. 수준이 너무 달라서 못 논다고요. 자칫 실수하면 죽일 수도 있고 해서 조심하고 있어요."

"공부는 잘하고?"

"하하하! 뭐, 이제 중학생인데 성적 너무 신경 쓰는 것도 안 좋죠. 그럼요."

신우가 은근슬쩍 시선을 돌리는 것을 보니 아무래도 공부는 영 자신이 없는 모양이다.

하긴 유현처럼 마법을 비롯한 전문 분야 공부를 한 바탕이 있는 것도 아닌, 그냥 무턱대고 몸 쓰는 살인술만 배운 녀석이 일반인 공부를 따라갈 수 있을 리가 없지. 그나마 수학이나 한자 정도는 잘할 수 있겠지만 그게 한계다. 제대로 성적이 나오려면 몇 년은 제대로 공부를 해야 할 것이다.

"아, 근데 오늘은 밥 저희 집에 와서 드시지 않을래요? 한얼이 생선구이를 하고 있거든요."

"냄새가 나긴 하는군. 근데 그건 좀……."

"아, 곤란하시면 그냥 갖다드릴게요."

"아니, 그런 게 아니라 한 명이 더 있거든. 같이 가도 될까?"

"손님이 와 있었어요? 음, 뭐, 상관없죠. 무서운 사람만 아니라면."

"무서운 사람은 아니고."

"헤헤. 그럼 한얼한테 말해둘 테니까 같이 오세요."

"그래. 곧 갈게."

유현은 고개를 끄덕이고는 문을 닫았다.

그리고는 난슬의 귀를 잡고 가볍게 흔들어서 깨웠다.

"아, 아얏!"

"일어나. 밥 먹으러 가야 되니까."

"밥?"

난슬이 좌우 색깔이 다른 눈동자를 반짝이면서 벌떡 일어났다. 밥이라는 말에 째깍 반응하는 것을 보니 이 녀석, 배가 고팠던 건가? 하긴 어제도 아무것도 안 먹이고 재우긴 했다.

"그래, 밥."

"어디?"

난슬이 거실 쪽을 바라보더니 고개를 갸웃하며 물었다. 식탁이 놓인 거실에는 먹을 것은 흔적도 없었으니까.

"옆집에서 먹을 거야. 그러니까 대충 얼굴에 물이라도 한번 묻혀서 씻고 나와. 옷도 좀 바꾸고."

"응."

난슬은 고개를 끄덕이더니 갑자기 그 자리에서 빙글 한 바퀴 돌았다. 그러자 잠옷이 수수한 개량 한복으로 바뀌었다.

"이거 어때?"

"…그 옷 정말 편리하군."

"내가 직접 만들었어. 이거 어제 한복집에서 본 옷인데 괜찮아?"

"요즘 시대에 한복 입고 다니는 사람은 거의 없지만… 뭐,

상관없겠지."

유현은 개량 한복 드레스를 입고 다니는 윤성아를 떠올리며 고개를 끄덕였다. 난슬은 화장실에 들어가더니 세수를 하고 머리를 살짝 정리해서 뒤로 묶고는 뽀송뽀송해진 모습으로 콧노래를 부르며 나왔다. 별로 치장에 공을 들이는 타입은 아닌 것 같은데 원체 본바탕이 좋아서 그런지, 아니면 요괴라서 변신술로 해결하는 것인지 대번에 말끔해졌다.

"신발은 없어?"

"신어야 돼?"

"요즘 세상에 맨발로 다니는 사람은 없어. 100년 전에는 있었나?"

"아니. 없었어."

"…근데 왜 안 신고 다니는 건데?"

"원래 선인들은 신발 잘 안 신고 다녀."

"아니, 도대체 왜… 아, 천지소통(天池疏通) 때문인가?"

"알고 있네?"

난슬이 방긋 웃었다.

선인들은 원래 정수리에 위치한 백회(百會)로 하늘의 기운을 받아들이고 발바닥 중앙에 있는 용천(湧泉)으로 땅의 기를 흡수한다. 그것을 보통 천지소통이라고 하는데, 이것을 위해서 맨발로 다니는 경우가 많았다.

하지만 그건 수행 중일 때나 해당되는 이야기고 일반인들 사이로 나왔으면 좀 신고 다니란 말이다. 아니, 뭐, 어차피 요괴고 본신은 여우니까 그런 거 신경 쓰고 살진 않았겠지만.

"꼭 필요하면 신고 다닐게. 하지만 일반인들 이목은 가릴 수 있으니까 눈에 띌 염려는 없는데? 흙발이 집을 더럽히는 걸 걱정하는 거라면 그것도……."

"마음대로 해라."

유현은 고개를 절레절레 저었다. 난슬은 무슨 술법을 사용하는 건지 장시간 밖을 걸어 다녀도 맨발에 거의 흙이나 먼지가 묻지 않았고, 또 고생 하나 안 하고 귀하게 자란 아가씨처럼 발이 아주 곱다. 그러다 보니 그녀에게 꼭 신발을 신겨야 할 필요성은 느껴지지 않았다.

어쨌든 유현은 그녀를 데리고 옆집으로 향했다. 신우가 기다렸다는 듯 문을 열어주었다.

"손님은 어디… 어?"

유현의 뒤를 쫓아온 난슬을 본 신우는 딱 굳어져 버렸다. 잠시 동안 넋을 잃고 그녀의 얼굴을 바라보더니 곧 얼굴이 붉어진다.

'그래, 역시 이게 정상적인 반응이겠지?'

유현은 그의 표정을 보면서 납득이 간다는 듯 혼자서 고개를 끄덕였다.

"어, 저, 저기, 사부, 이분은……."

"당분간 우리 집에 머물 손님이야. 난슬이라고 한다."

"난슬이에요. 잘 부탁해요."

"아, 별말씀을요."

그녀가 생긋 웃으며 고개를 숙이자 신우도 덩달아서 고개를 숙였다. 이놈, 완전히 홀렸구만, 홀렸어. 하여튼 여우에 대해 말한 옛이야기들이 하나도 틀리지 않는다니까.

부엌에 있던 한얼은 난슬을 보더니 잠깐 흠칫했다. 하지만 곧 미소를 되찾고 말했다.

"귀여운 손님이시군요. 근데 어째 저보다 나이가 많으신 것 같은데?"

"뭐?"

그 말에 신우가 깜짝 놀라서 그와 난슬을 번갈아 바라보았다. 하지만 난슬은 귀엽게 웃고 있을 뿐 뭐라고 말을 하지 않았다. 결국 유현이 나서서 설명을 해야 했다.

"맞아. 우리 셋의 나이를 합친 것보다도 많아. 뭐, 어른 대접은 안 해줘도 되니까 신경 쓰지 말고."

"자, 자, 잠깐! 말도 안 돼요! 어떻게 이 얼굴에! 이 몸매로! 그렇게 나이가 많을 수가 있어요?"

신우가 무례하게도 난슬을 손가락질해 가면서 따지고 들었다. 불쌍한 녀석. 아직 세상 돌아가는 법칙을 모르는구나.

"마법사들 중에는 그런 사람 많다. 그리고 얘는 요괴선인이야. 애당초 그런 거 따질 수준이 아니지."

"말도 안 돼……."

신우는 엄청나게 낙담해서 어깨를 축 늘어뜨렸다. 좀 안쓰러워 보일 정도였지만 유현은 코웃음을 치고 있었다.

"요괴선인이라면 굉장히 귀중한 분이시군요. 저도 말로만

들었지 처음 보는데요?"

한얼의 반응은 좀 달랐다. 웃고 있기는 한데 몸이 경직된 게 한눈에 보인다. 그는 신우와는 달리 난슬이 어떤 존재인지 조금은 감지한 듯했다.

그녀가 마음만 먹으면 자신과 신우는 한순간에 살해당할 수도 있다는 것을.

사실 그 점에 있어서는 유현도 난슬과 마찬가지다. 그래도 이쪽은 나름대로 친하게 지내고 있고 자신들이 적대하지 않는 한 해치지 않을 것이라는 확신이 있다. 하지만 난슬은 그게 아니지 않은가?

"이 녀석에 대해서는 내가 보장하지. 너희들을 해칠 일은 없을 거야. 그러니까 그렇게 긴장하지 마. 안쓰럽다."

"응. 당신들이 먼저 공격하지 않으면 안 해쳐. 약속할게."

"으, 으음."

천진하게 웃으며 말하는 난슬 앞에서 한얼은 부끄럽다는 듯 머리를 긁적거렸다.

아침 식사는 삼치구이와 된장찌개였다. 물론 썰렁하게 그것만 내놓은 것은 아니고 나박김치와 시금치 무침을 비롯해 일곱 가지나 된다. 전부 집에서 직접 만든 게 분명하다는 점이 정말 신기했다. 이 인간도 철들기 전부터 연옥에서 전투원으로 자라온 것 같은데 언제 이런 요리솜씨를 갖추게 된 걸까?

그런 수수께끼의 소유자 한얼이 물었다.

"그런데 이분은 어쩌다가 유현 씨 집에서 머무르게 되신 겁니까?"

"으음, 뭐, 여러 가지 사정이 있어서. 알아서 별로 좋을 건 없는 사정."

유현은 그렇게 못 박아두었다. 육도와의 일을 알아봤자 이들에게 좋을 일은 없었다.

하지만 자신이 어쩌다 이 녀석을 데리고 있겠다는 결정을 했을까. 너무 충동적으로 일을 저지른 것 같아서 한숨이 나온다. 유현은 행복한 표정으로 밥을 먹고 있던 난슬을 보며 어젯밤의 일을 떠올렸다.

"지금 사람을 해치고 있는 건 흑호(黑狐)들이야. 나랑 같이 갇혀 있었어."

"들? 하나가 아닌가?"

"응. 엄청 많아. 팔미호가 수괴고 나머지는 그 애의 수족이나 같아."

"팔미호면 꼬리 여덟 개짜리 여우 말하는 거지?"

"응. 나처럼 갑자기 구미호가 된 경우가 아니라서 사람을 해치고 간을 파먹어서 꼬리를 늘리려고 했어."

"갑자기 구미호가 된 경우?"

"응. 난 어느 날 자고 일어나니까 구미호가 되어 있었는걸."

세계를 타고 흐르는 영맥이 뒤틀어지면서 요기가 발생하고, 그 힘이 요괴를 만들어낸다. 대규모의 뒤틀림 속에서 단숨에 대요괴가 탄생하는가 하면 그 여파만으로 태어난 수많은 요괴도 있었다. 아무래도 난슬은 살아온 시간과는 상관없이 대요괴가 된 경우인 것 같았다. 인간 식으로 말하자면 인생역전이라고도 할까?

거기에 선연(仙緣)이 닿아서 요괴선인까지 되었으니 정말 제대로 대박 터뜨린 경우라고 할 수 있겠다. 뭐, 비교적 최근에(?) 한번 삐끗해서 100년간 봉인되어 있었던 게 뼈아프긴 하지만.

"근데 왜 너랑 같이 봉인됐는데?"

"나랑 싸우다가."

"아니, 뭐, 그것까진 알겠는데… 네가 봉인될 이유는 없잖아?"

"팔미호가 흑호들과 함께 나를 덮쳐서 먹으려고 했거든. 그래서 둘이 싸웠는데 내가 요기를 선기로 제어할 경황이 없어서 요괴들끼리 격전을 치르는 걸로 보였나 봐. 둘이 싸우는 동안 주변이 주술사들한테 포위당해서 손쓸 도리도 없이 그냥 봉인당했어. 법력 높은 스님이 한 분 계셨는데 그분이 외는 진언 때문에 손쓸 도리 없이 당한 거야."

"그리고 100년이나 그러고 있었단 말야? 정말 바보 같군."

그 스님과 주술사 일파는 완전히 어부지리를 얻은 셈이다. 두 대요괴가 서로와 싸우느라 정신없지 않았다면 그리 쉽게 봉인하지는 못했을 테니까.

"바, 바보 아냐!"

"그걸 바보라고 안 하면 뭘 바보라고 하나?"

유현은 어깨를 으쓱하며 말한 다음 그녀가 또 울컥해서 소리를 지르기 전에 손을 들어서 제지했다.

"뭐, 대충 사정은 알았다. 그럼 너는 그 팔미호와 부하들을 피해서 달아나고 있었던 거냐?"

"아닌데?"

"…그럼?"

"잡아서 족치고 있었어. 내가 결계 공간에서 완전히 풀려난 게 팔미호보다 늦었거든. 그래서 흑호들을 잡으면서 팔미호를 찾아다녔어."

"즉, 너는 그 팔미호와 부하들을 잡아서 없애려고 돌아다녔는데, 그러다 보니까 그들의 살해 현장에 오게 되었고, 바로 그 순간 저 사람들한테 딱 걸렸다?"

"응."

난슬은 열심히 고개를 끄덕였다.

유현은 그녀를 잠시 미심쩍다는 듯이 바라보다가 신아연에게로 시선을 돌렸다.

"그렇다는데?"

"그래서 어쩌라고? 그냥 놔주라고?"

예상대로 신아연은 코웃음을 쳤다. 요괴의 말을 곧이곧대로 믿고 놔주는 것은 있을 수 없는 일이다.

유현도 그 사실을 잘 알고 있었기 때문에 다른 카드를 꺼내 들었다.

"내가 제안을 하나 하고 싶은데."

"제안?"

"진범이 밝혀질 때까지 내가 그녀의 신변을 보호하고 감시하지. 그러니까 여기서는 일단 물러나 주지 않겠어?"

"만약 그녀가 너를 죽이고 도주한다면?"

"내가 죽은 뒤의 일까지는 어쩔 수 없지. 하지만 만약 그녀가 도주한다면, 그리고 그때 내가 죽지 않는다면 당신들을 도와서 끝장을 볼 것을 약속하지."

"하지만 당신의 감시가 완전할 거라고 어떻게 믿을 수 있죠?"

신아연이 턱을 괴며 생각에 잠기려 할 때, 진선희가 나서서 날이 잔뜩 선 태도로 물었다. 유현은 어깨를 으쓱했다.

"물론 그쪽이 이쪽을 감시하든 뭘 하든 상관하지 않겠어. 다소의 스토킹은 용인하겠다는 뜻이야. 다만 그녀의 말을 믿든 안 믿든 간에 이미 당신들만으로 해결할 수 있는 문제가 아니야. 적어도 수라 급 팀이 와야만 해결할 수 있는 문제지. 만약 그녀가 진짜 범인이라서 진심으로 손을 쓰기 시작할 경우 당신들이 막아낼 수 있나?"

유현은 객관적으로 전력을 분석하고 말했다. 만약 난슬이 살의를 갖고 손을 쓰기 시작한다면 이들은 확실히 전멸할 것이다.

물론 신아연이나 진선희는 도주하는 것 정도는 가능할지도 모르지. 하지만 한번 폭발한 대요괴를 두고 도주할 경우 민간에 미치는 피해는 생각하기도 싫은 수준이 된다.

"확실히 네 말이 맞아. 우리의 전력으론 그녀를 막을 수 없지."

신아연은 고개를 끄덕이더니 청룡언월도를 빙글 돌려 등에 붙이고 다가왔다. 동시에 그녀의 기세가 폭발적으로 확장되어서 유현의 감각을 침범하기 시작한다.

"네 제안은 받아들이겠다. 하지만 그전에 네가 그 제안을 할 자격이 있는지 시험해 봐야겠어."

"지금까지 보여준 것만으론 부족한가?"

"부족해. 내 일격을 받아봐."

거리는 7미터. 그녀는 느긋하게 걸어오고 있었다. 숨을 한 번 쉴 때마다 공격 거리가 점점 가까워진다.

"좋아."

유현은 씩 웃으며 그녀의 제안을 받아들였다. 동시에 그녀의 몸놀림이 마치 비디오를 빨리 감기한 것처럼 확 빨라졌다.

콰창!

다음 순간 유현과 그녀의 위치가 바뀌었다.

그녀가 달려드는 그 순간 유현은 왼팔을 들어 올렸다. 3미터 밖에서부터 엄청난 속도로 가속하며 날아드는 언월도를 장갑으로 쳐올린다. 누가 봐도 장갑이 썩둑 잘려 나갈 것 같은 장면이었지만 결과는 전혀 달랐다. 언월도가 비스듬히 튕겨 나갔다.

그리고 그 기세를 타고 몸을 회전, 초고속으로 위치를 바꾸면서 그녀의 품으로 파고들어 갔다. 동시에 놀고 있던 오른손이 날카로운 섬광을 발하며 허공을 가른다. 신아연은 그것을 피하면서 집채라도 날려 버릴 듯 어마어마한 오른발 돌려차기를 날렸고, 유현은 그것을 피해 옆으로 몸을 날렸다.

두 사람은 뒤바뀐 위치에서 서로를 바라보며 미소 지었다.

"흠."

신아연은 손을 들어 볼을 쓰다듬었다. 그녀의 볼이 가늘게 찢어져서 피가 흐르고 있었다.

"생색낼 정도의 실력은 있군."

한순간에 그녀의 공격권 밖으로 벗어난 유현은 씩 웃었다. 그의 옆구리 쪽도 찢어져서 살짝 피가 흐르고 있었다. 그녀가 발차기를 날리는 순간 뭔가 비술이 발동하면서 공기가 파열, 충분히 여유를 두고 피했는데도 불구하고 상처를 입었던 것이다.

'쳇. 장비를 갖춰 입었으면 확연히 우위를 점했을 텐데… 격투전에서는 내가 약간 밀리는군. 젠장.'

유현은 그녀가 어느 정도 사정을 봐줬다는 사실을 알아차렸다. 하늘의 왼손을 발동한 지금 총체적인 전투력에서는 그녀를 누를 자신이 있었지만 격투전에서는 확실히 밀린다. 그녀는 청룡언월도의 간격을 침범당했을 때 숨기고 있던 단창과 칼을 쓰지 않았다. 그걸 썼다면 유현은 성과없이 격퇴당했을 가능성이 높았다.

뭐, 좋다. 자신이 그녀보다 못한 부분이 있다는 점을 인정하겠지만 그것은 현재 시점에서뿐이다. 곧 그녀를 완전무결하게 능가하고 말겠다.

유현이 그렇게 의기강체술을 이용, 옆구리의 상처를 지혈하고 있을 때 그녀가 청룡언월도를 거두며 입을 열었다.

"하나만 묻자."

"뭐지?"

"넌 왜 그 요괴를 감싸고돌지? 너도 육도의 사람이었으면 요괴의 억울함 따위 아무런 상관도 없다는 것 알고 있을 텐데."

"그야 이 녀석은 요괴선인이잖아. 요괴선인은 연옥의 협약에 따라 요괴와는 다른 개체로 권리를 보장받을 수 있어. 일단은 우리 편에 가깝다는 말이지. 뭐, 이 엿 먹을 세상이니까 그것과는 별개로 서로 죽고 죽이는 일이 얼마든지 일어나겠지만."

유현은 그렇게 말했지만 스스로도 그게 진실이 아니라는 사실은 알고 있었다. 자신이 난슬을 구하려는 이유는 아직 잘 모르겠다. 다만 그녀가 자신에게 던져 준 혼돈을 그냥 놓쳐서는 안 된다는 느낌이 들었다.

"좋아. 네 제안을 받아들이지. 대신 우리 쪽에 연락 창구를 마련해 주고 진범 요괴를 잡는 일에 협력해. 그러면 이쪽에서도 그 구미호… 아니, 요괴선인이랬나?"

"응, 선인이야."

난슬은 그 말을 기다렸다는 듯 고개를 끄덕이며 요기를 거두어들였다. 하늘로 뻗어 올랐던 아홉 개의 빛줄기가 그녀의 몸으로 수렴되면서 요기의 파장이 씻은 듯이 사라진다. 대신 편안한 느낌을 주는 선기가 그녀의 몸을 감싸고 흐르기 시작했다.

"정말인 것 같군. 그럼 저 요괴선인의 신변을 보장하지."

"지원은 요청하지 않을 생각인가?"

"아직 표적이 명확하지 않은데 지원을 요청할 수는 없어. 팔미호와 흑호의 존재가 정식으로 확인되면 그때 지원을 부르겠다."

"좋아. 그럼 일단 이 녀석은 내가 데려가겠어. 결계를 풀어."

"알겠어."

신아연은 진선희에게 눈짓을 주었다. 진선희는 굉장히 못마땅한 기색으로 유현을 쏘아보았지만 명령에 따르지 않을 수도 없었다. 결국 그녀는 눈을 감고 마력을 운용해서 결계를 풀어 나가기 시작했다. 일단 난슬을 둘러싼 포박형 결계부터.

"아, 없어졌다."

난슬은 결계가 사라진 게 신기하다는 듯 그 자리를 맨발로 쓸어보았다. 하지만 이미 결계를 구성했던 마력만이 흩어져 가고 있을 뿐이다.

그리고 순차적으로 결계들이 풀려 나가기 시작했다.

그렇게 해서 난슬의 신병은 당분간 유현이 맡게 되었다. 스스로도 좀 경솔하게 일을 맡은 게 아닐까 싶기도 하지만 어차피 막나가는 인생, 뭔가 귀중한 가치를 발견할 수 있을 것 같은 예감을 피해 도망간다면 무슨 의미가 있을까? 유현은 자신의 결정을 후회하지 않았다.

세상에 이보다 더 행복한 일이 있을 수 있냐는 듯 밥그릇을 비운 난슬을 본 유현이 말했다.

"뭐, 어쨌든 당분간 이 녀석 몫까지 아침하고 저녁을 부탁하고 싶은데. 너무 신세지는 것 같으니까 대신 당신이 어제 말한 건 받아들일게."

"아, 그래 주신다면 저야 얼마든지. 앞으로는 좀 더 신경을 쓰죠."

"한얼, 뭔데? 무슨 이야기야?"

옆에서 신우가 눈을 동그랗게 뜨고 물었다.

"유현 씨가 도련님을 지도해 주신답니다."

"어, 정말?"

신우는 눈이 휘둥그레져서 유현을 바라보았다.

"정말이에요, 사부님?"

유현은 신우가 너무 좋아하자 왠지 심술을 부리고 싶은 느낌이 들었지만 유치하다는 생각이 들어서 그만두기로 했다.

"그래. 하지만 맨투맨 지도나 이런 건 바라지 말고. 난 어디까지나 트레이닝 스케줄을 짜주고 상태를 교정해 주는 정도로만 할 거야. 그걸 제대로 소화하는 건 네 몫이고."

"훗훗. 제자, 사부의 말씀이라면 지옥 불에라도 뛰어들 각오가 되어 있습니다. 얼마든지 시켜주시죠."

"그럼 오늘은 훈련장에 들어가서 예전에 만났던 요괴들하고 싸우는 것부터 시작할까?"

"…아, 아니, 그건 좀……."

유현이 장난스럽게 묻자 신우는 대번에 기가 죽었다. 그 요괴들과의 싸움은 정말로 다시 떠올리기 싫을 정도로 괴로운 것이었다. 아니, 정확히는 싸움이라고도 할 수 없다. 그냥 일방적으로 괴롭힘당한 것뿐이지.

"학교 다녀와서 우리 집으로 와. 난 오늘 학교 안 가니까."

"어? 무단결석이에요?"

"학교 갈 팔자가 아니라서 그렇다. 넌 학교 제대로 다녀와. 땡땡이치거나 하면 오늘이 좀 힘들 거다."

유현은 그렇게 말하고는 난슬을 데리고 집으로 돌아갔다. 신우는 신이 나서 말했다.

"앗싸! 드디어 됐다!"

"으음. 솔직히 좀 걱정됩니다만 도련님이라면 잘해내시겠죠?"

한얼은 쓴웃음을 지으며 그릇을 치우기 시작했다.

2

유현이 학교를 빠진 것은 당연한 수순이었다. 고작해야 학교를 간다는 이유로 난슬을 보호, 감시하겠다고 한 의무를 내팽개칠 수는 없는 노릇 아닌가?

뭐, 요즘은 일만 생기면 학교를 빠지다 보니까 이제 딱히 거부감이 들지도 않았다. 나중에 핑곗거리를 만드는 게 문제지만 그런 것은 브로커에게 의뢰하면 얼마든지 해결된다.

'나참, 건전한 학생하고는 이미 아득하게 거리가 멀어졌군.'

유현은 그렇게 생각하면서 TV를 켰다. 혹시 안산에서 벌어진 사건에 대해서 나오는 게 없는가 해서였다. 연옥의 통제가 있다고 하더라도 실종이나 살인 그 자체에 대해서는 언급이 되게 마련이다.

하지만 뉴스를 다 봐도 별다른 이야기는 없었다. 실종자에 대한 것도 아직까지는 망혼에서만 주술적인 방법으로 파악하고 있는 정도인 것 같다.

'음?'

문득 유현은 난슬이 TV 화면에 무섭게 집중하고 있다는 사실을 알아차렸다. 다소곳하게 정좌한 채 TV를 보는 그녀는 자칫하다간 화면 속으로 빨려들어 갈 것처럼 몰입한 눈치였다. 막 뉴스가 끝나고 시시껄렁한 광고들이 나오고 있을 뿐인데도 눈 한번 깜짝하지 않고 거기에 몰입하고 있었다.

유현이 시험 삼아 채널을 돌리자 화들짝 놀라면서 이쪽을 바라본다.

"어, 다, 다른 거 볼 거야?"

"보고 싶은 거 있어?"

"그, 그런 건 아니지만……."

"보고 싶은 거 있으면 봐. 난 어차피 TV 잘 안 보니까."

"지, 진짜 그래도 돼?"

"응. 나 방에 있을 테니까 필요한 거 있으면 불러."

유현은 그녀에게 리모컨을 건네주고는 방으로 들어갔다. 100년씩이나 갇혀 있었다고 하니 저 반응도 이해는 간다. 봉인에서 풀려난 후에 TV라는 물건을 처음 봤을 테니 보통 신기한 게 아니었을 테지.

하지만 보면 볼수록 그녀가 정신연령이 어려 보이는 것과는 달리 무섭도록 지능이 높다는 사실을 알 수 있었다. 100년 전과 지금은 언어부터 시작해서 문자까지 많은 것이 달라졌는데도 그녀는 딱히 적응하는 데 어려움을 느끼지 않는 것 같다. 자기가 알고 있는 것과 다른 현상을 만났을 때 놀라서 허둥대기보다는 냉정하게 바라본 다음 이성적으로 분석해서 파악할 수 있다는 것이 그것을 증명한다.

'인간과 동일선상에서 생각하는 건 무리겠지만… 적어도 인간의 지혜로 속여넘겨서 이용해 먹을 수 있는 요괴는 아닌 것 같군.'

하긴 옛이야기를 봐도 구미호의 영악함은 정평이 나 있다. 여우가 음모의 대명사로 쓰일 정도면 이미 말 다 했다고 봐야겠지.

그래서 아직도 난슬의 진짜 성격이 어떤지 파악이 안 된다. 보고 느끼는 것을 곧이곧대로 믿기에는 의심할 근거가 너무 많은 것이다.

물론 어느 정도는 믿고 싶은 마음이 있었다. 그녀가 보여준 천진함과 맹목적인 선의, 자신이 살아온 세계의 법칙에서 어긋나는 그 행동이 진심이었다고 그렇게 믿고 싶었다.

'웃기는군.'

이제 와서 이런 생각을 하게 되다니 정말 우스운 일이다. 어디선가 구원의 빛이 내려와 더럽혀진 영혼을 씻어주기라도 기대하는 건가?

이미 늦었다. 선량한 세상이 종말을 고한 것은 한참 전이다. 지금 와서 용서와 구원을 원한다면 그거야말로 구역질나는 일이지.

그걸 잘 알고 있으면서도 그녀에게 기대하게 되는 것은 왜일까? 아직까지 마음 한구석에 남은 미련인가, 아니면 단순한 나약함일 뿐인가?

어느 쪽이든 상관은 없었다. 유현은 이미 자신의 앞에 다가온 상냥한 혼돈을 선택해 버렸으니까.

"저기······."

유현이 방 안에서 컴퓨터를 켜고 이메일을 살펴보고 있을 때 난슬이 슬그머니 들어왔다. 유현이 무슨 일이냐는 듯 바라보자 방바닥에 앉으면서 묻는다.

"저거 있잖아, TV라는 거."

"텔레비전이라고도 하지. 왜?"

"저건 어떤 원리로 저렇게 사람들이 나오는 거야? 처음에는 천리안 같은 것인 줄 알았는데 뭔가 딱딱 정해져서 미리 만든 풍물패의 놀이 같은 것만 보여주는 것 같아."

"풍물패의 놀이… 라니 보통 연극하고 비교해야 하지 않나?"

"연극?"

난슬이 눈을 휘둥그레 떴다. 연극이 도대체 뭐냐고 묻는 듯한 시선에 유현은 당혹감을 느꼈다. 이 녀석, 어째서 연극을 모르지?

"100년 전에는 연극이 없었나?"

"그게 뭔데? 중국 경극하고 비슷한 거야?"

유현은 의아함을 느끼며 인터넷 검색창에다가 연극의 역사를 쳐보았다. 그리고 뒤에서 호기심 가득한 눈으로 모니터를 들여다보는 난슬을 무시하고 검색 결과를 보니 확실히 난슬이 봉인된 시기에는 이제 막 한국 최초의 연극이라고 할 수 있는 작품이 상연되었거나 아니면 아예 연극 자체가 한국에 존재하지 않았다.

'새로운 사실을 알았군.'

뭔가 굉장히 학생다운 일을 한 것 같은 기분이다. 유현은 고개를 끄덕이며 웹브라우저를 닫았다. 그러자 난슬이 눈을 반짝이면서 물었다.

"이건 뭐야? 질문 넣으면 나오는 마법 상자야?"

"컴퓨터도… 음, 당연히 모르겠군."

100년 전에는 컴퓨터의 C자도 나오지 않았던 시대다. 뭐, 이 시대에 나와서 보기야 했겠지만 그게 뭔지까지 파악하진 못했겠지.

"근데 너 도서관에 가서 역사책을 봤다고 하지 않았나? 그럼 도서관 시설 중에도 컴퓨터가 있었을 텐데?"

"그때는 거기 직원한테 환술을 걸어서 내가 필요한 책을 찾아달라고 했거든. 그리고 그 사람한테 일반 상식도 좀 들었어."

"환술?"

유현이 이해하기로는 주술을 이용해서 인간의 정신을 제압하고 조종, 책을 찾기 위한 노동력으로 부려먹은 다음 심층 의식에 접속해서 지식까지 빼냈다는 소리로 들렸다. 유현도 종종 하는 짓이라서 그렇게 큰 거부감은 없었지만 난슬은 화들짝 놀라며 해명했다.

"하, 하지만 정신을 직접 엿본 것은 아니야. 그냥 암시를 걸어서 내가 필요한 일반 상식만 말로 설명해 달라고 했을 뿐이고, 대신에 정기를 보충해 줘서 건강 문제를 해결해 줬어!"

"아니, 뭐, 큰 피해를 주지만 않았으면 문제될 건 아니지. 나도 종종 하는 짓이고."

유현은 난슬이 너무 당황하자 피식 웃으면서 안심시켰다. 그런 일로 정기를 보충해 주는 짓까지 하다니 사람한테 은혜를 입으면 정말 착실하게 보답하는 것을 신조로 삼나 보다.

"음, 어쨌든 이건 컴퓨터라는 건데, 여러 가지 일을 할 수 있는 기계지."

"어떤 일을 할 수 있는데?"

"예를 들면, 네가 보던 TV 영상 같은 것도 볼 수 있고, 이렇게 음악도 들을 수 있고……."

그렇게 말하면서 MP3 파일 하나를 재생시키자 난슬이 화들짝 놀라서 뒤로 물러났다.

"노, 노, 노래가 나와!"

"응. 이런 것도 할 수 있고 게임도 할 수 있고. 그 외에는 아까 본대로 인터넷에 접속해서 웹서핑을 하거나……."

"인터넷이 뭔데? 웹서핑은 뭐고?"

"끄응. 기본적인 것부터 다 설명해 줘야 하나?"

아무래도 요즘 시대 문명에 대한 개념 자체가 부족하다 보니 설명하기가 애매하다. 차라리 직접 다루는 법을 알려줘서 직관적으로 어떤 물건인지 이해시킨 다음에 설명을 들려주는 편이 쉽지.

"일단 그럼 TV에 대한 이야기부터 해보자."

유현은 다시 웹브라우저를 열고 TV의 역사나 개념에 대한 자료들을 찾았다. 그리고 그것을 바탕으로 난슬에게 TV와 컴퓨터에 대한 것을 가르쳤다.

그리고 그 일이 끝났을 때는 이미 점심때가 지나 있었다.

"헉헉! 아, 앞으로 교사들을 존경하겠어."

유현은 진이 빠져서 중얼거렸다.

자기가 당연하게 여기고 있는 것을 다른 사람에게 설명해서 가르치는 것은 정말 쉬운 일이 아니었다. 어째서 이런 것도 모르는 거냐!

아니, 머리로는 왜 그런지 알고 있지만 짜증이 울컥울컥 치솟는다. 애당초 TV부터 시작해서 방송국, 드라마 스튜디오나 배우, 가수 등등에 이르기까지 하나도 아는 게 없어서 그걸 하나부터 열까지 다 설명하려면 녹다운되는 게 당연하지.

그래도 난슬은 굉장히 우수한 학생이었다. 그나마 예전부터 특수한 능력을 사용하던 존재였기 때문에 전파 수신 등의 개념을 감응 능력 등에 빗대어 쉽게 이해한데다가 그 외의 부분에서도 굉장한 이해력을 보였다. 확실히 인간과 비교해도 지능이 훨씬 높다는 느낌인데……

"굉장해. 겨우 100년 동안 인간 세상은 엄청나게 변했구나."

난슬은 눈을 반짝반짝 빛내며 감탄했다.

"그야 지금 이 도시만 봐도 감이 오지 않아?"

"웅! 너무 많이 변해서 별천지에 온 줄 알았어. 내가 봉인되기 직전에도 서구 문물을 받아들인다 뭐다 해서 빠르게 변해 가는 시기였는데 그때부터 변화가 엄청나게 가속된 모양이네. 이제 다들 훈민정음을 당연하다는 듯이 쓰고 있고. 문법이나 어법은 많이 바뀌었지만."

"훈민정음… 지금은 한글이라고 하지."

"그건 알아. 역사책 뒤져 보니 내가 봉인된 뒤부터 그렇게 부르는 게 일반화되었다고 쓰여 있었어."

"한글이라는 명칭도 100년이 채 안 됐다는 건가? 정말 시대적인 거리감이 느껴지는군."

"100년 사이의 변화에 대해서 알고 싶어. 궁금한 게 엄청 많아!"

"…그걸 나한테 다 가르쳐 달라고 하는 것만은 제발 그만둬라."

유현은 지난 몇 시간 동안 실로 오랜만에 정신력의 한계라는 것을 체험했기 때문에 그녀의 학구열에 응해줄 자신이 없었다. 하지만 난슬은 대번에 시무룩해졌다.

"하지만 따로 배울 사람이 없는걸."

"나중에 도서관에라도 가보든지. 아니면 내가 노트북을 빌려줄 테니까 인터넷을 통해서 자료를 찾아봐."

"노트북?"

"이런 거야."

유현은 딱히 신경 써야 할 자료가 들어 있지 않은 노트북을 들어서 그녀에게 건네주었다. 14인치 노트북이라 여성이라면 들고 무거워할 법도 하건만 요괴선인은 그녀는 전혀 그런 기색 없이 이리 보고 저리 보면서 고개를 갸웃할 뿐이다.

"휴대용 컴퓨터야. 성능은 조금 떨어지지만 기능 자체는 똑같지."

유현은 노트북을 열고는 기본적인 사용 방법을 알려주었다. 이미 인터넷이 무엇인지, 그리고 어떻게 사용하는 것인지는 알려주었기 때문에 남은 것은 익숙해지는 것뿐이었다.

난슬은 설명을 다 듣고서도 컴퓨터의 존재가 너무나도 신기한지 미지의 생물을 다루는 듯 눈을 반짝이고 있었다. 일단 타자를 가르쳐 주긴 했는데 버튼을 하나씩 하나씩 조심스레 누르는 것이 100타 넘으려면 굉장히 오랜 시간이 필요하겠다 싶다.

'당분간 심심해하진 않을 테니 잘됐군.'

유현은 그렇게 생각하면서 핸드폰을 들고 중국집 전화번호를 눌렀다. 낮 시간에는 한얼이 아르바이트를 나가 있기 때문에 점심은 중국 요리로 해결할 생각이었다.

*   *   *

신아연은 고층 아파트 난간에 걸터앉은 채 안산을 내려다보고 있었다. 누가 뒤에서 밀기라도 하면 인생이 끝장날 것 같은 높이지만 그녀는 태연히 담배를 피우면서 도시의 풍경을 즐겼다.

"왜 꼭 이런 데 계시는 거예요? 올라오기 힘들게."

약간 토라진 기색으로 물은 것은 진선희였다. 신아연은 피식 웃으며 그녀를 돌아보았다.

"높은 데서 보면 도시의 영적 흐름을 관찰하기가 용이하니까. 갔던 일은 어떻게 됐지?"

"정보는 얻었습니다."

"그럼 저것들에 대해서는 다 알았다는 소리겠지?"

신아연은 도시 여기저기에 퍼져서 수색 작업을 하고 있는 인간들을 보면서 말했다. 일반인의 눈에 띄지 않는 골목으로만 이동하고 있는 그들은 같은 조직 소속이라는 것을 티내듯 동일한, 그리고 강한 영적 파동을 발하고 있었다.

"이 지역의 맹주인 망혼이라는 조직인데 어젯밤부터 본격적으로 움직이기 시작했어요. 목적은 아마 우리하고 같은 것으로 추측됩니다."

"골치 아프네. 허접한 것들이 끼면 괜히 귀찮아지는데."

신아연은 주저없이 망혼을 '허접한 것들'이라고 단정 지었다. 윤성아가 들었다면 버럭 화를 냈을 폭언이다.

사실 육도의 수라 급 에이전트인 그녀가 보기에 눈에 차는 조직은 대한민국에는 거의 없다고 봐야 했다. 예를 들면, 이번에 조력자로 구했던 남자도 그럭저럭 쓸 만하다고 생각해서 고용한 거지 정말로 기준에 합당했던 것은 아니다.

"그런 것치고는 영력이 보통이 아닌데요? 적어도 조직의 졸(卒)들이 가지기에는 과분한 힘이에요."

"그게 의아하단 말이지. 역사도 있고 제법 힘도 있는 조직 같기는 한데… 대요괴 발생이 십수 년에 한 번 있을까 말까 한 안산 같은 도시의 맹주래 봤자 별 볼일 없는 게 당연하잖아. 근데 그런 것치고는 지금 저 인원들의 영력이 제법이야. 말단이 저 정도라면 간부급은 제법 하겠는데?"

"차라리 저들과 협력하는 건 어떨까요? 일단 이 지역의 문제니까 저들을 완전히 무시하는 것도 괜히 문제만 일으키게 될 것 같고."

"맞아. 그래서 생각 중이야."

신아연은 다 피운 담배를 버리고는 새로 담배 한 개비를 입에 물었다. 그 앞에 대고 손가락을 한 번 딱 튕기자 자동으로 불이 붙어서 타들어가기 시작한다.

"윗선에 보고는 넣으셨나요?"

"응."

"뭐라고 해요?"

"내 맘대로 하라는데. 지금 확실하지도 않은 문제에 신경 쓸 여력 없으니까 알아서 하라는 식이야."

"너무 무책임한 거 아니에요? 이미 대요괴를 발견했는데?"

"요괴선인이라고 주장하고 있는데다 증거까지 보였으니 문제지. 일단 조직의 예지능력자들은 이쪽에 이 이상 능력을 할애할 수 없다고 해. 아무래도 더 큰 문제가 생긴 모양인데."

"더 큰 일이라고요?"

"말하는 뉘앙스가 그래. 현재 나한테 들어와 있는 정보로는 대요괴 출현 건이 다섯 건인데 고작 이 정도로는 힘들다고 할 수도 없는 수준이지. 천기가 혼란스러울 때는 두 자릿수가 되는 경우도 흔하니까. 분명히 아직 우리 같은 말단에게는 공개할 수 없는 수준의 사건이 일어나고 있는 거야."

"대요괴 출현보다 더 심각한 일이라는 게 있나요?"

축생 계급이고 아직 경험이 많지 않은 진선희는 대요괴 출현보다 더 심각한 일이라는 것을 상상하기 어려웠다. 대요괴는 육도가 나서서 막지 않으면 능히 하룻밤에 수백 명의 사람을 학살할 수 있는 존재가 아닌가?

"가끔 일어나지. 예를 들면, 디스트로이어, 데스트레자와 휴전선에서 발견된 회귀종을 두고 다툰다든지……."

"그런 일도 있었어요?"

"7년 전에. 내가 아직 축생 급이었을 때의 일이지. 그땐 정말 죽을 뻔했는데……."

신아연은 쓴웃음을 지었다.

"사실 대요괴 처리는 큰일 같지만 큰일은 아니야. 너무 일상적으로 일어나는 일이니까. 국내에서만도 1년에 꼭 일고여덟 건은 벌어지고 있으니 위기감이 부족하지. 특히 수라 급 에이전트라면 전부 대요괴 상대 전력을 진력이 나도록 갖고 있어서 그게 육도가 여력이 없어지는 사태까지 갈 이유가 되리란 생각인 전혀 안 들어."

"하지만 대요괴라고 해도 급수가 나뉘잖아요?"

"그렇지. 어제 만난 구미호 정도면 급수가 높은 편이고. 사실… 그 녀석이 중재해 주지 않았다면 우리만으론 막을 수 없었을 가능성이 커."

"솔직히 막을 수 없었죠. 마음에는 안 들지만."

"아니, 막을 수 있었을 가능성도 있어. 대신 해치우는 게 아니라 하염없이 시간만 끌고 있는 상황이 됐겠지. 그쪽에서 사정을 봐주고 있었으니까. 그걸 생각하면 녀석의 말대로 그 구미호는 범인이 아닐 가능성이 커. 거기까지 몰아넣었는데도 사정을 봐주면서 우리한테 상처 하나 안 입히고 있었다는 건… 사람을 해치기 시작한 요괴가 할 수 있는 일이 아니야."

"그래서 물러나신 건가요?"

그렇게 묻는 진선희의 목소리가 약간 날카로워졌다. 신아연은 피식 웃으며 그녀를 돌아보았다.

"그 녀석이 그렇게 마음에 안 들어?"

"……"

"전투원이 결계 전문 마법사인 네 결계를 깨고 들어온 게 자존심을 건드렸다는 건 알겠는데… 네가 잊지 말았으면 하는 게 있어."

"…뭐죠?"

"우린 프로야. 감정에 휘둘려서 임무를 수행하지 못한다면 그건 자격상실이지."

간단한 논리였다. 조직의 수족인 그들이 절대적으로 지켜야만 하는 명제.

임무는 개인의 사정보다 우선한다.

그들은 효율적으로 임무를 수행하기만 하면 된다. 그들의 인간적인 가치 따윈 그다음이다. 어차피 그들이 죽어간다 한들 조직의 재산이 줄어드는 것일 뿐 인간적으로 슬퍼해 줄 사람 따윈 없었다.

"그리고 그 시점에서는 그렇게 하는 게 최적의 선택이었다. 진유현은 협력자로 두는 게 좋아. 여기서는 구할 수 없는 수준의 능력자니까."

"높게 평가하시는군요."

"이상한 일이지. 처음 만났을 때하고 두 번째 만났을 때의 인상이 많이 달랐어. 능력도 많이 달라진 것 같아."

"고작 몇 시간이 지났을 뿐인데요?"

"그래. 두 번째 만났을 때는 명백히 수라의 이름이 어울리는 능력자가 되어 있었어."

신아연은 재미있다는 듯 웃었다.

진유현.

고작해야 축생 계급에서 수라 계급으로 막 올라오려고 했던, 그것마저 뿌리치고 조직에서 나가 버렸던 애송이.

그리고 나서 지금껏 최전선에서 물러나 있었다면 그 실력은 퇴보했어야 할 것이다. 그게 정상이었다.

하지만 그녀가 파악한 진유현의 기량은 그 정도가 아니었다. 아무런 장비도 갖추지 않은 주제에 그녀와 대등하게 맞서다니. 만약 그가 작정하고 덤빈다면 승패를 장담할 수 없을 것이다.

'재미있어.'

이번 일을 무사히 끝마치고 돌아가게 되면 그에 대해서 자세히 알아봐야겠다. 신아연은 그렇게 생각하면서 하나의 결정을 내렸다.

3

학교에서 돌아온 신우는 콧노래를 부르면서 유현의 집 벨을 눌렀다. 드디어 그에게서 지도를 받을 수 있다. 여태까지 놀던 변두리가 아닌 진짜 수라도의 중심을 살아가는 존재의 가르침을 받을 수 있다는 것은 정말로 흥분되는 일이었다.

기왕 이렇게 살 거면 대단한 존재가 되자. 자염의 몰락을 지켜보면서 신우는 그렇게 마음먹었고 유헌의 가르침을 받는 것은 그 제일보라고 할 수 있었다.

"어, 빨리 왔군. 땡땡이친 거 아니야?"

"아니에요."

"들어와."

신우는 조심스럽게 집 안으로 들어왔다. 여태까지 밥을 갖다 준 적은 많았어도 집 안쪽까지 들어온 것은 처음이었다. 집안 구석구석에서 뭔가 감각을 자극하는 이상한 파장이 느껴진다. 아마도 마법의 힘이리라.

거실에는 난슬이 앉아서 노트북을 진지하게 들여다보고 있었다. 두 손가락으로 더듬더듬 키보드를 두드리고 있었는데, 마치 컴퓨터를 처음 만져 보는 노인이 하는 것처럼 서투르기 짝이 없다.

"쟤는 신경 쓰지 말고 잠깐 앉아서 기다려."

유헌은 그렇게 말하고는 방으로 들어가더니 뭔가를 들고 나왔다. 작은 피라미드 형태의 투명한 파란색 구조물 여섯 개와 주먹만 한 정령석이었다.

"자, 일단 가상 대련을 해보자."

"가상 대련……?"

생소한 용어에 신우가 고개를 갸웃했다. 유헌이 주변에 푸른 피라미드를 늘어놓으면서 물었다.

"내가 네 실력도 확실히 파악하지 못하고 지도 방침을 내놓을 수 있겠냐?"

"그야 어렵겠죠."

"그러니까 그것부터 알아봐야지. 하지만 유감스럽게도 내가 오늘은 훈련장에 갈 수가 없고 집 안에서 너랑 치고받는다는 것도 어불성설. 그러니까 가상 대련을 한다."

"그 가상 대련이 뭔데요?"

"말 그대로 가상으로 대련을 하는 거지. 마법의 힘을 빌려서 결계를 치고 심상 공간을 만들어서 거기서 대련하는 거야."

"헤에, 재미난 거 하네?"

그때 난슬이 불쑥 끼어들었다. 유현이 눈살을 찌푸렸다.

"넌 노트북이나 갖고 놀고 있어."

"타자가 너무 느려서 좀 쉬고 싶어. 다른 일 할래. 나도 이거 도와주면 안 돼?"

"뭘 하는지는 아냐?"

"결계로 심상 공간 만든다면서? 나 할 수 있는데, 내가 해주면 안 돼? 너는 정령석 안 쓰면 못하는 것 같은데, 정령석 비싸잖아?"

살짝 유현의 자존심을 긁어놓는 난슬이었다. 확실히 유현은 결계를 형성하기 위한 도구와 정령석이 없으면 심상 공간을 만드는 게 무리였다.

그리고 선인은 원래 결계술의 스페셜리스트다. 옛날이야기 중에 신선들이 바둑 두는 것을 구경하고 있다 보니 수십 년이 훌쩍 지나갔다는 이야기도 있지 않은가?

그건 바로 시공간의 개념마저 달라지는 결계의 작용 때문에 빚어진 결과다. 마법사들은 인정하고 싶어하지 않지만 결계술만 놓고 보면 마법보다 선술이 성능 면에서나 효율 면에서나 더 뛰어난 게 사실이었다.

"정확히 뭘 하려는지 알아?"

"응. 그러니까 심상 공간에서 얘와 네 능력을 완벽하게 구현해서 둘이 대련할 수 있게 해주면 되는 거 맞지?"

"맞아."

"그거 할 수 있어. 내가 해줄게."

초롱초롱한 눈으로 자신을 바라보는 난슬에게 유현은 떨떠름한 표정을 지어 보였다.

단순히 쓸데없는 자존심 문제가 아니다. 난슬을 완전히 믿어도 되는가의 문제였다. 만약 난슬이 결계를 만들 때 뭔가 수를 쓴다면 어떻게 할 것인가?

하지만 유현은 곧 그런 의심을 떨쳐 내며 고개를 끄덕였다.

"좋아. 해봐."

어차피 믿기로 했으면 끝까지 믿어준다. 만약의 경우에는 이쪽에도 대응할 수단이 있으니까.

"응!"

난슬은 손뼉을 치면서 좋아했다. 400살이나 먹은 주제에 보면 볼수록 어린애 같은 여자다.

난슬이 손을 한 번 휘젓자 유현이 가져온 마법 도구들이 허공에 떠오르더니 거실 한구석에 차곡차곡 놓여졌다. 그리고 다시 두 손을 모아 손뼉을 치자 짝 소리와 함께 빛의 파문이 원형으로 번져 나갔다.

"어, 어?"

신우가 몸을 스쳐 가는 약한 전류 같은 느낌에 당황했다.

"동조 작업이야. 경계심 버리고 마음을 편안히 해."

유현이 설명해 주었다.

그리고 신우가 뭐라고 하기도 전에 갑자기 시야가 확 변했다. 눈앞의 풍경이 무서운 속도로 멀어져 가는 듯한 느낌, 마치 높은 곳에서 하염없이 떨어져 내리는 듯한 추락감이 감각을 휘어잡으면서 모든 것이 새하얗게 변했다.

"으아아아아아아아악!"

신우의 비명이 길게 메아리쳤다.

"시끄러, 인마."

하지만 그 비명은 곧 머리를 강타한 묵직한 충격 때문에 멈췄다. 신우는 깜짝 놀라서 고개를 들었다.

유현이 아주 한심하다는 표정으로 그를 바라보고 있었다. 그런 둘 사이로 분홍색 꽃잎이 한 장 팔랑거리며 지나간다.

"어, 어?"

신우는 어리둥절해하며 주변을 둘러보았다. 그리고 다시 한번 놀랐다.

그곳은 무릉도원이었다. 온갖 꽃이 흐드러지게 피었고 맑은 물이 졸졸 흐르고 있으며 그 위에 멋스러운 정자까지 마련되어 있었다. 그리고 두 사람이 서 있는 곳은 대리석으로 만들어

검은 여우 249

진 원형의 제단 같은 곳이었다.

"여기 어디에요?"

"심상 공간이다. 가상현실이라고 말하는 편이 알아듣기 쉽겠지?"

"그 영화 매트릭스에 나오는 것 같은 거예요?"

"맞아. 그런 거야."

유현은 그렇게 말하면서 조금 떨어진 곳에 있는 벚나무에 시선을 주었다. 나뭇가지 위에 난슬이 앉아서 다리를 흔들고 있었다. 머리 위로는 큼지막한 여우 귀가, 엉덩이 쪽으로는 아홉 개의 꼬리를 늘어뜨리고 살랑거리고 있는 모습이었다.

"어? 귀하고… 꼬리?"

"반인반요 모습의 구미호 처음 보냐?"

"요괴 아냐!"

"아, 알았어. 반인반요 모습의 요괴선인 처음 보냐?"

난슬이 대뜸 소리를 지르는 바람에 유현은 귀찮다는 듯 호칭을 정정했다.

"어. 처음 보는데요?"

"촌놈이군. 하지만 실컷 봐두는 건 나중에 하고… 일단 덤벼봐라."

"지금요?"

"응. 무기를 써도 된다."

"무기 없는데요."

"강하게 연상해. 네가 평소에 쓰던 장비들을 현실감있게 이미지화하면 여기로 불러들일 수 있다. 항상 쓰고 손질하던 물건들이니 질감까지 자세히 떠올릴 수 있겠지?"

유현은 그렇게 말하면서 손에 검을 하나 들어 보였다. 방금 전까지만 해도 없던 물건인데 갑자기 허공에서 나타났다. 유현이 뒤로 휙 던지자 다시 사라져 버린다.

"어… 신기하네요."

"익숙해져야 할 거야. 해봐."

신우는 처음이라 그런지 유현처럼 능숙하게 무기를 불러낼 수는 없었다. 하지만 한참 끙끙 맨 끝에 자염의 전투복과 도검들, 수리검 등의 장비를 불러낼 수 있었다.

"그 옷 입는 센스는 어떻게 좀 하지? 촌스러워."

"아, 하지만 따로 전투복을 못 구해서요."

"쯧. 뭐, 알았다. 덤벼."

"그럼 갑니다!"

신우는 의욕을 앞세워서 유현에게 달려들었다. 가상현실이라는 것을 인지하고 있어서인지 약간 무모한 공격이었다. 큰 폭으로 유현의 품으로 파고들면서 검을 풀 스윙!

빽!

그 순간 눈앞에 별이 번쩍하더니 시야가 사정없이 흔들렸다. 신우는 2초쯤 지난 후에야 자기가 맞았다는 사실을 알았다. 그리고 자기 앞에서 한심하다는 표정을 짓고 있는 유현을 발견한 순간,

콰작!

작렬하는 팔꿈치 치기에 명치를 맞고 나가떨어졌다.

"쿠, 쿨럭!"

비명조차 지르지 못한 채 날아가서 땅을 구르던 신우는 고통스럽게 기침하며 몸을 떨었다. 단 두 방 맞았을 뿐인데 몸이 충격으로 움직이지 않는다. 맞은 자리로부터 타는 듯한 통증이 느껴지고 있었다.

"으, 으어어억……."

"야, 가상현실이라고 아주 막나가도 된다고 생각하나 본데… 너 여기서 맞으면 현실하고 똑같이 아프다? 칼로 썰리면 그 통증까지 그대로 느껴지니까 신중하게 해. 잘못하면 쇼크사할 수도 있지만, 다행히 거기에 대한 대비는 되어 있는 것 같군."

유현은 심상 공간의 술식 구성을 살펴보면서 말했다. 난슬이 나름대로 세심하게 신경을 써서 통각 등은 현실과 똑같이 구현되면서도 지나치게 큰 충격은 현실의 육체에 다이렉트로 전달되지 않도록 막혀 있었다.

"으, 으으, 진작 말씀해 주시지……."

"바보는 몸으로 배우는 게 최고지. 다시 덤벼."

"콜록콜록! 너무 아픈데 잠깐 쉬면 안 될까요?"

"오늘 수련 여기까지만 할까, 우리?"

"하, 할게요. 한다니까요."

아쉬운 것은 신우지, 유현이 아니었기 때문에 울상을 지으면서도 따르는 수밖에 없다.

신우는 이번에는 신중하게 유현과의 거리를 잰 다음 수리검을 날렸다. 자염 특제 수리검이 복잡한 궤도를 그리며 유현의 머리와 가슴으로 날아든다. 한 템포 늦게 직선 궤도로 뿌려진 비도가 상, 중, 하단을 동시에 노리고 그 뒤로 신우가 달려들었다.

"이건 좀 괜찮군."

그에 대한 유현의 대응은 가볍게 옆으로 뛰어서 투척 무기의 집중 포화를 피해 버리고 신우의 옆을 점하는 것이었다. 신우는 당황해서 몸을 틀며 검격을 날렸지만 유현은 가볍게 고개를 틀어서 피하고는 오른발 로우킥, 허벅지가 통째로 부러져 나갈 듯한 타격이 맹습했다.

"칵!"

그리고 이어지는 왼발 옆차기가 신우의 몸통을 차서 날려 버렸다. 신우는 검을 놓치며 땅에 처박혀서 주르륵 미끄러지다가 데굴데굴 굴렀다.

"아, 아프겠다."

보고 있던 난슬이 입에 손을 가져가며 한마디 했다.

"아, 아파요……."

신우는 흐르는 눈물을 주체하지 못하고 다 죽어가는 목소리로 대답했다. 유현은 머리를 벅벅 긁고는 말했다.

"뭐, 대충 네 실력이 얼마나 허접한지는 알 것 같다. 일어나."

"으, 으그그극……."

신우는 아파서 죽을 것 같았지만 그 말에 따랐다. 고통에 견디는 수련은 나름 혹독하게 받았다고 생각했지만 유현의 타격은 그런 수준을 넘고 있었다.

"어디 부러진 것도 아니면서 엄살은. 적당히 봐주고 친 거니까 호들갑 떨지 마."

"그, 그게 봐준 거예요?"

"안 봐줬으면 네 몸이 온전히 남아 있을 것 같아?"

"……."

유현이 사악하게 웃으며 말하는 바람에 신우는 오싹함을 느꼈다.

"가상현실이라 그래도 딱히 부담 없거든? 뭐, 너한테 트라우마가 남을 수도 있지만 죽음의 충격을 경험해 보는 것도 나름 괜찮은 수련법이지. 강철 같은 정신력을 연마할 수 있으니까."

"그, 그건 사양하고 싶은데요."

"뭐, 근데 부담을 적게 지면서 극한 상황을 리얼하게 체험할 수 있는 건 굉장한 득이야. 당장 나만 해도 매일 수련하면서 사흘에 한 번쯤은 죽으니까."

"진짜요?"

"그래. 훈련장도 기본적으로 결계에 의해 구축된 심상 공간이니까. 다만 거기에는 육체적인 훈련도 같이하도록 여러 가지 장치가 되어 있을 뿐이지. 아무리 심상 공간이나 이미지트레이닝을 통해서 정신과 감각을 연마한다고 하더라도 몸이 따라오지 못하면 말짱 꽝이거든."

"근데 고수들은 몸 움직이면서 훈련하는 건 별로 의미가 없어서 명상으로 깨달음을 얻으니 뭐니 하잖아요."

"뭔 개소리야? 그랬다가는 실전에서 죽기 딱 좋아. 현실은 무협소설처럼 앉아서 숨쉬기 운동만 해도 강해질 수 있을 만큼 만만하지 않단다. 아무리 기술이 뛰어나도 그 기술을 활용할 수 있는 육체가 뒷받침되어 주지 않으면 무용지물이지. 기술이 뛰어나서 10의 힘으로 100의 힘을 제압할 수 있다 한들 1,000의 힘을 가진 적이 나타나면 어쩔래?"

"…역시 죽겠죠?"

"당연하지. 그래서 온갖 상황을 상정하고 그에 대응하는 훈련을 하는 거지."

유현은 한숨을 쉬더니 말을 이었다.

"근데 넌 지금 그런 단계가 아니다. 일단 훈련 메뉴 좀 짜줄 테니까 그거나 죽어라고 해라. 매일 1, 20분 정도는 내가 심상공간에서 대련하면서 봐주고, 또 조정해서 혼자 훈련하는 걸로 가닥을 잡지. 일단 기술 좀 보여봐."

"기술요?"

"네가 익히고 있는 기술들 시연해 보라고. 그걸 봐야 구체적인 메뉴를 짜지."

신우는 그 말에 따라 수리검 던지기를 비롯, 각종 체술과 비기를 선보였다. 물론 유현 입장에서는 죄다 기본기 이상도 이하도 아닌 기술들이었다.

"그럼 그거랑 그거… 그리고 그거 500번씩 반복 연마하고, 나머지는 타이핑해서 뽑아줄 테니까 그대로 해. 휴식 시간 합쳐서 한 다섯 시간에서 여섯 시간 정도면 끝낼 수 있을 거야."

"그 정도면 돼요?"

일반인이라면 기가 질릴 훈련 시간이었지만 신우는 고작 그걸로 되겠냐는 태도였다. 그 정도면 자염에 있을 때도 매일 하던 수준이었기 때문이다.

"효율적인 트레이닝이 중요하니까. 뭐, 이 정도면 충분히 많아. 일정수준이 되면 도전 과제를 잡고 한 번쯤 빡세게 가는 게 필요하지만 일상적인 훈련은 너무 무리해 봤자 득보다 실이 많지."

유현은 그렇게 말하고는 난슬에게 결계를 풀 것을 부탁했다. 고개를 끄덕인 난슬이 허공에다 대고 손가락을 한 번 딱 튕기자 사방에 꽃잎이 눈보라처럼 날리면서 전신을 가벼운 전류 같은 감각이 스치고 지나갔다. 그리고…….

"아아아아아악!"

처음 진입할 때와 똑같은 추락감에 신우의 비명이 길게 메아리쳤다.

*   *   *

어두운 골목길을 질주하는 시커먼 그림자가 있었다. 작은 강아지같이 보이는 그 그림자의 숫자는 하나가 아니었다. 쓰레기통을 뒤지던 도둑고양이가 그것을 발견하고 털을 곤추세우며 위협적인 소리를 내뱉는다. 그리고 그 반응은 곧바로 돌아왔다.

쾌드득!

검은 그림자는 무서운 속도로 달려들어서 도둑고양이의 턱을 후려갈기고 목을 깨물었다. 턱의 힘이 어찌나 강한지 깨무는 순간 도둑고양이의 목이 터져 나가면서 그대로 뼈가 부러져 버렸다.

소곤소곤.

마치 사람들이 모여서 은밀하게 속삭거리는 목소리가 겹친 것처럼 조용한 골목에 알아들을 수 없는 목소리들이 울려 퍼지면서 검은 그림자들이 고양이의 시체로 몰려들었다. 놀랍게도 그것들은 털이 새카만 여우들이었다.

소곤소곤.

처음에 고양이를 죽인 검은 여우가 고양이의 피를 빨고 가죽을 벗겨냈다. 그리고 다른 것들이 달려들어서 고양이를 뜯어 먹기 시작했다. 이 도시에서 이런 일이 벌어지고 있다는 것이 믿어지지 않는, 야생의 사건을 변색시켜서 도시로 옮겨놓은 것 같은 비현실적인 광경이었다.

그때였다.

"풍염(風炎)!"

인간의 외침과 함께 갑자기 허공에서 불이 확 붙었다.

웅성웅성.

검은 여우들은 깜짝 놀라서 웅성거리는 소리를 내면서 물러났다. 거의 눈에 보이지도 않는 속도로 물러나는 그들이었지만 갑자기 허공의 한 지점에 부딪쳐서 뒤로 나동그라졌다. 그들이 부딪친 자리에서 푸른 스파크가 튀면서 둥그스름한 벽의 실루엣을 그려냈다.

그리고 그 속에서 바람을 타고 불길이 번지고 있었다. 검은 여우들은 우왕좌왕하면서 달아나려고 했지만 사방이 모두 막힌 상태에서는 무리였다.

위이이이이이이!

그때 검은 여우들이 한곳으로 몰려들더니 일제히 주둥이를 허공으로 치켜들며 높은 소리를 내기 시작했다.

그것은 불가사의한 소리였다. 그들의 속삭임이나 지금 내는 높은 음 역시 성대에서 나오는 소리 같지 않았다. 마치 먼 곳에서 들려오는 소리를 녹음에서 전자기기로 필터링한 것처럼 아득하고 현실감 부족한 울림이 느껴진다.

놀랍게도 그 소리가 퍼지는 것과 동시에 불길이 사그라지기 시작했다.

"양산형 졸개 주제에 나름대로 한 수가 있다 이건가?"

그 광경을 보며 차갑게 중얼거리는 사람이 있었다.

사그라지는 불길 사이로 걸어오는 것은 긴 검은 머리칼과 개량 한복 드레스 자락을 휘날리는 소녀, 윤성아였다. 그녀는 전신에서 안개 같은 기운을 뿜어내면서 부하들이 친 결계 안으로 들어섰다.

그녀를 발견한 검은 여우들이 털을 곤두세우며 위협적인 소리를 내기 시작했다. 그 소리가 겹치고 겹쳐 인간의 정신을 공격하는 칼날이 된다. 하지만 성아는 조금도 괴로워하지 않았다.

"그래도 고작해야 하찮은 미물."

성아가 손을 들어 올리자 공간을 떠도는 음파의 방향이 바뀌면서 그녀의 손바닥 위로 몰려들었다. 소리의 형상을 가진 요기가 구 형태로 응집되면서 검게 일렁거린다. 이것이야말로 검은 여우들이 발하는 힘의 실체였다.

"하지만 지긋지긋할 정도로 많아. 도대체 이 힘이 어디서 나오는 거지?"

그녀가 의아해하며 고개를 갸웃거리는 것과 동시에 검은 여우들 중 하나가 눈을 크게 뜨며 꿈틀거렸다. 다른 검은 여우들이 놀라서 그 개체를 바라보는 순간,

파학!

검은 여우가 산산조각 나서 그 파편이 사방으로 날아갔다.

소근소근.

웅성웅성.

사태를 파악하지 못한 검은 여우들은 당황했다. 도대체 왜 이런 일이 일어났는지 알 수 없었다.

"많이 죽였으니까 너희들은 생포할게. 샘플이 되어줘야겠어."

성아는 나른한 어조로 말하며 손가락을 한번 튕겼다. 그러자 갑자기 강렬한 영파가 스파크가 되어 검은 여우들을 덮쳤다.

파지지직!

검은 여우들은 요기를 일으켜 거기에 대항하려고 했지만 허사였다. 압도적인 영력이 그들을 찍어 누른 상태에서 주변을 둘러싼 결계가 급속도로 수축되더니 그들을 가두는 우리가 되었다.

잠시 후 그곳에는 마치 액체 상태일 때 검은 여우들을 집어넣은 다음 굳혀서 만든 것 같은, 투명한 플라스틱 큐브 같은 구조물이 남아 있었다. 성아는 그것을 두 손으로 집어 들고는 말했다.

"가져가."

"알겠습니다."

그녀의 뒤쪽에서 망혼의 병사가 나타나서 그것을 공손히 받아 들었다. 그리고 또 다른 인원이 나타나 물었다.

"오늘 현재까지 177개체를 말살했고 이번에 7개체를 샘플로 잡았습니다. 아가씨는 이만 돌아가시는 게……."

"그럴까? 나머지는 맡길게."

성아는 순순히 고개를 끄덕이고는 몸을 돌렸다. 하지만 그 순간 그녀의 감각을 관통하는 차갑고 위협적인 기운이 느껴졌다.

"누구냐!"

그녀는 날카롭게 소리치며 몸을 돌렸다. 부하들은 그녀의 반응에 어리둥절해했지만 곧바로 전투태세에 들어갔다. 설령 그들이 느낄 수 없다고 하더라도 그녀의 감각은 신뢰해야만 한다.

"그렇게 날카롭게 반응하지 않았으면 하는데. 적의를 갖고 찾아온 건 아니거든."

골목 위쪽에서 허스키한 여성의 목소리가 들려왔다. 성아는 상가 건물 2층에 있는 뒷문의 난간에 걸터앉은 한 여성을 발견했다. 척 봐도 눈에 띄는 검은 전투복을 걸치고 긴 검은 머리칼을 늘어뜨린 그녀는 성아의 기억 속에 있는 인물이었다.

"육도의 에이전트?"

그녀의 중얼거림에 부하들의 긴장감이 급상승했다. 그만큼 육도라는 연옥의 인물들에게 가지는 힘이 강력하다는 증거였다.

"맞아. 너는 그때의 그 아가씨 맞지? 진유현의 여자 친구."

"여, 여자 친구라니, 난 그런……."

성아는 당황해서 부인하려다가 문득 자기가 왜 그래야 하나 하는 생각이 들었다.

"적의를 갖고 찾아오지 않았으면 다른 한 사람도 모습을 드러내는 게 어떨까요? 믿기 어려운데?"

"이런, 실례. 선희야, 간파당했으니 나와."

"요즘 자존심이 자주 무너지네요."

진선희가 투덜거리면서 그녀의 뒤쪽에서 모습을 드러냈다.

투명화 마법과 기척 차단 마법으로 모습을 감추고 있었는데 성아는 한눈에 그녀의 존재를 간파해 낸 것이다.

은퇴한 진유현한테 결계가 깨진 것만으로도 자존심이 상하는데 이런 수준 낮은 지역의 주술사 따위에게 은신 마법이 간파당하다니, 육도의 엘리트로 불리는 그녀로서는 신경질이 날 만도 했다.

물론 그녀가 열을 받든 말든 성아가 알 바는 아니었다.

"그래서… 무슨 일이죠?"

"일단 자기소개부터 할까? 난 육도의 에이전트 신아연, 이쪽은 내 부하인 진선희라고 해."

"저는 망혼의 신관 윤성아. 이쪽은 제 부하들이에요."

"단도직입적으로 용건부터 말하지. 우리는 안산에 대요괴가 출현했다는 정보를 듣고 찾아왔어. 외곽의 야산에 있던 연구 시설이 붕괴하면서 거기에 있던 봉인이 풀렸다더군."

"대요괴가 출현했는데 고작 두 명만 파견된 건가요, 육도에서는?"

성아는 아무리 육도라도 자신감이 너무 지나친 게 아닌가 싶어서 물어보았다.

"우리 쪽에서는 아직 의심 단계라서 우리는 그 척후로 보내진 거야. 게다가 이쪽에서도 지금 사정이 있어서 인력을 함부로 투입할 수가 없거든."

신아연은 순순히 자신들의 사정을 이야기했다.

"그래서 말인데… 협력하지 않겠어? 우리의 목표는 어디까

지나 안산을 위협하는 대요괴의 말살이거든."

"협력이라……. 육도의 여러분과 협력하는 것은 영광이지만 일단 실무에 대한 문제부터 이야기해야겠는데요."

"실무?"

"그럼요. 협력 조건을 명확히 해둬야 나중에 말썽이 없지요. 지금 조건을 확실히 하고 그걸 문서화해서 다른 기관의 공증을 받고 싶은데, 어때요?"

성아는 나이는 어려도 조직의 간부인만큼 이런 문제에 관해서는 똑 부러졌다. 진유현과의 거래에서도 공과 사를 명확히 구분해서 조직이 최대의 이윤을 얻을 수 있도록 한 그녀다.

"음, 뭐, 그렇게 해야 마음이 놓인다면 마음대로 해도 좋아. 아가씨, 꽤 꼼꼼한 성격이네?"

"워낙 사람을 믿지 말라고 배우고 자라서요."

평소에는 순한 강아지처럼 부끄러움을 타는 그녀였지만 일단 화장을 하고 전투 모드로 들어가면 그야말로 강철의 소녀가 된다.

"좋아요. 일단 중간에 얻어지는 것들이 있을 경우 그건 어떻게 할 생각이죠?"

"그건 그쪽이 조직이고 인원을 많이 투입하니 3대 7로 나누면 어때? 물론 우리 쪽이 3."

"그건 곤란해요. 인원에서 비교가 안 되는데. 2대 8이라면 하죠."

"좋아, 그 조건으로 가지."

신아연은 애당초 임무 수행 외에는 별로 욕심이 없었기 때문에 혼쾌히 고개를 끄덕였다. 그녀가 너무 시원스럽게 나와서 성아는 당혹스러울 정도였다.

그 외에도 정보 공유와 역할 분담 등 반드시 필요한 조건을 그녀와 협약한 성아는 부하에게 시켜서 종이와 붓을 가져왔다. 그리고 유려한 필체로 계약 내용을 두 장 쓰고는 신아연에게 보여주었다.

"어때요?"

"음, 좋아. 사인하지."

신아연은 내용을 슥 훑어보고는 자신의 이름이 적힌 난에 서명했다. 성아는 자신도 서명하고는 주술을 걸어서 계약서를 보호했다. 그리고 핸드폰을 들어 연옥의 세계적인 신용기관 론하우드에 연락을 해서 계약서를 접수하고 내용을 공증해 줄 것을 부탁했다.

"접수되었어요. 한 시간 이내로 저희 아지트 쪽으로 인원을 파견해 주겠다고 하네요."

"일처리가 확실하네."

"칭찬 고맙군요. 일단 저희 본거지로 가시겠어요?"

"그러지. 아, 우리가 딱히 기거할 곳을 정해두지 않아서 그러는데 당분간 신세 져도 될까?"

"그 편이 협력하기에는 더 낫겠죠. 방을 하나 마련해 드릴게요."

성아는 고개를 끄덕이고는 부하들에게 차를 가져오게 했다.

곧 여러 대의 차가 골목 밖에 나타나서 그들을 태우고 사라졌다.

4

요즘 오지윤은 아주 죽을 맛이었다. 대마법사 모건이 날이면 날마다 그를 들들 볶고 있었기 때문이다.

"이놈아! 그게 아니라니까! 거긴 좀 더 부드럽게, 네 애인 쓰다듬듯이 켜라고."

"저 애인 없거든요?"

"에잉, 그 나이 되도록 애인 하나 없다니 궁상스러운 놈. 얼굴은 반반하게 생겨서 영 사내구실을 못하는구만."

모건의 비아냥거림에 오지윤은 끓어오르는 화를 삭여야만 했다. 내가 애인 없는 데 댁이 보태준 거 있냐? 있냐고!

오지윤은 모건에게 바이올린을 배우고 있었다. 처음 모건에게 서툴기 짝이 없는 초심자의 바이올린 연주를 보여준 다음부터였다. 정확히는 그는 결코 원치 않았지만 모건은 절대 참아 넘길 수 없다는 듯 들러붙어서 그를 구박해 대고 있었다.

'노인네 성질에 어울려 주는 게 것도 진짜 못할 짓이로군.'

모건은 예술이 모욕당하는 걸 두고 볼 수 없으니 뭐니 하는 헛소리를 늘어놓고 있었지만 단순히 심심해서 그러는 게 틀림없었다. 오지윤을 들들 볶을 때의 그는 너무나도 즐거워 보였다.

덕분에 열흘 정도 배웠을 뿐인데도 제법 실력이 늘었다. 이러니저러니 해도 혼자 책 보고 연습하는 것보다는 잘하는 사람한테 배우는 게 낫다. 실제로 모건은 상당한 솜씨의 소유자였다.

한참 동안 오지윤을 구박하던 모건은 담배 한 개비를 꺼내서 입에 물고 손가락을 튕겼다. 그러자 자동으로 불이 붙어서 타 들어가기 시작했다.

"이 술이라는 건 영 맛이 심심하단 말야."

"그럼 피우지 마시죠?"

"그래도 그게 또 맛이지."

"…영감님."

오지윤은 지긋지긋하다는 표정으로 으르렁거렸다.

그가 온 다음부터 아지트 곳곳에 담배 냄새가 배는 바람에 후각이 뛰어난 늑대인간 요한과 주찬은 대단히 괴로워하고 있었다. 이곳 인원 중에도 흡연가가 없는 것은 아니지만 다들 매너가 있어서 흡연실에 가서 피우는데 이 노망난 대마법사 영감탱이는 어디든 가리지 않고 피운 다음 거리낌없이 꽁초를 버린다. 그야말로 환경의 적이었다.

"거 다 좋은데 요한이랑 주찬이 앞에선 피지 마세요. 둘 다 얼마나 불만이 많은지 알아요?"

"쯧쯧. 늑대인간 주제에 너무 곱게 자라서 그래. 문명이 얼마나 무서운지 알아야지. 안 그런가?"

"그렇죠. 저도 한 개비 주시겠습니까?"

오지윤은 흠칫했다. 어느새 정도일이 방 안에 들어와 있었기 때문이다. 다가오는 기척을 못 느꼈는데 이렇게 자연스럽게 들어오다니……

'섬뜩하군.'

그와 오지윤 사이의 거리는 거의 6미터가량. 거기까지 다가올 때까지 눈치채지 못했다는 것은 그가 암습할 경우 오지윤이 그걸 막지 못할 가능성이 크다는 것을 증명한다.

과연 쉐도우 머더러. 전투력도 전투력이지만 은잠술에 있어서는 수라 급 에이전트 중에서도 따라올 자가 없다고 하더니 그 명성이 사실인 모양이었다.

"아아, 습관적으로 기척을 죽이고 다니는 거니까 너무 그렇게 날카롭게 굴지 마. 진짜라니까."

자신을 날카롭게 쏘아보는 오지윤의 시선에 정도일은 불편하다는 듯 너스레를 떨었다. 물론 오지윤은 그의 철면피가 이 정도로 가려울 리가 없다는 것을 잘 알고 있었다.

"캑. 이거 담배 맞습니까? 이거 뭐 맛도 안 나네."

"원래 그런 맛으로 피우는 모양이던데. 다른 거 줄까?"

"말보로 레드 있습니까?"

"한국제가 아닌 건 없는데? 디스 플러스는 어때?"

"그거라도 주시죠."

그들은 헤비 스모커다운 대화를 나누면서 나란히 담배를 피우기 시작했다. 오지윤으로서는 짜증이 팍팍 나는 광경이었다.

"그럼 두 분이서 사이좋게 너구리 굴 만드시죠. 전 이만."

"어, 아직 레슨 안 끝났다."

"음악도 환경이 좋아야 잘된다는 주의라서요. 전 블로그 업데이트나 하러 가보겠습니다."

오지윤은 싸늘하게 대꾸하고는 바이올린을 챙겨서 나가 버렸다.

"에잉, 버르장머리없는 녀석."

"너무 괴롭히지 마시죠. 그러다가 저놈 진짜로 삐치면 장난감 없어집니다."

"그럴까?"

"그럼요. 뭐, 그건 그렇고, 이쪽 애들은 어떻습니까?"

정도일이 오지윤이 앉았던 소파에 앉으면서 은밀하게 물었다. 일 이야기가 나오자 모건도 표정을 진지하게 바꾼다.

"자네도 보고 있잖나?"

"뭐, 제가 보는 거야 전투적인 측면뿐이니까요. 제가 묻는 것은 굳이 아크메이지께서 여기까지 오셔야 했던 기술적 성과를 어떻게 보시냐는 거죠."

"자네, 에밀에게 감찰관 일도 부탁받고 왔나?"

"아뇨. 사실은 이사진 쪽에서……."

"흐응. 하긴 에밀이 이 팀을 좀 편애하고 있는 걸로 보이는 것은 사실이지. 그런 문제라면 솔직하게 대답해 줌세. 상당히 수준이 높아. 기대했던 것 이상의 성과를 거두고 있더군. 이현종이라는 녀석이 아주 비상하더라구."

모건은 솔직히 감탄하고 있었다. 연구의 실마리를 제공한 것은 그 자신이었지만 이현종과 그 휘하의 연구팀은 단기간에 가시적인 성과를 이루어냈다. 이 정도 속도로 진도를 빼면 앞으로 몇 개월 안에 실전 투입이 가능한 수준까지 개발이 진행될 것이다.

"그리고……."

"또 뭐가 있습니까?"

"이건 확실한 것은 아닌데, 그놈들 지금 내놓은 연구 외에 뭔가 또 진행하고 있는 게 있는 것 같아. 부산물인지 뭔지까지는 모르겠지만 재미있는 게 나올 것 같더군."

"그렇군요. 투자 가치는 있다고 보고해도 되겠죠?"

"그래. 손해 볼 일은 없을 거야."

"알겠습니다. 아, 그리고… 이건 정말 중요한 이야기입니다만."

정도일은 주변의 눈치를 살피며 말했다. 일단 마법으로 소리가 새어나가지 않도록 조치를 취해두기는 했지만 이곳은 오지윤의 아지트다. 마법을 무시하고 그들을 관찰할 수 있는 시설이 갖춰져 있지 않으리라는 보장이 없었다.

"알겠네."

모건은 대번에 그의 뜻을 알아듣고 박수를 두 번 짝짝 쳤다. 그러자 주변에 가무스름한 어둠의 막이 둘러쳐졌다.

"이걸로 이야기가 새어나갈 염려는 없어. 말해보게."

"역시 대단하시군요."

"자네가 얼굴에 금칠하지 않아도 충분히 많이 발라져 있으니까 뜯들이지 말고 이야기해 봐."

"그러죠. 본사에서 한국에 대규모의 인원을 추가로 투입하기로 했습니다. 용병들을 포함 총 200명 이상의 전투 인력이 투입됩니다."

"뭐? 어째서지?"

한국에는 이미 충분한 인원이 들어와 있었다. 한국의 패자육도를 지나치게 자극하지 않는 한계선이라고 해도 좋을 정도로. 그런데 이제 와서 200명이나 추가 투입한다고?

"퀘이사가 중국의 금오에 의해 점령당했습니다."

"뭐라고?!"

모건은 너무나도 놀라서 벌떡 일어나고 말았다.

퀘이사, 그것은 그들이 지금 한국에서 진행하고 있는 모든 계획의 근간이 되는 것이었다. 그 때문에 미드가르드와 모건이 인연을 맺었고 연옥의 파워 밸런스를 뒤집을 거대한 프로젝트를 진행하고 있었던 것이 아닌가?

그런 만큼 보안에도 충분히 신경을 썼다. 모건이 구축한 보안 프로텍터는 한국을 홈그라운드로 삼는 육도의 정보 조직에서조차 눈치채지 못했을 정도로 은밀하고 엄중했다.

그런데 그것이 갑자기 중국에서 쳐들어온 금오에 의해 점령되었다니?

경악하고 있는 그를 바라보며 정도일이 차분히 말을 이었다.

"바로 열일곱 시간 전의 일입니다. 현재 쿼이사에 주둔하고 있던 우리 인원과의 연락이 끊겼습니다. 아마도 대부분은 사살되고 나머지는 고문이나 회유를 통해 정보를 뽑아내고 있을 것으로 생각됩니다. 에밀은 시간이 급하다고 판단, 불법적인 루트로 인원을 투입하기로 결정한 상태고요."

"나도 가봐야겠군."

"그래 주시기 바랍니다. 저도 같이 가게 되었으니까요."

"그런데 이곳 녀석들은 안 데리고 갈 생각인가? 오지윤이 녀석만 해도 상당한 전력이 될 텐데?"

"그 건에 대한 권한은 제가 갖고 있지 않습니다. 아크메이지 께서 갖고 계시죠. 그래서 일단 말씀드린 겁니다."

"그럼 투입하는 걸로 하지. 하는 김에 이 녀석들이 개발한 거 실전 시험을 해봐야겠어."

"아직 투입 단계가 아니라고 하지 않았습니까?"

"그렇지. 하지만 좋은 찬스를 마다할 필요는 없지 않나? 모자라는 완성도는 일단 내 마법으로 보충하면 돼. 나중에 그 데이터를 이용해서 시스템 완성도를 보충하면 그만이고."

대마법사니까 할 수 있는 말이었다. 아직 실전에 투입할 단계가 아닌 시스템 완성도를 자기 마법으로 때워서 써먹을 수 있게 하겠다니, 보통 마법사는 상상도 못한다.

오지윤의 팀을 투입하는 문제를 쉽게 결정해 버린 모건은 또 다른 문제를 짚었다.

"어쩌다가 정보가 유출된 거지?

퀘이사는 설악산에 있었다. 당시에 일어났던 사건은 모두 모건과 에밀이 신경 써서 덮었고 필사적인 정보 조작에 의해 육도조차도 그 진상에 관심을 두지 않았다. 그 사건에 대해 아는 자는 고작해야 진유현뿐. 그런데 2년이 지난 지금 외부 세력에 의해 그곳이 점령되다니!

"퀘이사에 대한 연구는 상당히 진척된 상태고 샘플도 충분히 빼돌리긴 했지만 본진을 털려서는 이야기가 안 되지. 어쩔 수 없이 전쟁 준비에 들어가야겠군."

"문제는 우리에게 세계 7대세력과 싸울 수 있는 힘이 있느냐겠지요."

"그 문제는 어느 정도 해결이 됐다고 생각하네. 금오도 전력을 투입할 수는 없고 분명히 육도 측에서도 나서서 혼전이 될 거야. 그런 상황이라면 충분히 상황을 제압할 가능성이 있어. 그리고 어차피 이런 경우에 최선책은……."

모건은 엄지손가락을 들어 목을 긋는 시늉을 하면서 말을 맺었다.

"퀘이사를 폭주시켜서 누구도 손에 넣지 못하게 하면 그만이야."

*   *   *

도시에서 완전한 어둠을 찾기란 쉽지 않다. 밀폐된 공간이 아닌 한 언제나 빛의 침범이 있게 마련이다.

그렇다고 지하로 내려갈 수는 없었다. 도시의 지하는 너무 끔찍한 냄새가 많이 난다. 우아한 그녀에게는 어울리지 않는 공간이었다.

산으로 갈 수도 없었다. 인간들의 혼돈스러운 사념이 물결치는 이 도시라는 공간이 그녀에게는 너무나도 사랑스러웠기 때문이다. 100년 전과는 비교할 수 없는 압도적인 질과 양이 가득 넘친다. 그만큼 인간의 정신이 복잡해지고 그 수가 늘어났다는 증거겠지.

인간을 사랑한다.

그러니까 인간을 잡아먹는다.

인간을 증오한다.

그러니까 인간을 잡아먹는다.

인간을 동경한다.

그러니까 인간을 잡아먹는다.

요괴들은 그런 본능을 갖고 태어난다. 그들은 인간으로부터 비롯되었으며 인간으로부터 자유로울 수 없다. 인간을 잡아먹지 않으면 세계의 뒤틀림으로부터 태어난 그들은 불안정한 존재를 안정시킬 수 없고, 점차 근본을 잃고 사라져 갈 뿐이다.

이러한 본성으로부터 탈출하는 방법은 선연이 닿아 요괴선인이 되거나 아니면 신성을 손에 넣어 승천하는 길뿐이었다. 역사상 그런 길을 선택한 현명한 존재들은 많았다.

하지만 어째서 그래야 하지?

하늘을 나는 독수리도, 사바나를 떠도는 사자도, 굶주림에 황야를 헤매는 코요테도 아무도 본능을 거스르려고 하지 않는다. 본능에 충실하게 살아가는 것은 순리다. 모든 생명이 태어나는 순간부터 '살아가라'는 명령에 충실해 숨을 쉬는 것처럼.

그녀는 인간을 먹는 것이 좋았다. 인간의 피와 살이 맛있었다. 인간을 죽일 때 맛볼 수 있는 공포와 절망이 사랑스러웠다.

그리고 무엇보다 요괴는 인간을 먹음으로써 자신의 존재가 완전해지는 충족감을 얻는다. 그것을 인간이 느끼는 감정에 비유한다면 스포츠 선수가 큰 대회에서 승리를 거두고 관중들의 박수갈채를 받을 때, 혹은 사회에서 크나큰 성공을 이루어서 많은 사람들의 칭송을 받을 때 느끼는 만족감과 비슷하지 않을까?

소곤소곤.

완전한 어둠을 찾아낸 그녀의 주변에 수많은 눈동자가 떠올라 있었다. 흑호라고 불리는 그녀의 분신들이다. 그녀는 지능이 높은 다른 요괴들처럼 인간의 생기를 적당히 빨아먹는 정도로는 만족하지 않았기 때문에 은밀하게 움직여 주는 수족이 필요했다. 그 결과 자신의 존재를 나누어 흑호들을 만들어낸 것이다.

인간을 납치해 오는 역할을 하는 그들은 100년 만에 풀려난 후에도 충실하게 임무를 수행했다. 그녀는 인간을 먹음으로써 지난 100년간 변해 버린 세상의 분위기를 쉽게 파악했다. 서양의 마물 브레인 서커처럼 인간의 기억과 지식을 흡수한 것이다.

덕분에 사냥을 하기는 더 쉬웠다. 그녀가 파악한 정보는 흑호들과 공유되었고, 흑호들은 영리하게 사냥감을 선별해 그녀에게 갖다 바쳤다.

하지만 이제 그것도 슬슬 한계에 달한 것 같았다.

"골치 아프게 되었어. 당분간 잠적하는 게 좋을까?"

그녀는 천장에 매달린 채 중얼거렸다. 그녀가 선택한 근거지는 총 여덟 개였는데 그중 하나는 택배 회사의 창고 지하였다. 그녀가 구멍을 파고 밑에 공간을 만드는 동안 바보 같은 인간들은 아무도 알아차리지 못했다.

소곤소곤.

흑호들이 응답한다. 그들의 목소리는 의미없는 소음이나 같아서 인간들은 결코 뜻을 알 수 없다. 하지만 그들의 조물주인 그녀에게는 명확히 뜻이 전달되었다.

어쨌든 풀려난 후 그동안 쇠한 요기를 보충하기 위해 적극적으로 사냥을 계속하던 그녀는 굉장히 강력한 인간들이 자신을 쫓고 있다는 사실을 알아차렸다. 100년 전에도 쉽게 볼 수 없었던 강력한 영력의 소유자들이 도시를 이 잡듯이 뒤지면서 수많은 흑호들을 잡아 족쳤다.

게다가 그 이상으로 묵직한, 어떤 신적인 힘이 이 도시의 영맥을 타고 자신을 압박하는 것이 느껴졌다.

'거기에 난슬 그년도 있고.'

그녀는 마지막으로 싸우다가 함께 봉인되었던 요괴선인 난
슬을 떠올리며 눈살을 찌푸렸다. 악착같이 인간을 먹어가면서
힘을 기른 자신과는 달리 운 좋게 한 번에 구미호가 된, 그 직
후 선연을 얻어서 요괴선인까지 되어버린 재수없는 계집애.

그녀가 자신을 가로막았을 때는 어떻게든 쓰러뜨리고 잡아
먹어서 힘을 취하려고 했지만 이게 웬걸, 누가 구미호 아니랄
까 봐 자신보다 힘이 더 강했다. 흑호를 잔뜩 만들어서 맞서긴
했지만 아마 그대로 싸움을 계속했으면 패했을 가능성이 크
다. 인정하긴 싫었지만 그녀의 영리한 머리는 이미 올바른 해
답을 내놓고 있었다.

'그년을 다시 상대해야 하나.'

100년이나 갇혀 있다 보니 원한도 많이 희석된 느낌이다.
지금은 그보다 이 아름다운 세상을 더 즐기면서 100년 만의 자
유를 만끽하고 싶었다.

"이거이거, 아름다우신 분께서 땅 밑에 자리를 잡고 계시는
군요."

문득 그녀는 위쪽에서 들려오는 목소리에 흠칫 놀랐다. 흑
호들이 놀라서 웅성거리는 소리를 내며 돌아다니는 게 느껴진
다.

강력한 영력의 소유자가 위에 와 있었다. 어찌나 은밀하게
접근했는지 바로 위까지 올 때까지 그 존재를 눈치채지 못했
다. 거처의 은밀함을 강조하느라 탐지 주술 등을 깔아두지 않
은 탓도 컸다.

'어떡하지? 싸워야 하나?'

뭐, 강력한 영력을 가졌기는 하지만 그녀와 상대할 수 있을 정도는 아니다. 그녀가 몸을 사리는 것은 인간들의 조직 때문이지 절대 개인을 무서워해서는 아니었다.

"안심하시길. 싸우려고 온 게 아니니까요. 잠시 나와서 제 이야기를 들어주시지 않겠습니까?"

남자는 영력을 거두며 부드러운 목소리로 그녀를 설득했다. 그녀는 일단 조심스럽게 흑호들을 내보내서 동태를 살폈다. 그곳에는 요즘 시대에 어울리지 않게 한복 두루마기를 입고 허리춤에 짧은 칼까지 멘 젊은 남자가 서 있었다. 한가로운 인상에 미소를 지은 그는 흑호를 바라보며 정중히 말했다.

"이미 사람들은 처리해 두었습니다. 안심하고 나오시지요."

그녀가 흑호를 통해 주변을 살펴보니 과연 창고에 있던 택배 회사 직원들은 전부 의식을 잃고 쓰러져 있었다. 이 남자가 손을 쓴 것이 분명했다.

잠시 후 바닥으로 위장되어 있던 곳이 일렁거리더니 커다란 구멍이 나타났다. 그리고 그곳으로부터 마치 허공에다 대고 커다란 붓을 휘둘러 먹 선을 그은 듯한, 새카만 꼬리가 꿈틀거리며 솟아나왔다.

그렇게 나온 꼬리의 숫자는 모두 여덟 개. 그리고 그 뒤를 따라 놀랍도록 아름다운 용모의 소녀가 모습을 드러냈다.

하얀 피부에 붉은 입술, 황금색 눈동자를 가진 그녀가 흑단 같은 머릿결을 늘어뜨린 모습은 실로 한 떨기 가련한 꽃이라는 말이 어울리는 용모였다. 다만 여덟 개의 검은 꼬리와 커다란 짐승의 귀가 쫑긋 솟아 있다는 점만이 인간과 다를 뿐.

"처음 뵙겠습니다, 팔미호(八尾狐)님. 제 이름은 신윤범."

그의 자기소개를 듣고 그녀 팔미호가 흠칫하는 순간 두 사람의 시선이 마주했다. 조용하면서도 강렬한 기세를 내뿜는 신윤범의 눈과 팔미호의 황금색 눈이 마주치는 순간, 그녀는 왠지 모르게 가슴이 두근거리는 것을 느꼈다.

"당신을 가두었던 조직, 망혼의 신관으로 일하고 있는 몸입니다."

그와 연결된 신령조차도 강원도에 있다고 알고 있었던 신윤범, 그가 버젓이 안산으로 들어와서 팔미호와 만나고 있었다.

Chapter 08

쿼이사 쟁탈전 I

1

"헉, 헉……."

어둠이 내리깔린 숲 속에 신우는 숨을 몰아쉬며 주저앉아 있었다. 하지만 그런 상태에서도 절대 무기를 놓지 않고 눈을 빛내며 주변을 경계한다. 날카롭게 연마된 감각은 주변을 스치는 바람 소리조차 놓치지 않고 그 정체를 잡아내며 적의 공격을 대비한다.

잠시 후, 어느 정도 호흡이 고르게 변하자 신우는 조심스럽게 몸을 일으켰다. 계속 한 자리에 있다가는 적의 탐지술에 걸려서 먹잇감이 될 가능성이 높다. 최대한 기척을 죽이고 이동해서 유리한 위치를 잡아야 한다.

팍!

하지만 그렇게 생각하며 발걸음을 떼는 순간 어디선가 날아온 총격이 신우의 오른팔에 작렬했다. 대구경 라이플의 위력이 단번에 팔을 끊어놓는다.

신경을 타고 전해져 오는 격통을 억누르며 신우는 전율했다. 눈앞에서 자신의 손과 팔 일부, 그리고 부서진 살점과 피가 튀는 모습이 너무나도 선명하게 보인다. 차라리 일반인이었다면 그런 것은 보지 않고 비명을 지르며 죽어갔을 텐데, 그가 지금까지 받은 훈련은 결코 그런 일을 허용하지 않는다.

'저격!'

신우는 끊어져 날아간 신체를 포기하고 나무 뒤로 몸을 숨겼다. 두 번째 총격이 이어졌지만 아슬아슬하게 신우의 어깨를 스치고 지나갔다.

신우는 곧바로 스팀 팩을 꺼내서 지혈제를 주사했다. 혈관을 타고 흐르는 한기와 함께 피가 기적처럼 멎어버렸다. 하지만 마취제가 들어 있지 않기 때문에 통증은 그대로다. 눈물이 줄줄 흘렀지만 울부짖고 있을 여유 따윈 없다.

신우는 왼손으로 검을 역수로 쥐고 저격자의 위치를 추측했다. 일단 각도는 알았지만 위치를 알아야 역공이 가능하다. 적이 하나라는 것은 지금 이 전장에서 확실하게 약속된 단 하나의 법칙.

크와앙!

그러나 그 약속을 곧이곧대로 믿을 정도로 신우는 물렁하지 않았다. 앞쪽에서 수풀을 헤치며 집채만 한 늑대가 튀어나왔

을 때, 신우는 미리 대비하고 있었던 듯 몸을 숙이면서 역수로
쥔 검을 휘둘렀다.

파학!

검을 쥔 손에 묵직한 느낌이 전달되어 오면서 늑대의 배가
갈라졌다. 늑대는 헛바람 소리를 토하며 갈라진 배로부터 창
자와 피를 한가득 쏟아내었다.

그리고 다음 순간 신우의 감각을 차가운 살기가 관통했다.

팍!

멀쩡했던 왼쪽 어깨가 충격에 꿰뚫리며 피가 확 튀었다. 단
일격으로 신우의 남은 전투력이 무력화되었지만 저격자는 그
것으로 만족하지 않았다. 곧바로 이어진 다음 총격이 신우의
심장 바로 아래를 관통했다.

"커헉!"

라이플탄에 두 발이나 꿰뚫린 신우는 더 이상 서 있지 못하
고 그 자리에 쓰러졌다. 전신을 타고 달리는 격통과 피가 빠지
는 감각 때문에 몽롱해지는 의식 속에서 신우는 자기가 곧 죽
는다는 사실을 깨달았다.

'아아……'

하지만 이대로 죽음에 이르기 전에 상대는 반드시 자신에게
다가와 마지막 일격을 가하려고 하겠지. 신우는 그 사실을 확
신했다. 왜냐하면…….

사박.

일부러 발소리를 내면서 다가온 것은 자신의 스승, 진유현

이라는 남자였으니까.

진유현은 말없이 신우를 내려다보며 권총을 들었다. 그리고 그 순간 신우의 눈이 부릅떠졌다. 다 죽어가던 육체가 주인의 마지막 의지를 따라 모든 힘을 쥐어짜 내고, 그 몸이 벼락같이 움직이며 진유현의 측면으로 돌아갔다.

"크악!"

비명인지 기합인지 분간이 안 되는 외침과 함께 신우가 발차기를 날렸다. 신발에서 튀어나온 독 묻은 칼날이 진유현의 복부를 노리고 날아들었다.

콰직!

그러나 다음 순간 울린 소리는 신우의 몸에서 난 것이었다. 진유현은 반보 물러나는 것만으로 신우의 발차기를 피해내고는 그대로 몸을 비틀며 팔꿈치로 신우의 몸통을 후려갈겼다. 신우가 마지막 순간을 걸고 가한 기습조차도 진유현에게는 대응 범위 안에 있었던 것이다.

신우는 비명조차 지르지 못하고 그 자리에 떨어졌다. 우거진 나뭇가지 사이로 드러난 보름달 아래, 그의 스승이자 목숨을 거두어갈 사신(死神)이 피식 웃으면서 총구를 겨누었다.

"마지막은 좀 괜찮았다."

탕!

그 말과 동시에 일부러 소음기를 제거한 총에서 총성이 울려 퍼졌다.

"헉!"

신우는 비명처럼 헛숨을 토해내며 깨어났다. 잠시 그 상태 그대로 있다가 천천히 주변을 둘러보자 자신이 가부좌를 틀고 앉은 채라는 것, 그리고 온몸이 식은땀으로 젖어 있다는 것을 알 수 있었다.

그리고 그 앞에는 방금 전에 자신을 죽였던 남자가 있었다. 진유현, 자신의 스승이자 연옥 7대세력 중 하나였던 육도의 전투원이었던 소년.

그의 왼쪽 눈이 위치해야 할 곳에서 원형의 푸른 액정이 복잡한 3차원 도형과 수치를 어지럽게 표시하고 있었다. 그는 안대를 바로하고는 몸을 일으키며 말했다.

"다시 말하는 거지만 마지막은 좀 괜찮았어."

"아······."

신우는 멍청하니 그를 바라보고 있다가 겨우 정신을 차렸다.

매번 느끼는 것이지만 죽음의 감각이라는 것은 정말 다시 맛보고 싶지 않았다. 가상현실에서 아무리 죽어도 현실에서는 컨디션 좀 나빠지고 말지만 그때까지의 고통과 공포는 고스란히 남아 있다.

"아으, 또 죽었네."

신우는 잔뜩 긴장한 상태를 유지하느라 뻣뻣해진 몸을 비틀며 투덜거렸다. 마치 비디오 게임을 하다가 게임오버 당했을 때처럼 가벼운 말투였지만 그 속에 미묘하게 섞인 떨림은 그가 그 경험을 얼마나 꺼려하는지 알려주고 있었다.

"죽는 거야 당연한 거고. 죽을 때까지 뭘 하느냐가 중요하지. 죽는 건 이걸로 세 번째던가?"

"네 번째인데요. 남의 죽음을 함부로 줄이지 마세요."

"그쯤 죽으면 이제 네 번 죽으나 다섯 번 죽으나 마찬가지다."

유현은 그렇게 대꾸하면서 신우에게 사이다를 건네주었다. 신우는 탄산이 부글부글 끓어오르는 사이다를 단숨에 원샷하고는 몸속이 들끓는 느낌에 바닥을 데굴데굴 굴렀다.

"크, 크억! 사, 사이다였어!"

"가지가지 한다."

유현은 못 봐주겠다는 듯 혀를 차면서 소파에 앉았다. 그를 보고 있던 또 한 사람, 요괴선인 난슬이 물었다.

"동조율을 좀 더 낮출까?"

결계를 형성해서 두 사람의 의식을 심상 공간으로 보내는 역할을 하는 것은 그녀였다. 그녀는 두 사람의 안전을 생각해서 여러 가지 방어기제를 설정해 두었지만 신우가 괴로워하는 모습을 보니 좀 더 많은 대비가 필요할 것 같았다.

하지만 유현은 고개를 저었다.

"아니. 이 이상 동조율을 낮추면 훈련의 감도도 같이 깎여나가고 말 거야. 그럼 의미가 없으니 이 정도를 유지해야지."

"하지만 신우가 너무 힘들어하잖아."

"훈련 스케줄을 좀 조절하지, 당분간은 죽음까지는 가지 않

는 방향으로. 네 번이나 죽고 죽이는 훈련을 했으니 당분간은
약간 위험한 정도로도 충분해."

씩 웃으며 말하는 유현을 보며 신우는 흠칫 몸을 떨었다. 먹
이를 노리는 맹수 같은 미소를 지으며 '약간'이라고 말하는데
왜 자연스럽게 팔이 날아가고 내장이 파열돼서 피를 토하는
광경이 연상되는 것일까. 며칠 만에 벌써 이런 지경까지 도달
해 버린 자기 자신의 모습이 슬프기까지 하다.

"오늘 수업은 여기까지 하지. 한 시간이나 지났군. 많이 봐
줬다."

"…어차피 집에서 나가지도 못해서 심심하시면서."

"뭐라고?"

"아, 아니. 아무것도 아니에요. 오늘도 수고하셨습니다!"

신우는 잽싸게 인사를 하고는 현관으로 달려가 버렸다. 그
가 나가는 것을 본 유현에게 난슬이 다가오며 애타는 목소리
로 그를 불렀다.

"유현아."

"왜?"

"한판 하자아."

누가 들으면 오해의 여지가 다분한 말이었다. 하지만 유현
은 시큰둥하게 대꾸했다.

"또 하자고? 온라인 연결하는 법 알려줬잖아. 그냥 적당히
대전 상대 찾아라."

난슬이 하자는 것은 게임이었다. 그녀는 최근 비디오 게임

에 푹 빠져서 온갖 게임을 섭렵해 대고 있었다. 격투 게임, 레이싱, FPS, RPG에 이르기까지 가리지 않고 폐인 생활을 해대서 약간 걱정스러울 지경이다.

"하자아. 내가 애 가르치는 거 도와줬잖아."

"너도 밥값은 해야지."

"매정해!"

난슬이 입술을 삐죽이며 투덜거렸다.

이러니저러니 하면서도 결국 유현은 그녀와 함께 게임을 즐겼다. 어차피 그녀를 감시하면서 집에만 있다 보니 할 일이 없었기 때문이다. 학교에 안 나가는 것은 물론이고 밥 먹으러 신우네 집에 갈 때를 제외하면 집에서 나가는 일 자체가 거의 없었다. 설령 나간다고 해도 이 아파트 건물은 절대 벗어나지 않는다.

'아, 젠장. 이놈들은 도대체 며칠이나 지나야 단서를 잡을 생각이지?'

벌써 이런 생활을 한 지도 나흘째. 육도의 에이전트들에게서는 이렇다 할 반응이 없다. 다만 하루에 한 번씩 핸드폰이나 메신저로 연락을 주고받을 뿐이었다.

덕분에 요 며칠간은 훈련장에 가지 못해서 좀이 쑤셨다. 집에서 할 수 있는 훈련은 꾸준히 했지만 좁은 공간에서 할 수 있는 일들이라고 해봐야 뻔하다. 대신 신우를 들들 볶는 것만이 무료함을 달래주고 있었다.

'쳇. 뭐, 내가 자초한 일이니까 어디 가서 하소연도 못하고

말이지.'

한번 책임지겠다고 했으니 끝까지 할 수밖에 없지 않은가. 유현은 속으로 투덜거리면서 컴퓨터를 켜고 온라인 쇼핑몰에 들어갔다. 아무래도 당분간 먹을 간식거리라도 잔뜩 주문해 놔야겠다.

*   *   *

신아연은 망혼의 아지트에 머물게 되면서 굉장히 노골적인 움직임을 보였다. 곧바로 상부에 현재의 상황을 보고하고 지원을 요청한 것이다.

강력한 위협이 드러났다면 강력한 억지력이 투입되어야 한다. 일단 구미호이자 요괴선인인 난슬은 드러난 위협이다. 그녀가 실제로 요괴로서 그들을 적대하든, 아니면 요괴선인으로서 무고한 자로 밝혀지든 간에 위협이 될 가능성이 있다면 그때를 대비하지 않으면 안 된다.

육도의 상부에서는 그녀의 요구가 타당하다고 여겼다. 하지만 쉽사리 인원을 내주지는 못하고 대신 제1급 사태 때만 허용되는 강력한 장비들을 운송시켜 주겠다고 약속했다.

"어째서 지원을 해주지 못한다는 거죠?"

그 사실을 들은 진선희가 짜증을 냈다. 그녀도 지원이 절실한 상황이라고 판단하고 있었다. 그런데 인원을 내주지 못하겠다고 하니 답답할 수밖에.

그렇다고 상부 측에서 아주 꽉 막힌 대답을 한 것은 아니다. 고급 인력은 여유가 없지만 축생 계급 이하의 인원이라면 열 명 단위로 지원을 해주겠다고 한다.

'근데 그런 인원들이 와봐야 별 쓸모가 없다는 거지.'

발로 뛰어줄 인력이야 많혼이 있지 않은가. 괜히 조직에 부담을 줘가면서 별로 쓸모없는 인력을 불러봐야 의미가 없다. 한 명이라도 쓸모있는 인력을 불러야 한다.

일단 축생 급 에이전트들 중에 쓸모있는 인원들을 보내달라고 말은 해뒀지만 큰 기대는 하지 않는다. 수라 급 이상의 여력이 전부 집중된 상황이라면 축생 급 중 쓸 만한, 그러니까 진선희 같은 존재는 이미 현장 투입이 끝났을 것이다.

신아연은 진선희에게 이유를 설명해 주었다.

"중국의 금오, 일본의 쿠로카미, 미국의 디스트로이어 세 조직이 국내에 들어왔어. 자세한 정보까진 알려주지 않았지만 아마 뭔가 굉장히 중요한 것을 두고 다투는 것 같아. 우리 쪽에서도 상당한 전력이 투입됐어."

이것은 신아연의 활동 기간 동안에는 유례를 찾을 수 없는 대사건이었다. 세계 최고의 강자들이 한국으로 모였다. 한국에 나타난 무언가를 자신들의 손아귀에 넣기 위해서. 당연하지만 한국을 텃밭으로 삼는 육도가 이것을 용납할 리 없고, 그 결과는 전쟁이다.

상부에서 여력이 없다고 말하는 것도 이해가 간다. 지금 상부에서는 아직도 여유가 남은 것처럼 보이는 대요괴 사건 정도는 별것 아닌 걸로 보고 있을 것이다. 적들의 면면이 대요괴보다 훨씬 더 위험하고, 그들 모두가 노리고 있는 것의 가치는 상상을 초월할 테니까.

"금오와 쿠로카미, 거기에 디스트로이어까지 적이라고요?"

"전부 적이지. 교섭에 따라 누군가는 아군이 될지도 모르지만."

"세상에……."

아직 경험이 적은 진선희는 그런 상황이 잘 실감이 가지 않는 모양이었다. 아니, 상상도 하기 어렵다고 하는 편이 옳을까?

하지만 이 업계에서 일하고 있는 이상 영원히 적으로 만날 가능성이 없는 존재는 없다. 연옥에 있는 모든 존재들은 서로가 잠정적인 적이다.

"어쨌든 장비는 잔뜩 신청해 둔 상태인데, 데이터베이스에서 리스트 확인해 보고 혹시 네가 더 필요하다고 생각하는 거 있으면 추가로 신청하도록 해. 아마 내일이나 모레까지는 올 거야."

"사람은 못 준다면서 장비는 빨리도 주는군요."

"전국적인 인프라를 갖추고 있는 게 육도의 자랑이지. 그냥 대기업 스타일일 뿐이지만."

"장비만으로 그 구미호를 상대할 수 있을 것 같지 않은데."

진선희가 투덜거렸다. 그건 단순한 투덜거림이 아니고 사실이기도 했다. 그날 난슬과 부딪쳐 본 결과, 설령 망혼이 협력해

준다고 하더라도 현 상태에서는 절대 제압 불가능하다는 결론을 얻었다. 의지만으로 용맥을 용트림할 수 있는 대요괴는 그 자체로 천재지변 같은 것이다. 난슬은 단순한 구미호가 아니었다.

"그렇겠지. 뭐, 그래도 하는 데까지는 해보는 게 우리 일이야. 기왕이면 그 녀석이 말한 대로 그 구미호가 적이 아니길 바라도록 해. 가능성이 없는 일도 아니고, 만약 그렇다면 우리는 팔미호를 구미호의 도움까지 받아가면서 처치할 수 있게 되니까."

"요괴를 어떻게 믿어요?"

"요괴를 믿는 게 아니라 옹호하고 나선 인간을 믿어보는 거지. 적어도 지금까지는 조용하잖아?"

"전 솔직히 못 믿겠어요."

진선희가 고집스럽게 말하는 모습을 신아연은 피식 웃으며 바라보았다. 그전까진 당돌하면서도 감정 표현이 거의 없는 냉정한 녀석인 줄 알았는데, 진유현과 관련된 이야기만 나오면 감정적이 되는 게 재미있다. 자존심에 상처를 입은 거야 이해하지만 이 정도로 감정적이 되다니, 역시 아무리 혹독하게 교육을 받고 자랐어도 애는 애인가?

"믿지 못하는 거하고는 별개로 그러기를 바라라는 이야기야. 왜냐하면 그 편이 우리한테도 나으니까."

"그렇긴 하군요."

"어쨌든 임무 수행 중에 너무 감정적이 되는 건 안 좋아. 진유현이라는 녀석에 대한 감정은 일단 접어둬. 명령이야."

"……."

진선희는 발끈하는 기색을 보였지만 차갑게 가라앉은 신아연의 눈을 보고는 꼬리를 내렸다. 어린애답게 구는 게 보기에 재미있긴 하지만 임무 수행에 방해가 된다면 가차없이 배제해야 한다. 그렇게 해왔기에 신아연은 지금까지 살아남았다.

'이번에는 데스트레자는 안 들어온 건가…….'

신아연은 옛 기억을 떠올리면서 왼팔을 쓰다듬었다. 멀쩡한 오른팔과는 다른 감각을 전달하는 왼팔에서 존재할 리 없는 통증이 느껴지는 것 같았다.

그녀는 담배 한 개비를 꺼내서 물고 마법으로 불을 붙였다. 열린 창문으로 뿌연 담배 연기가 흩어져 갔다.

2

높은 하늘을 한 대의 정찰형 기체가 날고 있었다. 레이더 감시를 피하기 위해 고도 2만 미터 이상의 높이를 나는 이 기체는 미군의 레이더에도 잡히지 않고 유유히 성층권을 가르며 대한민국 영공을 침범했다.

"목표 지점까지 앞으로 3분."

조종사의 목소리가 스피커를 통해 들려왔다. 그러자 안에 탑승하고 있던 네 명의 인물은 자신의 몸 상태를 점검하고 장비를 착용하기 시작했다. 전신을 SF 영화나 게임에서나 나올 법한 디자인의 장비들로 도배한 그들이 헬멧을 착용했을 때, 순차적으로 시간을 알려주던 조종사의 목소리가 다시 울려 퍼졌다.

"목표 지점까지 앞으로 30초."

그 말을 들은 네 명의 인물은 개구리 같은 자세로 바닥에 납죽 붙었다. 그리고 조종사의 목소리가 마지막 카운트다운을 시작했다.

"5, 4, 3, 2, 1… Fire!"

덜컹!

동시에 그들을 지탱하고 있던 바닥이 훤히 열려 버렸다. 기류가 무시무시한 기세로 기체 안으로 쏟아져 들어오는 가운데 네 사람과 그들 모두를 합친 것보다 더 커다란 새카만 알 같은 금속제 구조물 네 개가 아득한 성층권으로 내던져졌다.

그러나 네 사람은 조금도 당황하지 않고 여유있게 떨어져 내리기 시작했다. 2만 미터는 상상도 하기 어려운 높이다. 하지만 그들은 일반인이 아니었고, 이렇게 떨어진다 한들 안전하게 지상에 도착할 자신도 있었다.

[나참, 꼭 이런 식으로 가야 돼?]

그들 중 하나가 투덜거렸다. 그들의 헬멧에는 방음 장치와 통신 장치가 있어서 이런 상황에서도 쾌적하게 대화를 나눌 수 있었다.

[어쩌겠어? 급하다는데. 상부에서 까라면 까야지. 우리가 벌써 11차니까 벌써 200명 넘게 집결해 있어.]

[아니, 아무리 그래도 그렇지 이게 뭐야? 퍼스트 클래스를 태워 보내주길 바라는 건 아니지만 이건 너무 심하다고.]

그들은 영어로 대화를 나누고 있었다. 그들이 입은 블랙 오리하르콘을 마법 회로로 짜 넣은 탄소 나노 튜브 방탄복과 그 위로 장착된 나노 플라스틱 장갑에 각인된 술식들이 빛을 발하며 사방으로 무지갯빛 입자들을 흩뿌린다. 그로써 그들의 존재는 어떤 전자적, 마법적 관측 장비에도 잡히지 않게 되고 낙하 시에 받는 부하로부터 보호되고 있었다.

성층권에서부터 낙하하기 시작해 오존층을 돌파, 대류권으로 들어선 그들은 이 기나긴 추락을 즐기고 있었다. 물론 마법적인 조치를 통해 낙하 속도에 제동을 걸고 마찰로부터 스스로를 보호하는 일도 잊지 않는다. 그들 모두는 강력한 마법사였으며, 지금 걸치고 있는 장비는 100년 전이었으면 신화 속에서나 등장할 법한 것들이었다.

그들은 고도가 1킬로미터 미만으로 떨어지자 곧바로 마법을 사용해서 낙하 속도를 낮추었다. 그들을 둘러싼 결계가 받는 공기 저항이 기하급수적으로 늘어나면서 낙하산을 탄 것처럼 팔랑거리는 움직임으로 떨어져 내린다.

그런데 그때였다.

쾅!

충격파가 터지면서 엄청난 속도로 날아온 무언가가 그들 중 하나를 관통했다. 주변을 둘러싼 3중 결계막이 종잇장처럼 찢겨져 나가고 라이플 총격에도 찢겨지지 않는 방어복 역시 무력하게 꿰뚫렸다. 단 일격으로 동료의 상반신 절반이 날아가는 것을 본 나머지 세 명이 깜짝 놀라서 공격이 날아온 곳을 바라보았다.

보이지 않는다. 너무 멀었다.

[뭐야? 도대체 어디서 저격을 한 거지?]

그들은 동요하면서도 방어 결계를 견고하게 구축했다. 그들 자신이 발하는 결계 술식에 장비의 힘이 더해져 16중 복합 방어 결계가 펼쳐진다. 이거라면 50미터 앞에서 발사되는 대전차 라이플도 코웃음 치며 막을 수 있다.

동시에 그들의 낙하 속도가 눈에 띄게 빨라졌다. 아무리 하나는 낙하용으로 전개했다지만 3중 결계가 뚫리다니, 이런 상황에서 허공에 오래 머물렀다간 저격의 밥이 될 뿐이다.

쾅!

소리가 들렸을 때는 총격이 결계와 충돌하고 있었다. 결계를 유지하면서 헬멧에 탑재된 원견(遠見)의 술식을 이용해 먼 곳을 바라본 한 명이 비명처럼 소리를 질렀다.

[지저스! 4킬로미터 밖이야!]

[뭐? 뭔 개소리야? 그게 말이 돼?]

[못 믿겠으면 네가 직접 보면 되잖아!]

쾅!

또 한 방의 저격이 날아들었다. 세 번째 총격을 통해 그들은 상대방이 쓰는 탄의 사이즈를 알았다. 적어도 인간이 들고 다니면서 쏘라고 만들진 않은 12.5mm 정도 사이즈의 탄이다.

게다가 무슨 방법을 썼는지는 모르겠지만 탄속이 무시무시하게 빠르다. 레일건을 쓰는 것도 아닐 텐데 적어도 마하 4는 되는 것 같았다. 이 정도 위력이면 16중 복합 결계로도 안심할 수 없다. 실제로 단 두 방을 비껴내는 데 결계의 70%가 날아가서 다음 저격이 날아들기 전에 재구축하느라 전력을 다하고 있었다.

[젠장! 일단 내려간다!]

그들은 편안하게 내려가는 것을 포기하고 낙하 속도를 높였다. 세 발 정도의 저격이 그들을 노렸지만 낙하 속도가 빠른데다가 결계의 힘이 워낙 막강해서 더 이상의 사상자는 나오지 않았다.

그들이 무사히 지상에 내려서는 것을 본 저격자가 혀를 찼다.

"칫. 한 놈밖에 못 해치웠나? 과연 정예답군."

스나이핑 고글을 벗으며 투덜거린 붉은 머리칼의 청년은 예전 육도의 수라 급 에이전트였던 오지윤이었다. 그의 곁에는 대마법사라 불리는 은발의 중년 남자 모건이 팔짱을 끼고 서 있었다.

"저격 솜씨가 영 꽝이구만. 내가 도와줬는데 한 놈밖에 못 잡았어?"

"저놈들 장비가 장난 아니라고요. 도대체 뭐야, 저거? 전투 에이전트들이 16중 복합 결계를 치다니. 혁이 녀석한테는 저런 장비 있다는 거 듣지도 못했는데."

"블랙 오리하르콘을 쓴 전투복을 실전 투입한 것 같군. 마력과 술식 데이터 저장량, 그리고 공명 증폭률이 워낙 큰 녀석이니 저 정도 성능을 보일 수도 있지. 우리 쪽은 아직 실험 단계인데 벌써 실전 투입하다니 정말 미국 놈들 돈하고 기술 하나만은 알아줄 만하군."

"저 장비, 얼마나 하는데요?"

"한 놈당 천만 달러 이상은 처발랐을걸."

"지네들이 무슨 전투기도 아니고 무슨 장비 값으로 천만 달러나 발라요? 하여튼 돈으로 미는 것들은 이래서 안 된다니까."

지금까지 돈 때문에 고생 좀 해본 오지윤은 마음에 안 든다는 듯 투덜거렸다. 그의 옆에서 특수 제작된 12.5㎜ 고중량 프레체트탄을 쏠 수 있도록 독자적으로 만들어진 길이 2미터짜리 대형 가우스 라이플이 열기를 발하고 있었다. 저격용으로 쓰긴 했지만 이걸 라이플이라고 해야 할지도 의문이다.

원래는 마법을 사용하지 않으면 제대로 활용하기 힘든 총이지만 대마법사 모건은 그냥 쓰는 것으로는 부족하다는 듯 아예 한술 더 떴다. 특수 제조된 마법 탄환을 자기가 즉석에서 개조, 총기에 일곱 가지 고위 마법을 더하더니 엄청난 위력으로 정밀 사격이 가능하도록 지원한 것이다. 그가 옆에서 지원해 준 덕분에 4킬로미터 밖에서 12.5㎜ 고중량 프레체트탄을 마하 4.2의 속도로 날려서 저격한다는 초현실적인 발상이 현실화될 수 있었다.

"어쨌든 일단 철수하지. 목적은 달성했다."

"그런데 저놈들, 가져오는 게 도대체 뭐죠?"

오지윤이 능숙하게 총기를 분해해서 수납하면서 물었다. 한
놈을 해치우긴 했는데 그놈들과 함께 낙하하던 검은 알 같은
것이 마음에 걸린다.

"아마 골라이어스(Goliath) 같다."

"골라이어스? 고지능 전투형 골렘이라는 그거 아니에요?"

"그래. 디스트로이어 놈들의 비밀 무기 중 하나지. 어떤 형
태일지는 잘 모르겠지만 놈들의 장비 수준으로 보건대 분명
최신형이 투입됐겠군. 적어도 한 대당 2억 달러는 할 거다."

"맙소사. F—22 랩터 한 대 값이잖아? 차라리 그걸 노릴 걸
그랬군요."

"아서라. 노린다고 한들 부서지지도 않았을 거야. 그 알 같
은 건 원래 대기권 밖에서 투하해도 부서지지 않는다는 것을
전제로 만들어진 거니까. 반응 장갑 따위하곤 방어력이 비교
가 안 될 게다."

"…무슨 우주전쟁이라도 한답니까?"

"그런 상황까지 상정한 것만은 분명하지. 디스트로이어 녀
석들은 NASA를 조종해서 달이나 화성을 노리고 있으니까."

"기가 막히는군요."

"원래 돈 있는 놈들이 하는 짓이 그래. 그럼 갈까?"

오지윤이 장비를 다 챙긴 것을 본 모건이 손뼉을 짝짝 쳤다.

그러자 그로부터 희미한 빛의 파문이 일어나더니 조금씩 그들의 모습이 흐려지며 공간으로 녹아 들어갔다.

"매번 느끼는 건데 정말 기분 나쁘네요, 이거."

"그럼 그냥 발로 뛰어오든지."

투덜거리는 오지윤에게 모건이 한마디 툭 쏘아주는 것과 동시에 두 사람의 몸은 목적지로 공간 이동해서 사라졌다.

*   *   *

"음?"

혈사왕(血蛇王) 위강은 눈을 떴다. 그가 사방 30리(약 12킬로미터)에 걸쳐 전개하고 있는 탐지망에 심상치 않은 기척이 걸려들었기 때문이다. 그는 눈살을 찌푸리며 그 기척이 걸려든 지점으로 천리안을 전개해서 자세한 상황을 살폈다.

"후훗. 재미있는 짓을 해주는군."

섭선을 펼치며 미소 짓는 그는 옛 중국의 미공자가 현대로 건너온 듯한 모습이었다. 뒤로 넘겨 질끈 묶은 머리 아래로 남자다우면서도 수려한 얼굴이 드러나 있었고, 고급스러운 비단옷을 걸쳤다. 그러나 그의 눈은 황금빛을 발하고 있어 결코 인간이 아니라고 주장하는 것 같았다.

"무슨 일이지?"

그의 맞은편에서 한 남자가 물었다. 가부좌를 틀고 앉은 그 남자는 인간이 아니었다. 그는 새하얀 여우를 인간으로 바꿔

놓은 듯한 모습에 도인처럼 도포를 걸치고 있었는데, 더더욱 눈에 띄는 것은 오른쪽 눈이 칼에 베인 흉터에 걸려 감겨 있다는 점이다.

위강이 대답했다.

"아아, 디스트로이어 놈들이 모여드는 듯하오. 초고공에서 죽자 사자 뛰어내리니 막을 수도 없고 난감하군. 그런데……."

"그런데?"

"새로 뛰어든 놈들이 그놈들을 저격해서 한 마리를 떨어뜨렸소. 대충 12리 정도의 거리에서."

"12리 밖에서? 그런 초장거리 저격이 가능한가? 설마 레일건을 가져온 건 아닐 텐데?"

여우인간이 깜짝 놀라서 물었다. 위강이 피식 웃었다.

"대단한 마법사가 하나 붙어 있더군. 시간을 되감아서 쫓아가면서 탄속을 측정해 보니 음속의 네 배 이상이었소. 그리고 그놈들의 실체는 잡을 수 없는 걸 보니 저들도 우리와 동등한 실력자가 있다고 봐야 할 것 같고."

"대단하군. 7대세력에 속한 놈들이 아닌데 우리와 동급이란 말인가?"

"어쩌면 육도의 마법사일지도 모르지. 대다수는 수라 급이지만 인간 급도 몇 온 것 같으니……."

육도의 계급은 총 여섯 단계. 이렇게 말하면 수라 급보다 인간 급이 훨씬 강하고, 인간 급보다 천상 급이 훨씬 더 강할 것 같지만 실제로 그렇지는 않다. 그동안의 전적으로 미루어 파악한 바에 의하면 전투원으로서는 수라 급이 최전선에 투입되는 가장 강력한 계급이고, 인간 급부터는 재해에 대응하는 판단력, 혹은 특수 능력을 가졌거나 마법이 경지에 이르러 전략적으로 활용할 수 있는 수준에 이른 자들이었다. 그러니까 그들과 국지전에서 맞붙었을 때 꼭 수라 급보다 더 상대하기 까다롭다는 보장은 없다.

다만 전술적으로 보건대 그들이 골치 아픈 요소라는 것만은 분명했다. 국지적 전투력은 몰라도 대인원의 작전 수행을 백업하거나 작전 환경 자체를 바꿀 수 있는 대규모 능력자일 가능성이 높았으니까.

"게다가 레일건은 실제로 조심해야 할 것 같소. 이놈들 골라이어스를 투입하기 시작했는데 천리안으로 보니 소문의 신형이오. 얼마 전에 중동지역에 시험 투입되었다는."

"그러고 보니 그 신형은 레일건을 달고 있다는 보고가 있었지. 골치 아프게 됐군. 21세기나 되다 보니 슬슬 신선들의 보패가 과학 문명에 따라잡히는 상황이라니."

"마학 문명이지요. 과학만으론 아직 골라이어스에 탑재할 수 있는 소형 레일건 따윈 못 만드니까."

위강은 코웃음을 치며 내뱉었다.

그들이 대화에 사용하는 언어는 중국어였다. 그들이 바로 퀘이사라 불리는 핵심 포인트를 점거한 중국의 무력 집단 금오의 수뇌들인 것이다.

뱀을 본신으로 삼는 요괴선인 혈사왕(血蛇王) 위강.

여우를 본신으로 삼는 요괴선인 백호존(白狐尊) 규혼.

금오에서도 드물다는 요괴선인이 바로 그들이었다. 둘 다 300년 이상 살아온 존재로 인간들 중에는 감히 그들과 대적할 수 있는 존재가 드물다.

그들은 금오 본산지의 예언자 헌우의 말에 따라 전투부대를 이끌고 이곳 설악산에 있는 퀘이사를 점령했다. 이제부터는 본산에서 보내는 인원들과 합류해서 이곳에 전초기지를 만들어가야 했다.

물론 그전에 속속 집결하는 적들의 전투부대를 물리쳐야 한다. 현재까지 확인된 것은 한국의 패자 육도와 일본의 쿠로카미, 그리고 미국의 디스트로이어, 마지막으로 정체를 알 수 없는 녀석들이 있었다.

그래도 러시아의 스패쯔나쯔나 영국의 퀸 오더, 스페인의 데스트레자까지 오지 않은 게 다행이다. 사실 그들은 북유럽에서 발굴된 아서왕 시대의 대마법사 멀린의 유물을 두고 다투느라 여기까지 신경 쓸 여력이 없었다.

"어쨌든 판은 짜졌군. 남은 건 전쟁뿐인가?"

"그렇소. 병력도 어느 정도 집결했으니 슬슬 공격해 들어오지 않을까 싶군."

"홍. 내 역천반극대진(逆天反極大陣)을 쉽게 깰 수 있을 거라고 생각한다면 큰코다칠 거야."

여우인간 규혼이 코웃음을 치며 말했다. 그는 진법의 대가로 서양의 마법사들과는 비교도 할 수 없는 수준의 결계를 구축해 놓고 있었다. 진법 안에 하나의 세계가 창조된다고 해도 과언이 아닌 역천반극대진은 이미 마법의 다중 결계와는 개념부터 따져 봐도 수준이 다르다.

"적들도 우습게 보진 않을 것이오. 어쨌든 저도 준비를 좀 해두었습니다. 우리 병력이 적은 만큼 버린 돌로 쓸 것들은 다량으로 확보해 두는 게 좋으니……."

"여긴 이미 우리의 진지가 되었으니 저놈들도 많은 피를 흘릴 것을 각오해야 할 것이야."

"게다가 어차피 그들이 서로 협력할 리가 없지. 자기들끼리도 싸우느라 바쁠 테니 우리는 그 틈에서 여길 지켜내기만 하면 되오."

두 요괴선인은 그렇게 대화를 나누고는 구체적인 대응 방안을 짜서 텔레파시로 부하들에게 전달했다. 이곳을 점거한 금오의 병력은 총 108명. 지금 몰려들고 있는 자들에 비하면 소수지만 이미 진지를 구축하고 방어하는 입장이라 지킬 수 있다는 자신감이 충만했다.

문득 규혼은 자신의 진을 자극하듯 흐르는 위협적인 기운을 느끼며 코웃음을 쳤다. 그리고 지금까지 그들이 있던 곳, 엄청난 충격에 의해 깊숙이 파인 무저갱 같은 구멍 위로 둥실 떠오른 채 그 아래쪽을 바라보았다.

구우우우웅…….

먼 곳에서 들려오는 굉음 같은 이 소리는 분명 그의 선술에 힘을 쥐어짜 내지고 있는 용맥이 요동치는 소리겠지. 하지만 그는 그 너머, 용맥을 타고 흐르는 정기마저 끊어놓은 이 나락의 끝자락을 보고 있었다.

"창세의 빛이라……."

그는 피식 웃으며 중얼거렸다.

까마득한 구덩이 아래쪽에는 푸른 별빛이 강처럼 흐르고 있었다.

3

오지윤은 아이팟의 배터리가 다된 것을 알고는 눈살을 찌푸렸다. 한창 좋아하는 Night wish의 노래가 나오고 있었는데 끊어지다니. 그는 투덜거리면서 아이팟을 충전시켜 놓고는 몸을 일으켰다.

"왜 그래?"

장비를 점검 중이었던 정도일이 물었다. 오지윤이 퉁명스럽게 대꾸했다.

"아크메이지한테 가보려고요."

"그 양반 바쁜데 너무 귀찮게 하지 마라. 나랑 장기나 한 판 두지?"

"됐어요. 노친네같이."

"어, 노친네라니. 야!"

정도일이 발끈했지만 오지윤은 재빨리 막사에서 나와 버렸다.

그들은 숲에 결계를 펼치고 야영을 하고 있었다. 여기에 투입된 병력만 대략 300명 가까이 되고 보조병력이라고 할 수 있는 인간 외의 여러 가지 존재를 포함하면 개체수만으로는 500이 넘는다. 육도의 텃밭에서 이 정도 숫자를 운용한다는 것은 상부에서 이 일을 얼마나 중요하게 여기고 있는지 잘 알려주고 있었다.

'뭐 퀘이사는 우리 계획의 중추니까.'

정확히는 '중추였던 것'이라고 할 수 있겠다. 모건은 이미 퀘이사에서 얻을 수 있는 것은 다 얻었고 그걸 통해 연구를 발전시켜 나가고 있는 중이었으니까.

게다가 세계 7대세력 중 네 군데가 집결해서 쟁탈전을 시작하는 것을 보면 그 가치를 인정하는 게 그들만이 아님을 알 수 있을 것이다.

"어, 오지윤아, 디스트로이어 애들하고 붙었다며?"

모건의 막사로 가려고 할 때 김혁이 나타나서 물었다.

"붙은 게 아니고 일방적으로 두들겨 팬 거지. 낙하산도 없이 떨어지는 놈들을 4킬로미터 밖에서 저격했으니까."

"4킬로미터? 뭐야? 그게 가능한 거야?"

총기 전문인 김혁은 믿을 수 없다는 듯 눈이 휘둥그레졌다. 그의 상식으로 저격이 가능한 최대거리는 2킬로미터 정도가 고작이었다. 물론 이것도 일반인 기준으로는 말이 안 되는 것이고 연옥의 초일류 스나이퍼에게나 가능한 것이다. 스나이퍼들끼리는 2킬로미터를 넘어가면 그곳은 저격의 우주라고 부른다. 대기권 밖보다 더 멀게 느껴진다는 의미에서.

　그런데 4킬로미터 거리에서, 그것도 고속으로 떨어져 내리는 표적을 저격한다고? 상식적으로는 절대 불가능한 일이다.

　"그놈들 2만 미터 상공에서 낙하산도 없이 뛰어내리던데 정말 겁도 없지. 그래서 고도 400미터 미만까지 내려오길 기다렸다가 쐈어. 나도 안 될 줄 알았는데 대마법사가 보조하니 불가능이 없더군."

　오지윤은 그때의 감각을 떠올리며 대답했다. 모건이 마법으로 보조했을 때의 감각은 정말 불가사의하다고밖에 말할 수 없었다. 시간은 무한히 느려지고 감각은 무한히 확장되어서 이 세상에 포착하지 못할 타이밍이 없을 것 같은 그 느낌.

　'어쩌면 그 감각이 현종이가 말한 그거랑 비슷한 건가?'

　오지윤은 아직 상부에는 알리지 않고 비밀리에 추진 중인 연구를 떠올리며 눈을 가늘게 떴다.

　"2만 미터에서? 겁도 없네. SA급 에이전트들인가?"

　"SA라… 전투 에이전트들 중에서는 그 등급이 최고라고 했지?"

　"뭐 SA 중에서도 팀장 클래스는 SS로 분류하긴 하지만 보통 디스트로이어의 전투 에이전트 최상위 계급이라고 하면 SA 클래스지."

　그 위에는 관리직들이 있긴 하지만 그건 현장의 에이전트들과는 상관없다. 군대에서 장군을 비롯한 지휘관들이 직접 싸우는 게 아니듯 디스트로이어의 조직 체계는 관리직과 현장직의 등급이 따로 매겨져서 돌아가게 되어 있었다. 전부 하나로 묶어서 계급을 주고 역할에 따라 분류만 하는 육도하고는 다르다.

"그리고 골라이어스라는 걸 갖고 왔더군. 그거 하나 2억 달러는 된다며?"

"골라이어스까지? 완전히 작정했군. 그거 굉장히 골치 아파. 전차보다 훨씬 더 세다고."

"덤으로 마법적인 대응능력까지 갖추고 있겠지."

"최신형이면 아마 레일건도 갖추고 있을 거야. 얼마 전에 중동에서 성능실험했다는 이야길 들었어."

"레일건?"

레일건이라면 어마어마한 전력을 먹는 대신 단 일격으로 함선도 격파할 수 있는 위력을 발휘한다는 그것 아닌가? 포탄을 음속의 몇 배나 되는 속도로 쏘아내기 때문에 엄청난 파괴력이 난다고 한다.

그런걸 쏘면 마법사도 못 막는다. 사실 오지윤이 디스트로이어의 병력을 상대로 쏜 4킬로미터 저격도 거의 소형탄을 쓴 레일건이라고 봐도 과언이 아니었다. 탄속이 무려 마하 4.2였으니까. 물론 그의 라이플은 좀 더 심플하게 만들 수 있는 대신 안정성이 레일건에 비해 월등히 떨어지는 가우스건이었지만.

그런데 그걸 훨씬 큰 탄을 이용해서 더 빠른 속도로 쏘아낸다면?

"일단 조준이 정확하게 되면 끝이라고 봐도 과언이 아니겠는데. 대책을 강구해야겠군. 골라이어스의 기동력이나 그런 건 좀 아는 게 있어?"

"아크메이지한테는 이미 정리해서 보고했어. 아까 달라고 하시더라고."

"역시 그 영감님도 심각하게 생각하고 있었군."

오지윤은 알겠다고 하고는 모건의 막사로 향했다. 혼자서 큼지막한 막사를 차지하고 있는 모건은 푸른색을 띤 이상한 모노클을 낀 채 책들을 펼쳐 놓고 뭔가 실험을 하고 있는 것 같았다. 그러다가 오지윤의 기척을 느끼고는 모노클을 벗고 그를 바라보았다.

"무슨 일이냐?"

"레일건에 대한 대책은 세웠어요?"

"아, 그거? 난 맞아도 안 죽으니까 괜찮아."

"…우리는요?"

"맞으면 죽어야지. 너희까지 내가 무슨 재주로 막아줘?"

"……."

"그런 눈으로 봐도 레일건은 대책없다. 직격당하는 걸 피해도 궤도상에 가까이 있기만 해도 따라오는 충격파에 맞아서 죽을걸? 발견되지 않고 접근해서 골라이어스 본체를 끝장내는 수밖에."

"젠장."

오지윤은 입술을 깨물었다. 예상은 했지만 역시 대마법사도

자기 자신이 아닌 다른 사람까지 어떻게 해주는 것은 무리인가. 영적 수호라던가 자동으로 발현되는 방어결계 정도는 얼마든지 사용해 줄 수 있겠지만 레일건의 위력은 그런 건 다 가볍게 무시해버린다.

"신들이 입었던 갑옷이라도 가져오던가. 요즘 병기 진짜 무섭다니까. 생각해 봐라. 30㎜ 짜리 포탄이 마하7로 날아드는 거야. 단순한 쇳덩어리를 쏴도 전투함이 일격에 완파될 텐데 저놈들은 분명히 마법적으로 특수한 효과가 나도록 잔뜩 공을 들였을 거란 말이지. 그런걸 남이 막아주기를 기대하는 건 좀 무리가 있지 않겠느냐?"

"아서왕의 갑옷을 입고 있어도 박살나겠군요."

원래 마법적 물건들은 오래될수록 가치가 있었다. 아서왕의 성검 엑스칼리버나 쇠도 끊었다는 조조의 청홍검과 의천검, 아일랜드의 영웅 쿠홀린이 썼다는 마창(魔槍) 게이볼그 정도 되면 현대에 와서는 전술병기급 위력을 과시한다. 게다가 마법사가 그걸 통해 얻는 이득으로 가면 값어치를 따지기 어려울 정도다.

하지만 1차 세계대전 이후 과학문명이 엄청나게 발달하면서 그와 결합한 마법 역시 상상을 초월할 정도로 발달했다. 고대의 물건은 지금도 마법사의 고고학적, 그리고 마법적 가치가 충분하지만 전투에 활용할 수 있는 위력으로만 생각하면 그것들을 능가하는 병기를 양산하는 건 어렵지 않았다.

레일건은 신화시대에 있었다면 그 유명한 묘르닐을 든 뇌신

토르도 맨발로 도망가게 만들 수 있었을 물건이다.

"쳇. 디스트로이어 놈들 그런 터무니없는 것을 실전투입하다니."

"전력문제를 마법으로 해결한 센스가 꽤 놀랍지. 뭐 우리 쪽도 양산이 멀지 않았으니 기대하거라."

"…당장 전투에서 어떻게 해야되는데요?"

"그것도 걱정 마라. 레일건을 맞으면 그냥 죽어야겠지만 적어도 여기가 발견되진 않을 테니까 놈들이 서로서로 치고받을 때를 노려서 어부지리를 획책해야지. 내가 대마법사 아니겠냐."

"근데 다른 집단은 그렇다 치고 퀘이사를 점거한 금오 놈들은 굉장히 고위층이 왔다면서요? 거기 고위층 요괴선인들 아니었어요?"

"선술의 결계는 마법의 결계보다 우위다, 그런 이야길 하고 싶은 거냐?"

그것은 연옥의 상식 중 하나였다. 적어도 결계에 관련된 기술은 선술이 마법보다 훨씬 더 고차원적인 영역에 올라서 있다는 것. 그것이 양산성 있는 문명과 이어지지 않는다는 점에서 마법에 비해 산업성이 떨어지지만, 그런 기술이 집약된 선인들의 보패는 고대의 무구보다도 엄청난 위력을 발휘한다.

"뭐… 기분 나쁘실 수도 있겠지만 당장 목숨이 걸린 문제다보니."

"훙. 나는 인류 역사상 실현한 인간이 없는 초장거리 공간도

약을 성공시킨 몸이다. 시공간을 다루는 문제에 있어서는 요 괴선인이 아니라 천계의 신선이 와도 지지 않는다."

"…진짜 신선은 어차피 인세에 나올 일이 없잖아요."

선인이 신선이 되면 그 순간 인계와 접해 있는 선계에서도 떠나 천계로 올라간다고 한다. 따라서 신선은 전설에만 모습을 드러낼 뿐 인간이 접할 수 있는 존재가 아니다.

오지윤은 그렇게 투덜거리면서 밖으로 나가려고 했다. 그때 모건이 그를 불렀다.

"정찰 좀 다녀와라."

"네? 어디로요?"

"서쪽 능선 따라서 내려가 봐. 쿠로카미 녀석들이 거기 있는 것 같다."

"있는 것 같다는 뭡니까?"

"이놈들 누가 닌자 아니랄까 봐 은신술은 장난 아니군. 내 탐지마법으로도 확정 짓질 못하겠어. 좀 더 가까이 가면 되긴 하는데 그랬다간 이쪽에서 탐지하고 있다는 것을 눈치챌 거 고. 하지만 그래 봤자 완전히 벗어날 수 있는 건 아니니까 후 보지역 서너 군데만 정찰해 보면 될 거다."

모건은 그렇게 말하면서 자신의 노트북에서 데이터를 카피한 USB 메모리를 던져 주었다. 그것을 받아 든 오지윤이 투덜 거렸다.

"나참. 쿠로카미 놈들이면 나보다 은신술 뛰어날 텐데."

"도일이 녀석이랑 가면 괜찮아. 너무 가까이 접근하지 말고,

하영이한테 말해서 마이너(Minor)도 하나 데려가라.”

“그러죠.”

이곳에는 300명 이상의 인원이 모여 있었지만 정도일이나 오지윤, 김혁만 한 수준의 전투원은 별로 없었다. 고작해야 이번 투입인원들의 리더인 앤드류 웨버와 그 직속부하 세 명 정도일까? 나머지는 잘 훈련받은 정예이긴 하지만, 그뿐이다.

“단순히 정찰만 하지 말고 마이너를 이용해서 디스트로이어 쪽하고 붙여봐. 그 정돈 할 수 있지?”

“쉽게도 말씀하시네. 아직 육도의 소재는 파악 못했는데 벌써 그렇게 과감하게 질러도 되겠어요?”

“된다.”

“나참. 그렇게 되면 마이너는 버린 돌이 되는데?”

“어차피 프로토 타입인데 아낌없이 써야지.”

“으아, 제가 현종이한테 욕 먹는다고요. 저거 만드는데 들어간 돈이 얼만데.”

“내가 다 보상해 준다. 쩨쩨하게 굴지 마.”

“그렇게까지 말씀하신다면야. 그럼 다녀오죠.”

오지윤은 보상해 주겠다는 소리를 듣자마자 냉큼 태도를 바꾸면서 막사를 나섰다. 뒤쪽에서 모건이 혀를 차는 소리가 들려왔지만 깔끔하게 무시했다. 그리고 일단 정도일이 있는 막사로 돌아가기 전에 그 옆에 있는 커다란 막사로 들어갔다.

웅웅웅웅웅…….

막사 안에 들어가자마자 기계음이 귀를 간질인다. 그리고 사방에 사람 하나 정도는 문제없이 수납할 수 있을 것 같은 새 카만 유리캡슐들이 줄지어 놓여 있었다. 그리고 그 중앙에 한 소녀가 헤드셋을 쓴 채 노트북을 두드리는 모습이 보였다.

"하영아."

오지윤이 부르자 소녀는 그 목소리에 반응했다. 그리고는 입을 벌리는 대신 손짓으로 기다리라고 요구했다. 오지윤은 잠자코 고개를 끄덕였다.

잠시 후 그녀는 헤드셋을 벗고 오지윤이 있는 곳을 바라보았다.

어린 소녀였다. 이제 열서너 살 정도 되었을까? 살짝 갈색으로 염색한 머리를 포니테일로 묶어 올린 그녀는 초점없는 회색 눈을 갖고 있었다.

이하영은 다섯 살 때 사고를 당해 맹인이 되었다. 하지만 지닌바 특수한 능력과 지금껏 터득한 마법 덕분에 눈으로 보는 것과 다름없는 상태를 유지할 수 있었다. 문제는 그녀가 보는 영상이 그녀의 시선이 향하는 각도와 일치하는 적은 단 한 번도 없었다는 것이지만.

"마이너를 하나 내줘."

"무슨 일에 쓰려고?"

"지금 쿠로카미 녀석들을 찾으러 정찰 나갈 거야. 그리고 쿠로카미 녀석들을 꾀어내서 디스트로이어 녀석들하고 붙이는 데 쓸 거야."

"그럼 죽겠네?"

"죽는다기보다는 파괴되겠지."

"안 주면 안 돼?"

"안 돼."

"돼."

"……."

하영이 마치 노린 듯이 단호하게 말해 버리는 바람에 오지윤은 잠시 말문이 막혔다. 하지만 곧 그는 피식 웃으며 다시 말했다.

"안 된다니까. 작전상 꼭 필요하니까 하나 줘."

"하지만 첫 실전인데 꼭 버린 돌 취급해야 해?"

"어쩔 수 없잖아. 애당초 아직 투입할 단계도 아닌걸 저 아저씨 때문에……."

오지윤이 곤란하다는 듯 볼을 긁적이자 하영이 뾰로통한 표정을 지었다. 하지만 그녀는 곧 그녀는 포기한 표정으로 작게 한숨을 쉬었다.

"옆 막사에서 하나 내줄게. 데리고 가."

그녀는 더 말하기 싫다는 듯 헤드셋을 쓰고 노트북으로 시선을 던졌다. 아까부터 뭘 하고 있나 했더니 테트리스 온라인 대전이다. 이런 데서도 무선 인터넷 연결을 하다니 대단한 일이었지만 오지윤도 그 혜택을 보고 있었기 때문에 그냥 어깨만 으쓱하곤 막사를 나섰다.

그가 나간 뒤 혼자 남은 하영이 혼자서 중얼거렸다.

"…오지 말 걸 그랬어."

　　　　　*　　　　　*　　　　　*

　유현은 신우를 가르치다 보면 이따금씩 옛 기억을 떠올리는
때가 있었다.

　지금 그의 수준에서 보면 신우는 정말 형편없다. 그러나 돌
이켜 보면 그에게도 저렇게 미숙했던 시절이 있었다.

　'뭐 저 나이 때 저렇게 빌빌대진 않았지만.'

　저 나이 때는 이미 저격자로서 대요괴를 상대로 방아쇠를
당기고 있었고 다른 7대세력과 충돌해 보기도 했다. 지금의 신
우가 그런 경험을 한다면 아마 처참한 시체로 변하고 말겠지.

　생각해 보면 유현에게도 다른 7대세력과 마주했을 때의 기
억은 충격이었다. 어려서 아귀 계급으로 활동할 때까지만 해
도 그는 육도라는 거대한 우물 속의 개구리였고, 그곳에 필적
할 조직 따위 존재하지 않는다고 여겼다. 만날 대단하다 대단
하다 듣긴 했지만 그래도 인간은 자신이 체감한 것에 빗대어
그런 객관적인 정보를 무시하게 되게 마련이다.

　'금오……'

　유현은 문득 자신이 처음으로 격돌했던 7대세력의 이름을
떠올렸다. 그들과 관련된 기억을 조금씩 떠오르다가 불현듯
의아함을 느꼈다.

　'음? 왜 이놈들에 대해서 생각하고 있지?'

　아무리 생각해 봐도 생각의 접점이 없는데 갑자기 그들에

대한 생각이 줄줄이 떠오르고 있었다. 첫 번째로 그들과 격돌했던 때의 기억, 그들에 대해서 배워온 것들, 그리고… 왠지 본 적이 없는 요괴선인들의 모습까지.

"난슬."

유현의 부름에 해외의 학술 사이트를 들여다보고 있던 난슬이 여우귀를 쫑긋 세웠다.

"왜?"

"너는 너 이외의 요괴선인들을 만나본 적이 있어?"

"요괴선인? 응. 몇 번 있어."

"혹시 금오의 요괴선인도 만난 적이 있나?"

"금오? 그 중국 쪽의 일파?"

유현은 고개를 끄덕였다. 금오는 신흥세력인 육도보다 역사가 훨씬 오랜, 심지어 은주혁명 이전부터 존재했다고 하는 집단이다. 그러니 난슬이 봉인되기 전에도 그들은 존재했을 것이다.

"응. 딱 한 명 만나본 적이 있어."

"딱 한 명?"

"원래는 내 사제를 만나러 왔었어."

"사제? 너 사제도 있었나?"

"응. 우리 스승님 밑에는 다섯 제자가 있었으니까. 스승님과 그 셋은 늙어죽었어."

"늙어죽었다… 그들은 인간이었나?"

"응. 나와 가람이만 요괴선인이었어."

"요괴선인이면 지금까지 살아 있나?"

"그건 모르겠어. 내가 봉인당하기 전까지는 살아 있었는데 천축으로 먼 길을 떠난 지 수십 년이 지난 참이었거든. 점을 쳐봐도 생사를 알 수 없는 것으로 보면 아마 더 먼 곳으로 가서 몸을 감추었거나, 우화등선(羽化登仙)했는지도 몰라."

우화등선은 모든 선인들의 비원이다.

옛날에 그것은 죽음을 빗대는 말로 쓰였지만 실은 선인들이 도(道)를 깨달아 하늘에 이르는 것을 의미한다. 하늘에 이르면 인간이라는 작은 그릇을 초월해 자연 그 자체라고 할 수 있는 신이 된다고 하는데, 이후에는 인계에서 자취를 감추기 때문에 이에 대해서는 무수한 이야기들이 있었다.

"그리고 금오의 요괴선인은 무서운 존재였어. 사제하고는 인연이 아니라고 나한테 자기들한테 오지 않겠느냐고 권유했어."

"너한테?"

"응. 하지만 난 거절했어. 그들이 너무 무서웠거든. 그랬더니 그게 더 좋은 선택일지도 모른다면서, 살면 살수록 천도(天道)에서 멀어지니 우화등선은 빨리해야 한다는 말을 하고 갔어."

"무섭다… 왜지?"

유현은 왠지 난슬이 말하는 무섭다는 말의 의미는, 그가 단순히 위협적인 존재여서만이 아닐 거라는 느낌이 들었다. 단지 무력이 강하거나 성품이 포악했다면 난슬은 무섭다는 표현을 사용하지 않았을 것 같았다.

"그 사람은 영혼 깊숙한 곳까지 피에 젖어 있었거든. 살면 살수록 세상의 이치를 깊게 깨달아가고, 더 많은 것을 알아가지만 그 결과 오히려 자신을 얽매이는 것이 많아져서 천도로부터 멀어져만 가고 있었어. 지키기 위해 파괴하고, 위하기에 상처 입혀야 하는 굴레 속에서 번민하다가, 스스로를 난도질해서 더럽혀져 가면서 그렇게… 지상에서 가장 신선에 가까울 것 같은 사람이 이제는 무슨 수를 써도 신선이 될 수 없는 존재가 되어 있었어."

난슬은 그의 존재를 다시 떠올리며 슬픈 표정을 지었다.

유현은 왠지 난슬이 한 이야기를 이해할 수 있을 것 같았다. 완전해지고 싶지만 완전해질 수 없고, 무지해지고 싶지만 무지해질 수 없는… 그리고 선량해지고 싶지만 선량해질 수 없는 존재라.

어쩌면 연옥의 존재들 모두가 그럴지도 모르지. 그러나 유현은 자기 연민을 혐오한다. 왜냐하면 그러기에는 지금까지 너무 많은 생명의 피를 흘리며 여기까지 와버렸으니까.

"그런데 그건 갑자기 왜 물어?"

난슬이 고개를 갸웃하며 물었다. 유현은 눈살을 찌푸리며 대답했다.

"나도 잘 모르겠군. 갑자기 생각나서……."

스스로 생각해도 뭔 헛소리냐고 생각할 만한 대답이었지만, 거짓없는 진심이기도 했다. 갑자기 금오와 관련된 기억들이 꿈틀거리는 게 느껴진다. 마치 누가 귓가에 대고 그때의 일들을 속삭이기라도 하는 것처럼…….

난슬은 눈을 동그랗게 떴지만 더 캐묻지는 않았다. 유현은 무의식적으로 안대를 쓰다듬으며 생각했다.

'어쩌면 뭔가가 시작되고 있는지도 모르지.'

이제 더 이상 돌이킬 수 없는, 그리고 유현 자신과 치명적인 관계가 있는 그런 일이 시작되고 있는지도 모른다는 아득한 예감이 뇌리를 사로잡았다.

〈제2권 끝〉

少林棍王
소림
곤왕

한성수 新무협 판타지 소설

감동의 행진을 멈추지 않는 작가 한성수!

구대문파 시리즈의 두 번째 이야기 『소림곤왕』!!
그 화려한 무림행이 펼쳐진다

"너는 지금부터 날 사부님이라 불러야만 하느니라.
소림사의 파문제자인 나, 보종의 제자가 되어서 앞으로 군소리없이 수발을 들고 모진
고통을 이겨내며 무공 수련을 해야만 한다."

잡극계의 천금공자 엽자건!
소림의 파문제자 보종의 제자가 되다!!

역사와 가상.
실존의 천하제일인과 가상의 천하제일인에 도전하는 주인공!
이제부터 들어갑니다. 부디 마음껏 즐겨주시기 바랍니다.
– 작가 서문 中에서.

유행이 아닌 자유추구 -
WWW.chungeoram.com
Book Publishing CHUNGEORAM

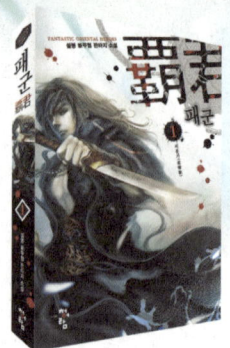

覇君

패군

설봉 新무협 판타지 소설

무협계를 경동시킨 작가, 설봉!
그가 다시금 전설을 만들어간다!!

수명판(受命板)에 놓고 간 목숨을 거둔 기록 이백사십칠 회!
생사를 넘나드는 전장에서 매번 살아 돌아오는 자, 계야부.
무총(武總)과 안선(眼線)의 세력 싸움에 끼어들다!

"죽일 생각이었으면 벌써 죽였다. 얌전히 가자."
"얌전히. 그 말…… 나를 아는 놈들은 그런 말 안 써."
무총은 그를 공격하지 않는다. 공격할 이유가 없다.
다른 사람들은 그의 존재조차도 알지 못한다.
오직 한 군데, 안선만이 그를 안다.
필요하면 부르고, 필요치 않으면 버리는
철면피 집단이 다시 자신을 찾아왔다.

나, 계야부! 이제 어느 누구에게도 휘둘리지 않겠다!!

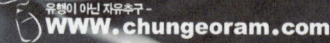

유행이 아닌 자유추구-
WWW.chungeoram.com
Book Publishing CHUNGEORAM

天劍無缺

천검무결

매은 新무협 판타지 소설

그리고, 전설은 신화가 되어……

한 시대에 한 사람.
언제나 최강자에게로 수렴하던 역사의 흐름이 끊겨 버린 땅.
그 고고한 물길을 자신에게로 돌리려는 욕망의 틈바구니에서
전설은 태어난다.
교차하는 검기, 어지러운 혈향을 뚫고 하늘에 닿아라!

유행이 아닌 자유추구 -
WWW.chungeoram.com
Book Publishing CHUNGEORAM

야차(夜叉) 新무협 판타지 소설

魁刀風雲
귀도풍운

원수를 가르치고, 원수에게 배워…
서로의 심장에 칼을 겨누는 것이
숙명인 저주받은 도법,

수라도(修羅刀)。

그 기원을 알 수조차 없을 만큼 수많은 세월을 이어져 내려온 이 도법은
새로운 피의 숙명을 잉태하였다.

저주받은 피의 고리를 끊어버릴 것인가,
체념한 채로 운명에 순응할 것인가.

유행이 아닌 자유추구 -
WWW.chungeoram.com
Book Publishing CHUNGEORAM